Lisa Graf-Riemann

# DIE ZWEITE GEIGE

Ein Bad-Reichenhall-Krimi

Servus

1. Auflage 2022

Dieses Werk wurde vermittelt durch die Montasser Medienagentur, München.



Medieninhaber, Verleger und Herausgeber:
Red Bull Media House GmbH
Oberst-Lepperdinger-Straße 11–15
5071 Wals bei Salzburg, Österreich

Satz: MEDIA DESIGN: RIZNER.AT
Gesetzt aus der Palatino, Courier, Bauer Bodoni
Umschlaggestaltung: www.b3k-design.de, Andrea Schneider, diceindustries
Umschlagmotiv: Konzertrotunde am Königlichen Kurgarten,
Eigentümer: Zentrum Staatsbäder Bayern,
Bildgeber: Bayerisches Staatsbad Bad Reichenhall Kur-GmbH
Bad Reichenhall / Bayerisch Gmain; © Lino Mirgeler / dpa / picturedesk.com
Karte Innenklappe: Nina Andritzky
Printed by CPI books GmbH, Germany
ISBN: 978-3-7104-0301-9

# Prolog

Elf Uhr vorbei. Und Zimmer neunzehn war immer noch belegt. Na gut, dann würde sie eben zuerst das Zimmer gegenüber machen. Bis sie damit fertig war, wäre der Gast in der neunzehn dann hoffentlich abgereist. Furchtbar, dass die Leute sich nicht an die Zeiten hielten. Immer waren welche dabei, die entweder zu früh anreisten oder ihre Zimmer zu spät verließen. Wie sollte man denn da vernünftig arbeiten? Tanja hatte den Eindruck, dass es immer schlimmer wurde. Wenn sie dann klopfte und ein nettes, fröhliches »Housekeeping« rief, waren die Gäste oft extrem beleidigt. Wie kleinlich und pedantisch, und das in einem Vier-Sterne-Hotel superior! Dabei ging es auf ihre, Tanjas, Rechnung, wenn sie in der vorgeschriebenen Zeit nicht fertig wurde. Frau Stadelgruber würde ihr was husten, wenn sie sich mit der verspäteten Abreise eines Gastes herausredete. Die Gäste interessierte das natürlich nicht. Gast ist Gast, er bezahlt und schafft an. Und Personal ist Personal. Petra von der Rezeption, in ihrem schicken dunkelblauen Hosenanzug, brachten einige Gäste, nicht alle, etwas mehr Respekt entgegen. Aber ein namenloses Zimmermädchen in Joggpants und Schürze über dem weißen Shirt, das konnte man einfach übersehen, als wäre es Luft. Ein Nobody, der im Akkord den Dreck wegmacht, und das auch noch gnadenlos unterbezahlt. Aber der Job war besser als gar kein Job, und Tanja war froh, wenigstens halbwegs auf eigenen Beinen zu stehen.

Zimmer zwanzig also. Auf den ersten Blick ganz okay. Klospülung vom Gast nach dem Benutzen selbst betätigt, vielen Dank auch. Leider keine Selbstverständlichkeit. Manche Menschen meinten, sie müssten ein kleines Souvenir hinterlassen, als Zeichen, dass sie hier gewesen waren. Als Überlieferung an die Nachwelt quasi. Und wenn schon nicht an die Nachwelt, dann zumindest ans Zimmermädchen. Seifenreste in Schlieren innen an der Duschabtrennung, wie bekam man das eigentlich hin? Egal, Tanja war schon dabei, sie verschwinden zu lassen.

Heute Abend würde sie *ihn* treffen, ihre neue Bekanntschaft aus dem Internet. Seit zwei Wochen schrieben sie sich jetzt. Tony nannte er sich. Wie er wohl sein würde? Lieb, nett, geduldig, wenigstens am ersten Abend. Oder so ein Poser, der am liebsten redete wie ein Wasserfall, von sich, von seiner Arbeit, seinen krassen Hobbys und seinen Reisen in die ganze Welt. Tanja hatte schon einige tolle Geschichten gehört, aber irgendwann reichte es ihr dann auch. Wenn sich die Kerle nicht für das Mädel interessierten, das ihnen aufwendig geschminkt und frisiert, in der geilsten Jeans und mit hochhackigen Pumps gegenübersaß, dann war doch eigentlich schon alles gelaufen. Bei manchen, die auch mal zuhörten, reichte das Interesse genau so lange, bis sie das Mädel im Bett hatten. Bei anderen nicht einmal bis dahin. Was die sich bloß dachten. Geld hatte sie keines und auch keine Matura, aber sie war jung, hübsch, hatte eine super Figur, außer in den Joggpants bei der Arbeit, und sie wünschte sich einfach nur, wie ein Mensch behandelt zu werden. Wenigstens für einen besonderen Abend. Dafür machte sie sich schick, lächelte, hörte zu, war nett. Aber wenn er nett war, der Tony, wenn er ihr gefiel und sie Lust hatte, ihm näherzukommen, wie brachte sie ihm dann bei, dass sie nicht zu ihr gehen konnten, weil bei ihr daheim die Mutti auf die kleine Selma Sophie aufpasste? Und wenn es bei ihm auch nicht ging? Vielleicht wohnte er nicht einmal in der Stadt. Ach was, darüber konnte sie sich immer noch Gedanken machen, wenn es so weit war. Nicht jetzt. Tanja sah auf die Uhr. Elf Uhr fünfzehn. Nun hatte sie schon eine Viertelstunde im Bad gebraucht. Also musste es mit Saugen und Bettbeziehen jetzt schnell gehen. Lederhose oder rosa Plisseerock, sexy oder romantisch? Man müsste halt wissen, was dem Tony besser gefiel. Jeans und T-Shirt auf keinen Fall, und schon gar keine Joggpants.

Elf Uhr fünfunddreißig. Zimmer zwanzig war fertig. Jetzt blieb nur noch die Nummer neunzehn. Der Gast hatte immer noch nicht ausgecheckt. Oder er hatte einfach bei der Abreise vergessen seine Karte abzugeben. Tanja klingelte an der Rezeption durch, aber Petra wusste auch nicht mehr. Bei ihr hatte der Gast sich nicht abgemeldet. Seine Karte fehlte.

»Klopf an und sag ihm, dass deine Schicht gleich um ist«, schlug Petra vor.

»Ruf du ihn bitte an«, bat Tanja. Sie hörte das Telefon vom Gang aus leise klingeln, aber der Gast hob nicht ab. Vielleicht hatte er doch schon ausgecheckt. Sie klopfte, rief ihr einstudiert fröhliches »Housekeeping«.

Keine Antwort.

Na gut, dann würde sie eben öffnen und ihren Putzwagen in die Tür klemmen. Es war Vorschrift, die Tür offen zu halten, wenn man eventuell mit dem Gast allein im Zimmer war. Ein nackter Mann im Bett, mit Morgenlatte, und dann das Zimmermädchen dazu. Freiwild.

»Housekeeping!« Tanja rief noch einmal vom Vorraum ins Zimmer hinein. Ein rascher Blick ins Badezimmer. Da lag ein Rasierapparat auf der Ablage. Einfach vergessen? Tanja zögerte. Sie machte zwei Schritte vorwärts. Die rechte Hand fest um den Pistolengriff ihres Reinigungssprays mit effektiven Mikroorganismen gekrallt, warf sie einen Blick ins Schlafzimmer. Der Gast war tatsächlich noch da. Es war ein Mann. Er lag nackt auf dem Kingsize-Bett, seine Arme waren mit Handschellen an den Rahmen gekettet. Nur das Gesicht konnte sie nicht sehen, denn darauf lag ein Sofakissen.

Bevor sie etwas denken, sich fürchten oder gar gruseln konnte, hatte sie schon die Gummihandschuhe angezogen und vorsichtig einen Zipfel des Kissens angehoben. Erschrocken ließ sie ihn wieder los. Sie suchte den Puls des Gastes an der Halsschlagader. Aber da war nichts. Das hatte sie schon befürchtet, denn der Herr war ziemlich kalt. Mit einem tiefen Seufzer atmete sie aus. Ihre erste Leiche in vier Berufsjahren. Dabei fanden Zimmermädchen in Filmen dauernd irgendwelche Leichen und kreischten dann wie verrückt, bis das ganze Haus zusammenlief. Tanja nicht. Vor einer gefesselten Leiche musste sie ja keine Angst mehr haben, selbst wenn sie nackt war. Dann nahm sie das Telefon zur Hand und sagte Petra Bescheid, dass ihre Schicht für heute nun wirklich beendet war.

## Samstag, 23. Mai 2020

Auf dem Weg zum Badezimmer hörte Sascha seltsame Geräusche aus der Küche. Er blieb stehen, gähnte, strich sich mit der Hand die Haare aus der Stirn, legte den Kopf schief und lauschte. Es klang wie »ela hop, ela hop, ela hop«. Samstagvormittag, neun Uhr vorbei. Er musste zur Toilette, nur deshalb war er aufgewacht. Als er vom Bad zurückkam, war das alberne »ela hop« verstummt. Stattdessen summte jemand fröhlich vor sich hin, und dieser Jemand war niemand Geringeres als seine Großtante Paulina. Sascha kannte den Song nicht, aber es war ihm, als habe er ihn früher als Kind schon einmal gehört. Eine schöne Melodie. Nicht schwer, aber auch nicht so simpel wie irgendein Gassenhauer. Sicher ein Schlager älteren Semesters, genau wie Paulina. Als hätte jemand eine Triangel mit einem Metallstab angeschlagen, brachte die Melodie irgendetwas in ihm zum Schwingen. Jetzt war er eindeutig wach. Sascha huschte in sein Zimmer zurück und schlüpfte in seine Jeans und ein frisches erdbeerfarbenes Poloshirt.

Als hätte Sascha sie bei irgendetwas ertappt, hörte Paulina schlagartig auf zu summen, als er in die Küche trat.

»Guten Morgen«, sagte sie beiläufig, ohne den Blick von der Kaffeetasse zu heben.

»Was summst du denn da?«, fragte er.

»Ach«, sie winkte ab und biss in ihre Semmel mit Sauerkirschmarmelade.

»Was war denn das? Das kenn ich doch.«

»Ein alter Schmäh, ungefähr so alt wie ich. Das kannst du gar nicht kennen.«

»Und wie heißt der Schmäh? Jetzt sag schon.« Sascha angelte sich eine Scheibe Brot, riss einen Kanten davon ab und stippte ihn in die schwarze Olivenpaste, die er am Vortag vom Markt geholt hatte. Auch der Almkäse stammte vom Markt, ebenso die eingelegten Tomaten. Ein Luxus, den er sich ab und zu gönnte, wenn er Geld hatte. Und zurzeit hatte er welches. »Also was war das?«

»Früher hat man Evergreen dazu gesagt, ich weiß nicht, wie man das heute nennt.«

»Hit heißt das heute«, antwortete Sascha, »und jetzt sag endlich, wie er heißt.«

»O mein Papa«, antwortete Paulina.

»Und was ist so besonders an diesem Papa, dass jemand über ihn singt?«

»Es ist seine Tochter, die sich an ihn erinnert, weil er schon gestorben ist. Ihr Papa war ein großer Künstler. Aber nicht so einer wie deiner, Alexander. Keiner, der Bilder malt, auf denen man außer Farbklecksen nichts erkennen kann. Der Papa in dem Lied war ein Zirkusclown, der hoch oben auf einem Seil getanzt hat und außerdem ein wunderschöner Mann war.« Sie goss heißes Wasser in den Porzellanfilter. Eine Kaffeemaschine gab es in der Villa Palmira nicht. Kaffee aufgießen ist doch keine Arbeit, für die man eine Maschine braucht, sagte Paulina immer.

»Seit wann bist du so romantisch, dass du alte Lieder über Zirkusartisten singst?«, wunderte Sascha sich. »Noch dazu wo dein Papa Apotheker war, kein Clown. Ist irgendwas mit dir?«

Paulina zuckte die Achseln.

»Sag bloß, du bist verliebt?«

Entrüstetes Kopfschütteln.

»Was ist dann mit dir los? Hast du Frischzellen bekommen?«

»Keine Frischzellen, nur ein paar von diesen Kügelchen.« Paulina schenkte Sascha ein. Ihre eigene Kaffeetasse füllte sie mit heißem Wasser auf, das war magenfreundlicher.

»Was für Kügelchen?«, fragte Sascha. Die Tapenade schmeckte würzig, salzig, zugleich leicht und wässrig, eben so richtig nach Mittelmeer.

»So kleine, homöopathische, du weißt schon.«

»Du und Kügelchen? Davon hast du doch nie etwas gehalten. Ein Tausendstel Tropfen im Bodensee, hast du immer gesagt. Von wem lässt du dir denn jetzt diese Globuli aufschwatzen?«

»Von der Frau Bach. Die kennt sich damit aus.«

»Bach? Ist sie Ärztin?«

»Heilpraktikerin ist sie, und es gehen jetzt ganz viele zu ihr. Man muss froh sein, wenn man einen Termin bei ihr bekommt. Aber die Mathilde ist schon länger bei ihr und hat mich mitgenommen.«

»Und das bei deinem Geiz. Das musst du doch bestimmt selbst bezahlen.«

»Ich bin nicht geizig, Alexander, ich bin nur sparsam. Und du wirst noch einmal froh drum sein, wie sparsam ich bin.«

»Wenn du jetzt dein ganzes Geld zu dieser Person trägst, dann nicht mehr.« Sascha wunderte sich wirklich. Mit Esoterik hatte Paulina im Normalfall gar nichts am Hut. Das war ihr ungefähr so fremd wie Hip-Hop.

»Die eigene Gesundheit sollte einem schon etwas wert sein«, behauptete sie. »Vor allem, wenn man die achtzig einmal erreicht hat und es überall zwickt. Da kann man auch einmal unkonventionelle Methoden ausprobieren. Frau Bach hat mit ihrem Pendel …«

»Was?« Sascha konnte es nicht glauben.

»Sie hat gleich herausgefunden, dass …«

»Dass du vierundachtzig bist und unter Gelenkarthrose leidest?« Sascha legte sein Brot zur Seite. »Das kann man auch ohne Pendeln ganz leicht feststellen.«

»Jetzt sei nicht unverschämt, Sascha. Bloß weil du jetzt wieder in Salzburg studieren willst, mit dem Geld deiner Freundin.«

Typisch Paulina. Gleich von sich ablenken und voll auf Angriff gehen.

»Wer ist jetzt unverschämt?«, fragte Sascha zurück.

»Ja, wo soll es denn herkommen, das Studiengeld für die Privatuni in Salzburg? Von der Bank vielleicht?«

»Die Uni kümmert sich eben um ihre Studenten«, behauptete Sascha.

»Und wer bitte sollte dir einen Kredit geben? Du hast doch nicht etwa die Villa beliehen?«, giftete Paulina, die eben noch eine Schnulze über einen wunderbaren Clown gesungen hatte.

»Kann ich ja gar nicht, weil du sie mir noch nicht überschrieben hast. Außerdem erbt sowieso zuerst meine Mutter.« Dieses Stichwort musste Paulina todsicher von ihm ablenken.

»Wo treibt die sich eigentlich wieder herum?«, stieg sie prompt auf Saschas beiläufig gelegte Spur ein. »Ich komm ja schon gar nicht mehr mit, in welchem Land sie gerade ist.«

»Soviel ich weiß, sitzt sie wegen Corona in Peru fest und kommt nicht raus. Es gibt keine Flieger mehr, die das Land verlassen.«

»Wahrscheinlich will sie nicht einmal raus«, mutmaßte Paulina. »Früher sind die Leute ja auch mit dem Schiff gefahren. Die Seeluft ist sowieso gesünder.«

Schade um die feinen Spezereien vom Wochenmarkt, dachte Sascha. Ein Gespräch über seine Mutter Sabine endete auch nie erfreulich.

»Trefft ihr euch heute vom Seniorenclub wieder beim Spieldiener?«, fragte er, um das leidige Geldthema zu wechseln.

»In alter Frische«, sagte Paulina. »Natürlich nur draußen im Freien.«

»Vergiss deine Maske nicht, falls du doch rein musst, aufs Klo.«

»Ich bin schon groß, Alexander«, sagte Paulina. Sie stand auf und tätschelte Sascha die Wange.

»Ich auch«, gab er zurück.

»Vielleicht wirst du's endlich, wenn du es bis zum veritablen Herrn Doktor geschafft hast, kein Möchtegern-Physiotherapeut oder Angestellter in der Spielbank mehr.« Sie wackelte zur Küche hinaus. Dann murmelte sie noch etwas laut genug vor sich hin, damit Sascha es perfekt verstehen konnte. »Wird ja auch langsam Zeit.«

Bevor Sascha sich noch eine Antwort überlegen konnte, klingelte sein Handy.

»Ey, Sascha, hast du die Sache mit Tobi schon mitgekriegt?« Sein Freund Ulli.

»Welcher Tobi? Der Eder Tobi? Nein, was ist denn mit ihm? Hat er wieder irgendwo einen Preis gewonnen?«

»Die Arschkarte hat er gezogen«, sagte Ulli Böllmann. »Im Krankenhaus liegt er, und zwar auf Intensiv.«

»Tobi? Was ist denn passiert, ein Unfall? Ich hab ihn doch am Wochenende noch gesehen. Im Amadeo, am Nebentisch ist er gesessen.«

»Akuter medizinischer Notfall, sagen sie. Er ist plötzlich beim Training zusammengebrochen.«

»Das gibt's doch nicht«, wunderte sich Sascha. Tobi war Skibergsteiger, ein Ass, super austrainiert, jung, stark. Was war denn da passiert? Aber Ulli wusste auch noch nicht mehr.

»Sag mal, was ganz anderes, willst du eigentlich weiterhin bei mir jobben?«, fragte Ulli. »Du brauchst doch jetzt bestimmt Geld für dein Studium oder hast du andere Quellen?« Sascha konnte sich schon denken, dass er dieselbe Quelle wie Tante Paulina meinte, nämlich seine Berliner Freundin Mira, die alle für stinkreich hielten. Mira war seine Kurschatten-Affäre, die er letztes Jahr bei Ulli Böllmann in der Physiopraxis kennengelernt hatte, als er noch als Aufleger von Fangopackungen und Undercover-Therapeut unterwegs gewesen war. Eine Tätigkeit, die nun als angehender Mediziner schon irgendwie unter seiner Würde war – und außerdem immer noch nicht ganz legal.

»Wenn dir deine Bademeistertätigkeit mit dem Fango zu popelig ist, dann mach doch eine Ausbildung«, schien Ulli seine Gedanken zu lesen.

»Spinnst du? Wann soll ich denn neben meinem Studium noch eine Ausbildung machen? Medizin ist doch kein Orchideenfach wie Ägyptologie oder so, wo man alle zwei Wochen eine Vorlesung besucht.«

»Das ist mir bekannt. Und jetzt mandle dich mal nicht so auf, Sascha. Das kann ja was werden, wenn du fertig bist. Dann kommst du gar nicht mehr durch die Tür, so hast du dich bis dahin aufgeplustert.«

»Okay, also, von welcher Ausbildung faselst du da? Ich hab gar nicht so viel Zeit, weißt du.«

»Du könntest eine Ausbildung zum Cranio-Therapeuten machen. Das geht an ein paar Wochenenden«, schlug Ulli vor.

»Spinnst du, das kostet doch wieder nur Geld.«

»Ist nicht so teuer. Und die Anatomiekenntnisse musst du dir gar nicht mehr draufpacken, die hast du ja schon.« Sascha überlegte. »Ach komm, jetzt stell dich nicht so an. Du weißt doch, was ein *Piriformis* oder ein *Supraspinatus* ist, Tibia-Köpfchen, Patellasehne – das kennst du alles.«

»Das schon, aber dann arbeite ich ja nur bei dir, um mir die Ausbildung leisten zu können. Und das ist doch dann eine echte Nullrunde für mich.«

»Musst halt ein bisschen mehr arbeiten. Als Cranio-Therapeut kann ich dir mehr bezahlen als fürs Fango-Anwärmen. Ich kann dir auch die Ausbildungskosten vorschießen, und du stotterst sie ab. Deine Kundinnen waren ja immer sehr zufrieden mit dir als Therapeuten.«

»Weißt du was, langsam verliere ich den Überblick über meine Schulden. Wie viele, bei wem und für was: Studium, Ausbildung, Hausrenovierung.«

»Ach komm, Sascha, jetzt reiß dich mal zusammen. Du bist doch noch jung. Jetzt hast du dir eine längere Auszeit vom Studium gegönnt und ein bisschen herumgesandelt. Da musst du jetzt halt kräftiger zupacken für eine gewisse Zeit. Danach, als Mediziner, kommt das Geld dann eh von allein.«

»Das glaubst du?«, fragte Sascha mit leichtem Zweifel in der Stimme. An die Möglichkeit, dass er sein Studium auch ein zweites Mal nicht durchstehen könnte, dachte anscheinend niemand außer ihm selbst. Kräfte bündeln, sich nicht verzetteln, das sollte doch jetzt die Devise sein. Er hatte immer noch das Geld von den Zockern damals aus der Spielbank. Davon wusste aber außer ihm und Mira niemand, nicht einmal Tante Paulina. Und wenn es nach ihm ginge, würde sie es auch nie erfahren, denn sonst käme sie vielleicht doch noch auf die Idee, von ihm Miete zu verlangen oder ihn von der gesetzlichen Erbfolge ausdrücklich auszuschließen, falls das ging. Wegen kriminellen, ehrlosen Verhaltens oder so etwas. Mira hatte tatsächlich angeboten, ihm einen Kredit zu geben, zinslos. Dafür stand ihm sein Ehrgefühl auch keinesfalls im Weg. Trotzdem: Schulden waren Schulden. Von daher war es vielleicht gar nicht so blöd, sie auf verschiedene Schultern zu verteilen.

»Was ist jetzt, Sascha?« Ulli wurde ungeduldig. »Bei mir wartet schon der nächste Patient in der Kabine.«

»Ich überleg's mir«, sagte Sascha.

## Dienstag, 26. Mai 2020

Während oben auf den Bergen noch letzte Schneereste lagen, waren am Eingang zum Kurgarten die Felsenbirnen schon verblüht. Genau wie damals, als Elina zum ersten Mal nach Bad Reichenhall gekommen war. Fast ein Jahr war das jetzt her. Wie oft war sie jetzt diesen Weg schon gegangen? Kurstraße, Konzertrotunde, Kurpark, im Sommer der Musikpavillon. Genau dort, auf der Bank gegenüber dem Pavillon, hatte sie gesessen. Sie erinnerte sich so genau, als wäre es gestern gewesen. Sie war sehr zeitig angereist und dann viel zu früh mit dem Einspielen fertig gewesen. Essen und Trinken konnte sie vor Aufregung nichts, also setzte sie sich in den Park, um sich mental auf ihr Vorspiel vorzubereiten. Sie konnte ihre Stücke aus dem Effeff, und sie war eingespielt. Es hatte keinen Sinn, jetzt noch mehr zu üben. Die Frage war nur, ob ihre Nerven halten oder doch dieses heimtückische Lampenfieber die Oberhand gewinnen würde, das sie so fürchtete. Je näher der Termin für das Probespiel rückte, desto größer wurde ihre Angst. Es war wie ein Schlag, der einen von hinten in die Kniekehlen traf. Man konnte nicht anders, als zu straucheln. Ihr war flau im Magen. Wenn die Nervosität kam, fingen ihre Hände an zu zittern, und sie fürchtete, dass sie den Bogen nicht mehr richtig führen konnte.

Die Blumenrabatten im Kurgarten waren wie Farbtupfer auf einem Gemälde. Wenn man nahe davorstand, waren es lauter Individuen, und wenn man sie aus größerer Entfernung betrachtete, fügten sie sich zu einer Komposition. Wie die Noten in einem Musikstück oder die Musiker in einem Orchester.

Elina holte die Packung mit den Betablockern aus der Jackentasche und überlegte, ob jetzt schon der richtige Zeitpunkt war, eine Tablette zu nehmen, oder ob sie noch warten sollte. Da stand plötzlich diese ältere Dame mit den grauen Locken, den vielen Fältchen und dem rosa Lippenstift vor ihr. Das fast weiße Hündchen, das sie an der Leine führte, hatte Ohren wie eine Fledermaus und große runde Knopfaugen. Es ruckelte und zog ungeduldig an seiner Leine, stinksauer, dass sein Frauchen ausgerechnet jetzt stehen bleiben musste.

»Ist Ihnen nicht gut?«, fragte die Dame und griff nach Elinas kalten Händen, um ihren Puls zu fühlen, während der Hund an der Leine zerrte. Die Geste überraschte sie so, dass sie erst gar nicht reagierte.

»Wieso wollen Sie denn diese Tabletten nehmen? Sind Sie krank?«, fragte die Dame mit dem Hündchen. »Liebeskummer?«

Elina schüttelte den Kopf. »Lampenfieber.« Sie griff nach dem Gurt, mit dem sie ihren Geigenkoffer auf den Rücken geschnallt hatte. Der Hund scharrte ungeduldig im Kies.

»Nehmen Sie doch dieses Zeug nicht«, sagte die Dame mit ihrer hohen, affektiert klingenden Stimme. »Sie brauchen so ein chemisches Doping nicht. Ich habe etwas viel Besseres für Sie. Kommen Sie mit.«

»Sind Sie Ärztin?«, fragte Elina.

»Homöopathin«, antwortete sie. »Vertrauen Sie mir. Ich habe viel Erfahrung, gerade mit Musikern.« Elina sah auf die Uhr und stand auf. Es war noch genügend Zeit und wenn diese Frau Erfahrung hatte ...

Elina erinnerte sich so genau an diesen Tag, an diese Stunde, weil er der Beginn von etwas Neuem für sie gewesen war, etwas Entscheidendem. Sie setzte sich noch einmal auf die Bank, auf der sie damals mit kalten Händen und flauem Magen gesessen hatte, und schloss kurz die Augen, um sich noch besser zu erinnern.

Das Konzert D-Dur Köchelverzeichnis 218 von Wolfgang Amadeus Mozart hing ihr auch damals schon zum Hals heraus, so oft hatte sie es bereits vorspielen müssen. Jeder spielte es. Nicht wegen Mozart oder weil es etwas Besonderes gewesen wäre. Im Gegenteil, es war so etwas wie ein Pflichtstück. Sozusagen die Eintrittskarte für alles Weitere. Bei jedem Probespiel wurde Mozart verlangt. Das KV 218 in D-Dur oder das KV 219 in A-Dur. Elina hatte sich früh auf das 218 festgelegt. Sie spielte es seit vielen Jahren, und doch war Mozart nichts zum Einschlafen. Immer hieß es aufpassen, sogar bei dem Stück, das sie aus dem Effeff beherrschte. Das KV 218 war für die erste Runde vorgesehen. Danach, in der zweiten Runde – falls sie sie denn erreichte – folgte ein romantisches Stück als Kür. Brahms, Sibelius oder Tschaikowsky. Beethoven war zwar auch möglich, aber bei den meisten Kandidaten absolut unbeliebt. Damit konnte man es eigentlich nur falsch machen. Also entschied sie sich für Brahms, das Violinkonzert in D-Dur, Opus 77. Elina wollte es so spielen wie Hilary Hahn, die ihr großes Vorbild und nicht viel älter als sie selbst war. Elina war begabt, aber kein Wunderkind wie Hilary, und für eine Karriere als Solistin hatte es nicht gereicht. Es gab zu viele Wunderkinder in ihrer Generation. Wenn Anatol ihr nicht zugeredet hätte, wäre sie wahrscheinlich gar nicht auf die Idee gekommen, sich in Reichenhall bei den Philharmonikern zu bewerben. Mit den wenigen Jahren Orchestererfahrung und ihrer extremen Angst vorm Probespiel. Es ging ja nicht nur um Technik, sondern genauso um Klang, Rhythmus und Intonation, die Dynamikunterschiede bei Mozart, Präzision und Bogentechnik.

Anatol sagte: »Denk nur nicht zu viel über all diese Dinge nach. Du kannst das alles und machst es sowieso richtig. Deine Hände machen es genauso, wie es sein soll. Überleg gar nicht, was du da tust, spiel einfach.«

Als ob das so einfach gewesen wäre! Es genügte eben nicht, nur daheim beim Üben gut zu sein. Sie musste ihre Nerven unbedingt im Griff haben. Denn eine zweite Chance würde es nicht geben. Vielleicht war sowieso alles vergeblich. Denn selbst wenn sie die erste Runde überstand, hätte sie in der zweiten Runde vielleicht noch drei oder vier Konkurrenten, in der dritten Runde noch einen oder zwei. Selbst wenn sie sich am Ende durchgesetzt hätte, war noch nicht einmal sicher, dass sie tatsächlich mit dem Siegerkranz belohnt würde. »Bedaure«, hätte es dann immer noch heißen können, wenn sich das Orchester nicht auf einen Kandidaten einigen konnte. »Der richtige Kandidat für uns war leider noch nicht dabei.« Die Stelle würde dann neu ausgeschrieben, und sie würde frustriert nach Hause fahren. Ein zweites Mal brauchte sie sich dann nicht mehr auf diese Orchester-Stelle zu bewerben.

»Elvira Bach – Heilpraktikerin, Klassische Homöopathie« stand auf dem Schild am Eingang des schmucklosen, unauffälligen Hauses am Beginn der Fußgängerzone.

»Das sind Sie?«, fragte Elina.

»Das bin ich. Bach wie Bachblüten. Oder wie Johann Sebastian.« Die alte Dame lachte verschmitzt und zerrte ihren Hund über die Schwelle. Der Chihuahua leistete heftigen Widerstand. Elina hatte ihm seine Gassirunde versaut. Er würde niemals mehr ihr Freund werden.

»Wie heißt denn Ihr Hund?«, fragte Elina.

»Herbert«, antwortete Frau Bach. »Wie mein erster Mann. Ich wechsle immer in der richtigen Reihenfolge durch, dann kann ich mir die Namen besser merken.« Elina fragte sich, ob sie damit ihre Hunde oder Männer meinte.

Es fühlte sich an wie immer. Wenn Sascha die modernen, lichtdurchfluteten Hallen und Gänge der Paracelsus-Uni betrat, kam er sich genauso frisch und jung vor wie seine Kommilitoninnen und Kommilitonen. Sie liefen mit durchgedrücktem Rücken durch die Gänge, als wären sie bereits auf Visite im Krankenhaus, mit weißem Kittel und Stethoskop um den Hals. So ging das schon seit dem allerersten Tag ihres Studiums. Dieser Stolz und das strahlende Selbstbewusstsein der Novizen und Novizinnen färbte immer sofort auf Sascha ab. Er fühlte sich so, wie er dachte, dass sie sich fühlten: von sich und dem eigenen Weg überzeugt, siegessicher. So, als hätte man es mit dem Eintritt in diese Uni praktisch schon geschafft.

Es dauerte immer ein bisschen, bis er merkte, dass sie ihn doch nicht wie einen von ihnen ansahen, aber auch nicht wie einen Dozenten oder Professor. Er war irgendetwas dazwischen. Und da er weder Krokodile noch alberne Pferde mit Polospielern auf seinen Shirts trug, war klar, dass er doch eher nur ein Spätberufener war. Ein Mitstudent, gut zehn Jahre älter als die meisten dieser nach Weichspüler duftenden Frischlinge mit Babyspeck an den Hüften.

Es war sein Schicksal, sich jung zu fühlen und doch immer einer der Älteren zu sein. Er hatte sich zu viel Zeit gelassen, war zu viele Umwege gegangen, hatte zu viele Ehrenrunden gedreht, wie Tante Paulina es ausdrückte. Erst war es jahrelang der Sport gewesen, der ihn von einer »richtigen« Arbeit abgehalten hatte. Schießen und Langlaufen, Biathlon-Training rund um die Uhr. Nach dem Sportende dann das Medizinstudium. Mit seinem Abiturdurchschnitt von 2,2 hatte er sich ein Studium an einer staatlichen Uni abschminken können. Warten bis zum Sankt-Nimmerleins-Tag, noch mehr Ehrenrunden beim Roten Kreuz, eine zwei- oder dreijährige Ausbildung im Medizinbereich, die ihm bestenfalls eine Ziffer hinter dem Komma gebracht hätte. Aber auch mit 2,1 oder 2,0 hätte er in Deutschland keine Chance bekommen. Also hatte Sascha sich an der Paracelsus-Uni in Salzburg beworben. In seiner Zeit als aktiver Leistungssportler war es ihm gelungen, etwas Geld zur Seite zu legen. Für den Anfang hatte es gereicht. Dann war ihm schnell die Kohle ausgegangen. Bei seiner Mutter hatte er es erst gar nicht versucht. Sie hatte selbst kaum genug. Sein Vater meinte, Sascha sei alt genug, sich selbst durchzubringen, womit er ausnahmsweise einmal recht hatte. Und Tante Paulinas Rente reichte zum Leben und für die nicht unbeträchtlichen Nebenkosten in der Villa Palmira, nicht jedoch für ein Studium des Großneffen an einer privaten Uni.

Allen Unkenrufen zum Trotz schaffte Sascha den Aufnahmetest und wurde nach dem Bewerbungsgespräch angenommen. Seine Sportkarriere wurde hier nicht als Umweg gewertet, sondern als Beweis seiner Leistungsbereitschaft. Er hatte gezeigt, dass er über viele Jahre ein Ziel verfolgt und hart dafür gearbeitet hatte, um schließlich für einige Zeit zu den Besten seiner Disziplin zu gehören. Es galt als ausgemacht, dass er einmal Facharzt für Sportmedizin werden würde, um Spitzensportler zu behandeln. Da fiel ihm Tobi Eder ein, der im Krankenhaus lag. Er musste sich bald erkundigen, wie es ihm ging und was mit ihm los war.

Wäre bei seinem ersten Anlauf an der Privatuni alles gut gegangen, dann wäre er jetzt schon fertig mit dem Studium, vielleicht noch kein Facharzt, aber immerhin Arzt. Sascha lehnte sich über die Galerie im ersten Stock und sah auf das Foyer hinunter, durch das kichernd und schwatzend das Jungvolk in die Vorlesungssäle strömte. Im vierten Studienjahr hatte das Geld, das er in der Spielbank als Croupier verdiente, nicht mehr ausgereicht. Er hatte sogar ein paar Erbstücke seines Großvaters verkauft, wie die Loks der Märklin Eisenbahn und das Cello, das außer ihm nie wieder jemand gespielt hatte. Stress und Schlafmangel hatten nur vorübergehend für Höchstleistungen gesorgt. Auf die Dauer hatten sie Sascha ausgeknockt. Und dann war irgendwann Ende Gelände gewesen.

Er riss sich von seinen Erinnerungen los und klopfte an die Tür von Raum null zwölf.

»Herr Maiensäss, wie schön, dass Sie uns einmal wieder beehren.« Kanzlerin Kisskalt musterte ihn durch ihre Gleitsichtbrille hindurch. Sie trug einen dunkel gefärbten Bob und ein schwarz-weißes Etuikleid mit rotem Cardigan. Eine dynamische, zupackende Frau und ein Wunder an Diplomatie – eine Fähigkeit, die sie nach Jahren im Fundraising-Geschäft aus dem Effeff beherrschte. »Was führt Sie zu uns?«

»Ich möchte mein Studium fortsetzen«, sagte Sascha und nahm auf dem Besucherstuhl Platz.

»Wie das?«, fragte die Kisskalt. »Haben Sie im Lotto gewonnen?«

Sascha schüttelte den Kopf. »Leider nein.«

»Banküberfall?« Sie sah wieder auf ihren Bildschirm, wo in der letzten Minute wahrscheinlich dreiundfünfzig wichtige E-Mails eingegangen waren.

»Dafür bin ich zu ungeschickt«, antwortete Sascha.

»Sie haben aber nicht vor, ein Stipendium aufgrund Ihres außergewöhnlichen Fleißes und Ihrer legendär guten Prüfungsnoten zu beantragen, oder?«

Sascha schüttelte den Kopf. Sie meinte es bestimmt nicht so hart, wie es klang. Die PMU war mit ihren vierzig bis fünfzig Erstsemestlern pro Jahr im Grunde wie eine kleine Dorfgemeinschaft. Man kannte sich, man erinnerte sich sogar an die Aussteiger. Vielleicht besonders an die, weil es nicht so viele waren. Und im Fall von Sascha war es fast ein Skandal gewesen, weil er einen Teil seiner Studiengebühren schuldig geblieben war. Sogar die Ratenzahlungen, die man ihm angeboten hatte, waren ins Stocken geraten.

»Ich kann meine Schulden jetzt auf einen Schlag zurückzahlen und die Gebühren für das vierte Jahr vorstrecken.«

»Also doch nicht zu unbegabt für einen Überfall?« Die Kanzlerin löste endlich ihren Blick vom Bildschirm, setzte ihre Brille ab und lehnte sich zurück. In ihrer linken Augenbraue funkelte ein silbernes Haar. »Oder haben Sie geerbt? Haben Sie nicht mit Ihrer Großmutter zusammengelebt?«

Dass sie sich sogar daran noch erinnerte! »Mit meiner Großtante lebe ich immer noch in einem Haus«, antwortete Sascha. Mit dem Erben lag sie noch falscher als mit dem Banküberfall. Doch woher Sascha sein Geld hatte, konnte er ihr unmöglich verraten. »Eine Schenkung zu Lebzeiten«, sagte er. Das kam der Wahrheit am nächsten.

»Sie sind ja ein richtiger Glückspilz, Herr Maiensäss. Ich gratuliere.« Sie streckte den Rücken und begann mit leichtem Schulterkreisen. Klassische Nackenschmerzen der Schreibtischtäter, Sascha konnte es an ihrem Gesicht ablesen. Sollte er es wagen? Er stand auf und ging um den Schreibtisch herum, bis er hinter ihr stand.

»Darf ich?«, fragte er und hatte seine Finger schon an ihren Nacken gelegt. Der wohltuende, sanfte Druck und die Aussicht auf Linderung ihrer Schmerzen ließen die Frau Kanzlerin ein paar Sekunden zu lang zögern. Also begann Sascha mit den Fingern die verknubbelten Triggerpunkte im Nacken zu ertasten und sie nach leichtem Aufstöhnen der Patientin in sanften, aber stetigen Kreisbewegungen zu massieren. Dorothee Kisskalt ließ locker und entspannte sich zunehmend. Sie seufzte einmal tief auf, schloss die Augen und gab sich Saschas Händen hin. Natürlich ließ er die Tür nicht aus den Augen. Zu blöd, wenn jetzt jemand hereingekommen wäre. Dabei war alles ganz harmlos. Er spürte, wie der größte Knubbel auf der linken Seite zu schmelzen begann wie Butter in der Sonne.

»Mhmm«, machte die Frau Kanzlerin, und »jaaaa«. Er war sich sicher, dass sie sich am liebsten ihrer Kleider entledigt und ihm den ganzen Rücken zur Behandlung angeboten hätte, aber es schickte sich nicht für eine Kanzlerin, sich frei zu machen für einen verkrachten Studenten. Weshalb Sascha den nächsten Seufzer dahingehend interpretierte, dass er seine Bemühungen langsam einstellen sollte, bevor der nächste Termin zur Tür hereinkam.

»So, so, Herr Maiensäss …«, schnurrte sie, als er wieder diskret ihr gegenüber Platz nahm. »Dann haben wir also immer noch keinen vollständigen Überblick über Ihre diversen Kenntnisse und besonderen Fähigkeiten. Aber wir werden Ihnen schon noch auf die Schliche kommen.«

War das nun eine Zusage?

»Ein gewisser Diego Maradona hatte den Beinamen ›Hand Gottes‹«, sagte die Kisskalt und schielte schon wieder auf ihren Bildschirm. »Wollen Sie ihn übertrumpfen?« Sascha verstand nicht gleich, was sie meinte. Wie könnte er die Hand Gottes übertrumpfen?

»Sie tun Ihre Wunder nicht nur mit einer, sondern mit beiden Händen«, fuhr sie fort, und als sie ihre Schultern leicht zu kreisen begann, war das unschöne Knirschen weg, das ihre Bewegungen zuvor begleitet hatte. »Sie zahlen also Ihre Schulden innerhalb von sieben Werktagen in einer Summe zurück, und dann besprechen wir Ihr Ansuchen in der nächsten Bewerberkonferenz. Einverstanden, Herr Maiensäss, Alexander?« Sie warf ihm einen sehr vertraulichen, fast verschwörerischen Blick zu, der ihn zuversichtlich, ja kurzfristig sogar euphorisch stimmte.

»Sascha«, sagte er.

»Sascha?«

»Ich werde Sascha genannt.«

»Meinetwegen. Also, Sascha, Sie hören von uns. Und wir freuen uns auf Ihre Überweisung. Reichen Ihnen sieben Werktage?«

»Ja, ich denke, das müsste reichen.«

»Nicht, dass Sie Ihr Wort nicht halten können und sich damit Ihren Einstieg vermasseln. Auf Ihnen ruhen Argusaugen«, sagte sie. »Falls Sie wieder Student bei uns werden.«

Sascha wagte ein leichtes Lächeln. »Dürfte ich mich denn für den Fall, dass ich noch einmal eine Chance an der PMU bekomme, schon einmal nach einem Platz für die Famulatur umsehen?«

»Da spricht nichts dagegen, würde ich sagen. Eben unter dem Vorbehalt, dass die Kolleginnen und Kollegen Ihnen eine zweite Chance geben. Wollen Sie ins Landeskrankenhaus?«

»Ich dachte an die Kreisklinik in Bad Reichenhall.«

»Ein Heimspiel also«, kommentierte sie und fing an zu tippen. Sascha betrachtete die Audienz für beendet und erhob sich.

»Vielen Dank«, sagte er. »Auf Wiedersehen, hoffentlich.«

»Auf Wiedersehen«, antwortete sie zerstreut. »Und denken Sie an die Überweisung.«

Er nickte. In der Tür drehte er sich noch einmal zur Kanzlerin um. »Nie die Schultern hochziehen beim Tippen. Immer dagegen arbeiten.« Sie sah ihm über den Rand ihrer Gleitsichtbrille nach. Dann schloss er die Tür hinter sich und ballte die Beckerfaust. Ja! Es hätte wirklich schlechter laufen können.

Frau Bach schien eine starke Vorliebe für die Farbe Weiß zu haben. Alle Möbel in ihrer Praxis waren weiß, sogar die Lederstühle und die Tulpen in der Vase auf ihrem weißen Schreibtisch. Nur an der Wand hing eine riesige Lampe aus Messing in Form einer Sonne, mit gezackten Strahlen. Herbert, der Chihuahua, war immer noch sauer auf Elina, weil sie ihm seine Gassirunde vermasselt hatte. Er zog es vor, den Behandlungsraum erst gar nicht zu betreten, sondern rannte im Gang einem Regenbogen-Plüscheinhorn hinterher, das er sich selbst mit seinem viel zu kurzen Schnäuzchen in die Luft warf.

Elina war mittlerweile schlecht vor Aufregung. Sie fragte sich, was sie hier überhaupt machte. Sie griff nach den Betablockern in ihrer Jackentasche. Zur Not konnte sie sie auch ohne Wasser schlucken. Allmählich wurde es Zeit, damit sie beim Beginn des Vorspiels wirkten. Sie sah zum Gang, wo Herbert wie ein *petit train* vorbeischnaubte. Am liebsten wäre sie jetzt aufgestanden und gegangen. Warum war sie überhaupt mitgegangen, statt sich zu sammeln und auf ihr Spiel zu konzentrieren? Elina griff nach ihrem Geigenkoffer.

»Moment.« Frau Bach stand jetzt direkt neben ihr und griff nach ihren Händen. »Eiskalt«, sagte sie. »Das habe ich mir schon gedacht. Ein besonders schwerer Fall von Lampenfieber.« Das wusste Elina auch selbst.

Frau Bach öffnete eine kleine Plastikkapsel, die aussah wie die Kappe eines Kugelschreibers, und ließ fünf Kügelchen in Elinas Hand gleiten. »Unter die Zunge legen und zergehen lassen.«

Elina gehorchte mechanisch. Sie wollte hier raus und sich endlich auf ihr Vorspiel einstimmen.

»Ich glaube, Sie sind eine ganz hervorragende Geigerin«, schmeichelte ihr die Heilpraktikerin. »Sie müssen gar keine Angst haben. Spielen Sie einfach.«

Ha, dachte Elina, genau die Art von Ermunterung, die sie jetzt brauchte. Jetzt müsste sie nur noch sagen, »Du schaffst das schon!«, dann wäre die Szene perfekt. Das kannte Elina zur Genüge von zu Hause. Ein simples »Du schaffst das«, ohne auch nur einen Gedanken darüber zu verlieren, wie derjenige das bewerkstelligen sollte. Das bisschen Geigenspielen. »Und wenn du es nicht schaffst, dann machst du eben etwas anderes«, hörte sie ihre Eltern unisono sagen. Aber das war Blödsinn. Sie machte seit gefühlt zwanzig Jahren nichts anderes, als Geige zu spielen, und konnte sich auch nichts anderes vorstellen. Sie hatte die Hochschule absolviert und einen guten Abschluss gemacht. Dass es für eine Karriere als Solistin nicht gereicht hatte, hatte sie auch ihrem wahnsinnigen Lampenfieber zu verdanken. Nach außen hin wirkte Elina ruhig und gefasst, innerlich fühlte sie sich jedoch entweder als verkanntes Genie oder als Versagerin. Es war alles immer so verdammt kompliziert. »Spielen Sie einfach!« Haha.

Elisa schleckte die fünf Kügelchen aus ihrer Hand, bugsierte sie unter die Zunge. Simsalabim, würde jetzt die Aufregung verschwinden und sie würde einfach spielen, natürlich wie eine Göttin, Anne-Sophie Mutter, Hilary Hahn, Elina Albig, der neue Stern am Himmel der göttlichen Geigerinnen.

Frau Bach rieb ihre Hände und umfasste damit Elinas Eisfinger. Ihre Wärme übertrug sich sofort, wie von einem Heizkissen.

»Die Kügelchen helfen Ihnen auch, wenn Sie nicht daran glauben«, raunte ihr die alte Dame zu. »Sie werden schon sehen. Wenn Sie wirklich nach Bad Reichenhall ins Orchester wollen, dann werden Sie das auch schaffen.« Sie beugte sich vor und tat so, als spucke sie Elina dreimal über die rechte Schulter. Dazu flüsterte sie »Toi, toi, toi«. Es hörte sich an wie eine Beschwörungsformel.

Ein Gefühl von Leichtigkeit und Zuversicht ergriff Elina. Das war etwas ganz anderes als diese trotzige Wurstigkeit, die normalerweise auf das Lampenfieber folgte, damit sie überhaupt auf die Bühne treten und den Bogen in die Hand nehmen konnte.

Elina stand auf, es wurde Zeit, dass sie zu ihrem Probespiel ging. »Was bin ich Ihnen schuldig?«, fragte sie.

»Natürlich nichts«, sagte Frau Bach. »Ich hole mir doch meine Patienten nicht aus dem Kurpark, um ihnen das Geld aus der Tasche zu ziehen. Kommen Sie morgen oder in den nächsten Tagen wieder und erzählen Sie mir, wie es gelaufen ist.«

Elina nickte. Ihr letzter Blick galt Herbert, der breitbeinig und mit nach oben geringeltem Schwanz neben der Tür stand und ihr, hätte er sprechen können, todsicher eine saftige Verwünschung hinterhergerufen hätte.

Eine halbe Stunde später stand Elina auf der Bühne der Konzertrotunde und setzte den Bogen an. Sie spielte wie eine Göttin. Der Mozart lief durch wie aufgezogen und spielte sich quasi von selbst. Bei Brahms neigte sie dazu, romantisch und träumerisch zu werden, und verlor etwas an Körperspannung.

»Mehr Ausdruck!«, hatte ihr Lehrer an der Hochschule dann immer gerufen. Mehr Spannung! Nicht einschlafen, gib alles! Sie pushte sich selbst und gab alles. Zwanzig Jahre Geigenunterricht mit Höhen und Tiefen, Erfolgen und Misserfolgen, Lob und unzähligen »Das schaffst du schon«. Und es gelang. Elina spielte ihren Brahms so gut wie niemals zuvor und fast ohne Aufregung.

Nach einer kurzen Pause wurde sie tatsächlich zur dritten Runde eingeladen. Sie hatte keine Ahnung, wer außer ihr noch im Wettbewerb war, und es kümmerte sie auch nicht. Als sie wie im Flow den Geigenpart aus der Ouvertüre zu Smetanas »Verkaufter Braut« spielte, wurde tatsächlich geklatscht. Es war auf einmal wie im Konzert, gar nicht mehr wie in einem Vorspiel vor Kollegen. Der letzte Ton verklang, und sie lauschte ihm ungläubig hinterher. War das jetzt tatsächlich sie gewesen, diese Geigerin, die völlig selbstvergessen Smetana zelebriert hatte? Sie ließ die Geige sinken, verneigte sich und wusste endlich wieder, wo sie war, nämlich im Konzertsaal der Bad Reichenhaller Philharmonie.

Kurz darauf erfuhr sie, dass sie angenommen war. Falls Herbert ihr tatsächlich eine Verwünschung hinterhergeschickt hatte, so war sein Voodoo-Zauber den Globuli seines Frauchens eindeutig unterlegen.

Unter den abstimmenden Orchestermitgliedern saß auch Anatol. Er lächelte zurückhaltend, aber seine Augen blitzten vor Stolz. Sie würde also nach Bad Reichenhall ziehen, und sie würden Kollegen im selben Orchester werden. Am Abend hatte er angeboten, für sie zu kochen. Eine private Feier schien ihm angebrachter als ein Restaurantbesuch. Die Kolleginnen und Kollegen sollten noch nicht erfahren, dass Anatol und sie sich bereits kannten.

Das hätte seinem und ihrem Ruf womöglich geschadet und die Gerüchteküche angeheizt. Kollegialität bedeutete ihm sehr viel.

Die weiße Mousse au Chocolat, die Anatol zubereitet hatte, war ein Traum. Elina fielen fast die Augen zu, als sie den Löffel nach dem letzten Bissen aus der Hand legte. Sie machte es sich auf dem Sofa bequem, und Anatol deckte sie mit einer kuscheligen Wolldecke zu. Sie hörte noch, wie er die Kaffeemaschine einschaltete, aber als er mit den zwei Espressi aus der Küche kam, war sie bereits eingeschlafen. Seine Enttäuschung bekam sie erst am nächsten Morgen mit, als er zur Probe musste und ihr eine Nachricht hinterließ, aus der sie schließen konnte, dass er sich etwas mehr vom Ausklang des Abends erwartet hatte, als einer Geigerin beim Schlafen zuzusehen.

## Dienstag, 9. Juni 2020

Sascha hatte seine Schulden an der Uni innerhalb der Sieben-Tages-Frist einbezahlt und Kanzlerin Kisskalt wohl ein gutes Wort bei der Zulassungskommission für ihn eingelegt. Mit seinen göttlichen Maradona-Händen – und vielleicht auch einer Prise Charme zur rechten Zeit – hatte Sascha den Hattrick geschafft und startete sozusagen von der Poleposition in die Famulatur, sein viermonatiges Praktikum im Kreiskrankenhaus von Bad Reichenhall.

Gleich am ersten Tag durfte Sascha bereits bei der Visite mitlaufen. Der Chefarzt war heute nicht dabei, also marschierte Stationsärztin Dr. Eva Doppler an der Spitze des Zuges. Sie war eine attraktive Mittvierzigerin, die von den meisten Kollegen und Kolleginnen als eine der fähigsten und engagiertesten Ärztinnen am Reichenhaller Krankenhaus geschätzt wurde. Ihre baldige Ernennung zur Oberärztin war nur noch Formsache, hatte die Stationsschwester ihm erzählt. In ihrem Tross liefen eine Assistenzärztin, ein Assistenzarzt, eine Schwester und Sascha. Seine Aufgabe war es, den Tisch mit dem Computer und dem großen Bildschirm zu schieben. Auf dem mobilen Bildschirm standen alle gespeicherten Patientendaten zur Verfügung, abteilungsübergreifend und in Echtzeit. Als sie das Einzelzimmer betraten und Sascha die Patientendaten aufrufen wollte, bat Dr. Doppler ihn, damit noch einen Moment zu warten.

»Wir haben ja heute unseren neuen Famulus bei uns. Da wollen wir doch einmal sehen, was er bisher in seinem Medizinstudium an der Privatuni in Salzburg so gelernt hat. Na, Herr … « Sie musste seinen Namen auf dem Namensschild nachlesen. »Herr Maiensäss, was können Sie uns denn über Aneurysmen erzählen?«

Sascha spürte erwartungsvolle Blicke auf sich gerichtet, die Assistenzärzte sahen ihn fast ein bisschen hämisch an, die Stationsschwester grinste. Auch der Patient, an dessen Bettende sie standen, schien keine allzu hohen Erwartungen an ihn zu haben.

»Ja, also«, begann Sascha, »so ganz allgemein oder etwas spezieller?«

»Fangen Sie einfach mit dem an, was Sie wissen«, antwortete Dr. Doppler. »Ich denke nicht, dass wir gleich eine einstündige Vorlesung von Ihnen bekommen werden.« Gelächter der Kollegen, der Patient schien eher Mitleid mit ihm zu haben.

»Als Aneurysma bezeichnet man eine spindel- oder sackförmige, örtlich begrenzte Erweiterung des Querschnitts von Schlagadern – seltener von Venen. Ursache kann eine entweder angeborene oder erworbene Wandveränderung einer Arterie sein. In etwa achtzig Prozent der Fälle ist eine Atherosklerose – vulgo auch Arteriosklerose genannt – die Ursache für ein Aneurysma, das übrigens schon im sechzehnten Jahrhundert vor Christus im alten Ägypten, im sogenannten Papyrus Ebert, erstmals erwähnt wurde.«

Sascha sah in die Runde und stellte befriedigt fest, dass den Assistenzärzten das Lachen vergangen war. Der betroffene Patient saß mit leicht geöffnetem Mund in seinem Bett und lauschte verdutzt seinen Ausführungen.

Dr. Doppler nickte anerkennend.

»Fahren Sie fort, Herr Maiensäss. Wir haben anscheinend Ihr Spezialgebiet entdeckt. Wo überall kommen Aneurysmen im menschlichen Körper vor?«

»Im Gehirn«, antwortete Sascha, »um von oben anzufangen. Dann im Brust- oder Bauchraum, aber auch in den peripheren Gefäßen können sich Aneurysmen bilden und bedrohen dann vor allem durch Gefäßverschlüsse, also Thromboembolien, die Gliedmaßen. Aneurysmen sind teilweise mit Thrombenmasse randständig ausgefüllt. Beim Aneurysma in der Kniekehle beispielsweise kann diese Thrombenmasse durch Bewegung in die periphere Zirkulation ausmassiert werden. Dies kann zum Teil zu irreversiblen Gefäßverschlüssen führen.«

»Ich sehe, Sie sind bestens vorbereitet, Herr Maiensäss«, sagte die Stationsärztin. »Mit welchen Folgen muss man denn im schlimmsten Fall bei einem solchen Gefäßverschluss rechnen?« Sie sah den Patienten an, der schon etwas blass aus seinem Kissen sah.

Sascha entschied sich, nicht lange herumzureden. »Im schlimmsten Fall mit der Amputation des Unterschenkels«, sagte er. »Was ja in diesem Fall durch den sofortigen und beherzten Eingriff einer ausgezeichneten Gefäßchirurgin glücklicherweise verhindert werden konnte. Denn so wie es aussieht, verfügt der Patient noch über alle seine Gliedmaßen und wird sie hoffentlich in Zukunft auch wieder wie gewohnt einsetzen können.«

Dr. Doppler nickte anerkennend. »Worauf würden Sie als Ursache bei diesem Patienten tippen, Herr Kollege, eine Atherosklerose?«

»Nein, das wäre für sein Alter ganz untypisch. Die Mehrzahl der Betroffenen ist männlich und über fünfzig

Jahre alt, was dieser Patient nicht ist. Ich tippe also auf eine genetische Disposition.«

»Da schließe ich mich dem Kollegen an«, sagte Dr. Doppler. »Respekt, Herr Maiensäss. Dann wollen wir mal weitermachen mit der Visite. Vielleicht können Sie ja den Patienten noch genauer befragen, wie es ihm heute geht. Sie sind ja anscheinend der Spezialist für Aneurysmen. Auf Wiedersehen, Herr Eder.«

Sie marschierte mit ihrem Tross hinaus. Die Stationsschwester übernahm den fahrbaren Computer.

»Ja, habe die Ehre, du alte Fischhaut«, sagte Tobi Eder, als die Tür hinter den Ärzten zufiel. »Der Professor Sascha. Ich hab gar nicht gewusst, dass du wieder unter die Ärzte gegangen bist. Dich haben sie doch an der Uni rausgeschmissen, ist mir erzählt worden.«

»Servus, Tobi, freut mich, dass du schon wieder so munter bist nach deinem thromboembolischen Gefäßverschluss. Du machst ja Sachen, Mensch! Und sie haben mich nicht rausgeschmissen in Salzburg. Mir ist nur vorübergehend das Geld ausgegangen.«

»Und jetzt hast wieder welches?«, fragte Tobi.

»Ja, hab ich.«

»Und du Hundling hast erfahren, dass ich hier auf Station liege und hast meine Krankenakte auswendig gelernt. Bestimmt willst du dich bei der feschen Ärztin einschleimen. Die ist ja wirklich eine Granate.«

»Sagen wir so, ich hab mich halt ein bisschen schlaugemacht, weil's mich interessiert hat, was dir passiert ist.«

»Tausendsechshundert Jahre vor Christus, Papyrus sowieso. Ja, bist du weg! So eine Show wie du bei der Visite abgezogen hast.« Tobi grinste. »Der Sascha halt, wie man ihn immer schon kennt in Reichenhall und

Umgebung. Und jetzt willst du es wirklich wissen und unter die Mediziner gehen?«

»Ja, schaun mer mal, wie weit ich komme.«

»Und ob dir nicht vorher das Geld wieder ausgeht. Musst halt mit so einer Oberärztin wie der Doppler anbandeln. Dann wären deine Geldsorgen auch vorbei.«

»Geh, die ist doch ein paar Jahre älter als ich, und außerdem nur Stationsärztin«, wehrte Sascha ab.

»Ist doch egal bei der. Tolle Frau, tät ich sagen, und gut für deine Karriere. Arbeitest du noch in der Spielbank?«

Sascha schüttelte den Kopf. »Keine Zeit mehr, und zu wenig Kohle. Ich bin jetzt beim Böllmann Ulli in der Praxis.«

»Als was?«, fragte Tobi. »Als Hochstapler?« Und dann klopfte er sich auf seinen unverletzten linken Oberschenkel, so musste er über seinen eigenen Witz lachen.

## Montag, 15. Juni 2020

»Was ist denn eigentlich mit meiner schönen Bart-Iris passiert?«, fragte Paulina beim Frühstück.

Sascha war schon spät dran und musste gleich los. Und jetzt auch noch Tante Paulina.

»Mit was für Dingern?«, fragte er.

»Die Blumen unten an der Treppe mit den herrlichen lila Blüten. Eine Schwertlilienart.«

»Ja und, was soll damit sein?«, fragte Sascha und zwängte sich an ihr vorbei zur Garderobe.

»Gerupft hat sie jemand, über Nacht«, behauptete sie.

»Wer macht denn so was?«, fragte Sascha.

»Die Katze war's jedenfalls nicht«, sagte Paulina, »dass die inzwischen mit einer Schere umgehen kann, das glaube ich nicht.«

Nichts geschah hier in Paulinas Haus und Garten von ihr unbemerkt.

»Wer ist denn die Glückliche, wenn man fragen darf? Vielleicht deine Frau Doktor im Krankenhaus?«

Sascha schüttelte den Kopf. »Die wichtigste Person auf Station ist nicht die Chirurgin, sondern Schwester Conny. Und die wichtigste Lektion für die Famulatur: Stell dich gut mit der Stationsleitung. Hat man mir so beigebracht.«

»Und da kommt dir meine schöne lila Bart-Iris gerade recht«, nörgelte Paulina. »Du bist ja ein richtiger Schleimer, Alexander. Das hätte ich gar nicht von dir gedacht.«

»Das nennt man Charmeur, Tante Paulina.«

Sascha nahm den Strauß aus dem Schuhschrank und ging damit zur Tür.

»Das nächste Mal nimmst du noch was Grünes dazu. Hinten am Zaun gibt es auch noch weißes Schleierkraut, das passt prima dazu.«

»Nein, das schaut doch dann wieder so professionell aus, wie aus dem Blumengeschäft. Und dann ist der ganze Pfiff weg. Es soll schon genau so wie aus dem Garten abgeschnitten aussehen. Das ist doch viel charmanter.« Er konnte sich Paulinas Gesichtsausdruck lebhaft vorstellen. Da musste er sich nicht einmal mehr zu ihr umdrehen. Er war wirklich schon spät dran.

Schwester Conny war hin- und hergerissen. Der Blumenstrauß war schon ziemlich dick aufgetragen, aber am Ende fühlte sie sich doch ein wenig geschmeichelt. Bei der Chefvisite raunzte sie Sascha sogar fast fürsorglich zu, er solle es nicht persönlich nehmen, dass er einer derjenigen war, die gebeten wurden, vom Gang aus teilzunehmen. Die Patientenzimmer waren für die vielen Teilnehmer einfach zu klein, erklärte sie ihm. Das war immerhin nett gemeint. Dass der Betrieb im Krankenhaus extrem hierarchisch aufgebaut war, hatte Sascha selbst auch schon mitbekommen. Damit konnte er leben, die Arbeit hier begann ihm sogar richtig Spaß zu machen. Ein Gutes hatte diese Hierarchie ja. So wusste zumindest jeder, wo sein Platz war. Noch war sein Platz im Gang, aber er würde mit der Zeit schon wieder vorrücken, näher an die Patientenbetten heran.

Am Morgen hatte er zwei Stunden im OP bei einer Gefäßoperation assistiert, was eine ziemlich blutige Angelegenheit gewesen war. Frau Dr. Doppler hatte operiert wie eine Löwin. Sascha hatte im Prinzip nur Haken und Zangen gehalten und zugesehen, während seine Oberarme immer stärker brannten. Der Weg zu den Fähigkeiten einer Dr. Doppler schien ihm noch elend weit. Sie übte ihr Handwerk mit solcher Präzision, Sorgfalt und Unerschrockenheit aus, dass er allein beim Zuschauen Schweißausbrüche bekam. Ein falscher Handgriff, ein Ausrutscher aus Konzentrationsmangel oder Müdigkeit konnten dem Patienten riesige Schmerzen verursachen oder ihm im schlimmsten Fall das Leben kosten. Die Patienten lagen auf dem OP-Tisch wie auf der Schlachtbank. Sie wurden von Maschinen überwacht und waren dem Können und den Kräften ihrer Operateurin ausgeliefert. Sascha war heilfroh, dass er diese Verantwortung nicht übernehmen musste.

Mittags bog Sascha auf dem Weg zur Kantine noch einmal ab und schaute bei Tobi Eder vorbei. Als er sein Zimmer betrat, fand er Tobis Bett leer, und das Herz rutschte ihm fast in die Hose. Es war ihm doch schon wieder so gut gegangen. Er hatte gescherzt und sich mit ihm unterhalten. Ein Rumpeln im Badezimmer brachte ihn zurück in die Realität. Die Tür ging auf, und Tobi fuhr in einem Rollstuhl, an dem seine Infusionsflasche befestigt war, zurück ins Zimmer.

»Habe die Ehre und halleluja«, sagte Tobi. »Ich war am Klo.« Er streckte beide Daumen hoch. »Gut, dass da rechts und links solche Haltestangen für Senioren an der Wand sind. So komm ich ganz gut rüber. Armmuskeln hab ich ja noch. Nur mit den Beinen wird es richtig zäh werden, bis da wieder was nachwächst. Schau dir mal an, wie meine Muskeln geschrumpft sind.«

»Du hast immer noch mehr als die meisten anderen Leute«, sagte Sascha. »Und so, wie du schon wieder drauf bist, kommt das alles bald zurück.«

»Das sind die vielen Schmerzmittel, die ich kriege. Erst wenn ich meine Opiate nicht mehr nehme, beginnt für mich der Ernst des Lebens.« Er hievte sich vom Stuhl zurück ins Bett. Sein Bein war von oben bis unten bandagiert. »Irgendwann muss ich wieder runterkommen von den ganzen Medikamenten. Aber bis dahin dusle ich noch eine Zeit vor mich hin, bis das alles einigermaßen verheilt ist.«

»Bei der Frau Dr. Doppler bist du eh in besten Händen«, sagte Sascha. »Die Frau ist wirklich der Wahnsinn. Nicht was du wieder meinst. Ich hab ihr heut bei einer OP assistiert, zwei Stunden lang. Also, ich hab gedacht, da arbeitet ein Roboter, der nur aussieht wie eine Frau.«

»Ich weiß schon, dass ich es ihr zu verdanken habe, dass mein Bein noch dran ist«, erwiderte Tobi. »Ich hab mich im Internet schlaugemacht, jetzt, wo ich endlich einen WLAN-Zugang bekommen habe. Das war vielleicht noch schwieriger als meine drei Operationen«, scherzte er. »Da drauf könntest du dich hier im Krankenhaus verlegen, Sascha.«

»Worauf jetzt?«

»Organisieren von WLAN für die Patienten.«

»Wieso, ist das so schwer?«

»Allerdings«, behauptete Tobi. »Da musst du runter gehen an die Pforte und einen Bon kaufen. Ist nur bissl schwierig, wenn du nicht laufen kannst. Dann musst du eine Schwester oder einen Pfleger bitten, für dich mit deinem Geld runterzugehen und dir das Scheißpasswort zu besorgen. Aber von denen hat ja nie einer Zeit. Da kannst du warten, bis du schwarz wirst.«

»Wenn du sonst keine Sorgen hast als einen Internetzugang, dann kannst du froh sein.«

»Ich muss doch nachschauen, wie meine Wettbewerbe weitergehen. Die Konkurrenz schläft ja nicht. Und wie lange sie mich jetzt durch die Konkurrenz im Kader ersetzen oder ob sie mich gleich ganz kaltstellen.«

»Mach dich nicht verrückt, Tobi. Du musst jetzt einfach wieder gesund werden, alles andere kann warten.«

»Stimmt, ich kann hier eh nichts machen. Aber weißt du, was ich am allerschlechtesten von allen Sachen kann? Warten.«

Tobis Handy wummerte, und er sah kurz aufs Display.

»Ich weiß schon, dass ich Glück gehabt habe mit der Dr. Doppler. Sie ist die tollste Ärztin, die ich je erlebt habe. Ist nicht meine erste Operation. Das weißt du ja selbst, Sascha, dass man als Profisportler einiges wegstecken muss an Verletzungen. Aber so eine Scheiße wie die jetzt hab ich auch noch nie erlebt. Und der Sport hat dieses Mal gar nichts damit zu tun.«

»Stimmt, das hätte dir überall passieren können.«

»Sonst gehe ich ja lieber zur Frau Bach«, plapperte Tobi weiter, und Sascha dachte, er habe sich verhört. »Weil ich mit den Schulmedizinern auch schon viel Blödsinn erlebt habe.«

»Zu dieser Heilpraktikerin mit ihrem Pendel?«, fragte Sascha. »An so einen Schwachsinn glaubst du? Jetzt im Ernst?«

»Was heißt glauben? Sie hat halt megaviel Erfahrung, so alt, wie sie ist, und bei den vielen Leuten, die sie schon behandelt hat.«

»Ach, komm. Aber dein Aneurysma hat sie auch nicht vorhergesehen. Dabei hätte sie dir bestimmt nicht helfen können.«

»Nein, dabei nicht. Das stimmt.«

»Bist du mit deinen Beschwerden etwa bei ihr gewesen?«

Tobi nickte. »Sie hat gedacht, es könnte eine Venenentzündung sein. War's dann aber nicht.«

»Was? Also eine saubere Fehldiagnose?«, regte Sascha sich auf.

»Das passiert Ärzten ganz genauso, Sascha, da musst du jetzt nicht so aufgehen.«

»Doch, da gehe ich schon auf. Dieser Person müsste man doch das Handwerk legen.«

»Sag mal, spinnst du? Was steigerst du dich denn da jetzt so rein? Ich gebe ihr überhaupt keine Schuld. Ich bin schon froh, wenn ich nicht noch einmal nachoperiert werden muss.«

Beim Verbandwechseln betrachtete Sascha Tobis Bein, das wirklich arg aussah. Eine dicke Naht zog sich innen den Oberschenkel entlang, unterbrochen vom Knie, und setzte sich am Unterschenkel fast bis zum Knöchel fort.

»Hoffentlich verheilt das auch optisch wieder gut. Ich meine, du lässt ja im Normalfall nichts anbrennen.«

»Ach, das ist doch alles bloß Gerede«, behauptete Tobi grinsend. »Und jetzt bin ich ja sowieso kaltgestellt.«

»Das wird schon wieder, Tobi. Bald bist du wieder zurück auf der Piste. Aber zu dieser Bach brauchst du nicht mehr zu gehen, das hat doch nichts gebracht.«

Tobi schüttelte den Kopf. »Wie kommst du denn jetzt da drauf. Sie sagt doch schon seit Jahren zu mir, dass ich mich mal untersuchen lassen soll. Dafür hab ich aber nie Zeit gehabt, mir hat ja nichts wehgetan. Also da bin ich schon selber schuld.«

»Dann muss sie eben darauf bestehen, dass du zum Arzt gehst, wenn sie schon irgendeinen Verdacht hat.« So ein Heilpraktiker, dachte er, ein Physio oder auch ein Arzt konnte doch nicht seelenruhig zuschauen, wenn ein Patient, dem man dringend zu einer Untersuchung geraten hatte, einfach nicht hinging. Strafbar machte man sich da wahrscheinlich nicht, aber moralisch war das nicht in Ordnung. Da machte man sich doch eigentlich mitschuldig, wenn man nichts unternahm. Und warum hatte die Frau eigentlich so einen Zulauf, als könnte sie Wunder vollbringen? Bei Tobi war es wohl eher in die Hose gegangen.

Sascha befestigte den Verband und streifte dabei versehentlich Tobis Fußsohle.

»Au«, schrie Tobi. »Nicht berühren!«

»So schlimm? «, fragte Sascha.

»Nein, viel schlimmer!« Tobi verdrehte die Augen.

»Sorry, Tobi. Kann ich dich jetzt alleine lassen? Sonst macht mir die Kantine vor der Nase zu, und ich kann überhaupt niemandem mehr den Verband wechseln, weil ich dann tot bin, wenn ich jetzt nichts mehr zu essen bekomme.«

»Schlimm«, sagte Tobi Eder. »Wo du doch der beste Verbandwickler im ganzen Krankenhaus bist.«

Sascha schaute an der Tür noch einmal zurück, um sich zu vergewissern, dass Tobi das nicht ironisch meinte. Das ginge jetzt nämlich gegen seine Ehre als angehender Mediziner.

»Alles gut!«, beruhigte Tobi ihn. »An Guad'n!«

»Ah, der neue Herr Famulus!«, rief ihm jemand auf dem Rückweg von der Kantine auf die Station aus einem der Büros im Verwaltungstrakt entgegen.

War das nicht der Wolny? Wie hieß der noch mal mit Vornamen? Sascha überlegte, aber es fiel ihm nicht ein. Er war immer nur »der Wolny« gewesen. Seltsam eigentlich, dass manche Leute, Schulkameraden, Nachbarskinder im Viertel, Kollegen aus dem Sportverein oder vom Schießstand, denen man jahrelang immer wieder begegnete, weil man sich in einer Stadt wie Bad Reichenhall eben zwangsläufig über den Weg lief, keinen Vornamen hatten. Das heißt, sie hatten natürlich einen, aber jeder nannte sie nur beim Nachnamen. Und hätte einer gesagt »der Wolfi«, hätte man glatt nachfragen müssen »welcher Wolfi?«. »Na, der Wolny Wolfi.« »Ach so, der Wolny, sag's halt gleich.« Und dann war er wieder weg und vergessen, der Vorname, den zwangsläufig auch der Wolny haben musste. Aber Sascha brachte es nicht fertig, in dieser Umgebung der Krankenhausverwaltung, in der er Wolny nach gefühlten zwei oder drei Jahren wieder begegnete, »Servus, Wolny« zu sagen. Also schielte er auf das Schild, das an seinem karierten Hemd befestigt war. »C. Wolny« stand da. Wie hieß der jetzt? Christoph? Chris? Christian, echt? Sascha konnte sich an keinen Vornamen erinnern, beim besten Willen nicht. Also sagte er nur »Servus« und dass er ja gar nicht gewusst hätte, dass er auch im Krankenhaus arbeitete.

»Bist du schon lange hier?«, fragte Sascha.

»Seit der Mittleren Reife ungefähr«, antwortete C. Wolny. »Und du studierst wieder Medizin, Sascha? Als Spätberufener, gell?« Seine Backen wurden noch runder, er grinste wie ein altes Krokodil.

»Tja, manche finden ihren Platz halt gleich, und andere brauchen dafür ein paar Umwege«, konterte Sascha.

»Deine Biathlon-Karriere ist vorbei, hab ich gehört. Dafür geht jetzt deine Medizin-Karriere steil nach oben, oder?« Wolnys Grinsen gefiel Sascha nicht so richtig. Da war der Spott zu deutlich spürbar. »Hast du deine aktuelle Studienbescheinigung mitgebracht?«

Sascha zog das Papier aus der Gesäßtasche seiner Jeans und reichte es Wolny.

»Danke, dann machen wir gleich noch den Vertrag für deine Famulatur, oder? Ich hab ihn eh schon vorbereitet. Musst nur noch unterschreiben. Was wir bezahlen, darüber hast du dich ja bestimmt vorher schon informiert. Dann wirst du auch gemerkt haben, dass wir besser als die meisten anderen zahlen.«

Sascha nickte. Natürlich hatte er sich vorher erkundigt. So etwas musste man doch wissen.

»Setz dich doch«, forderte Wolny ihn auf und druckte den Vertrag aus. »Wir sind gleich fertig. Arbeitest du eigentlich noch in der Spielbank?«

Schau, schau, gesehen hatte Sascha ihn nie dort, aber klar, man redete halt und wusste von manchen Leuten, was sie machten oder nicht machten, zumal, wenn es sich um solche mit eher krummen Lebensläufen handelte. Da wusste dann seltsamerweise jeder, was der Sascha gerade wieder für einen seltsamen Job hatte und dass er jetzt wieder studierte und im Krankenhaus arbeitete.

Sascha hatte noch gar nicht geantwortet, da redete Wolny schon weiter. »Ja, so eine Privatuni kostet Geld. Wenn man den Notendurchschnitt nicht schafft, muss man halt blechen.«

»Einen Aufnahmetest muss man trotzdem machen«, wandte Sascha ein, der dieses Vorurteil nicht zum ersten Mal hörte. »Die PMU nimmt längst nicht jeden. Ein paar mehr Studenten und Studentinnen, als die zweiundvierzig, die sie pro Studienjahr annehmen, bewerben sich nämlich schon in Salzburg. Da wird genauso ausgesiebt wie an anderen Unis.«

»Und die ohne Geld werden von vornherein ausgesiebt, weil die sich erst gar nicht bewerben.«

Wolny wusste also total Bescheid. Jetzt kam bestimmt auch gleich das nächste Vorurteil, dass nämlich der Herr Papa das Studium für das Fräulein Tochter oder den Sohnemann finanzierte und ihm oder ihr die Ausbildung damit erkaufte und so weiter.

»Dein Alter war ja nie so richtig großzügig mit Zuwendungen, wenn ich mich recht erinnere«, sagte Wolny wie eine Stimme aus dem Off. Langsam wurde es Sascha unheimlich, was er alles über ihn und seine Familienverhältnisse wusste. Umgekehrt musste Sascha nämlich komplett passen. Er konnte sich an keinen Herrn und keine Frau Wolny erinnern. An weitere Wolny-Kinder ebenfalls nicht. Aber vielleicht hatte er da nur nicht aufgepasst oder alles wieder vergessen.

»Aber du wirst das schon irgendwie schaffen im zweiten Anlauf«, sagte Wolny zu seiner Verblüffung. »Du warst ja immer schon der geborene …«

»Der geborene WAS?«, fragte Sascha.

»Ach, du wirst dich da schon irgendwie durchwurscheln, oder?« Er grinste.

Langsam wurde es Sascha wirklich unangenehm. Kannte Wolny auch Ulli Böllman näher? Was wusste der denn noch alles über ihn?

»Du hast doch als kleiner Hupfer schon immer große Geschichten erzählt, über die angeblichen Russen in deiner Familie, deine großartigen Vorfahren aus dem Zarenhaus. Damals, in der Volksschule, als keiner von uns wusste, was das überhaupt war, ein Zar. Deswegen hast du dich ja auch Sascha nennen lassen.«

»Alles wahr, und überhaupt keine Gschichten«, wollte Sascha ihn gerade aufklären. Doch da kam plötzlich Bewegung in Wolny.

Er sprang auf und rief: »Moment mal!« Draußen am Gang war gerade Frau Dr. Doppler, Saschas Stationsärztin, in einem kamelfarbenen Hosenanzug mit kurzer Jacke vorbeigelaufen. Wolny sprintete zur Tür und auf den Gang hinaus.

»Frau Dr. Doppler«, rief er ihr hinterher. »Frau Dr. Doppler«, hallte seine Stimme durch den langen Gang. »Sie wissen schon, dass ich immer noch auf das eine Dokument von Ihnen warte?«

»Ja, ja, das bringe ich vorbei, sobald ich Zeit habe, danach zu suchen. So ein Umzug ist schon wirklich schrecklich …«, rief sie zurück und war schon vom Gang abgebogen und außerhalb von Saschas und Wolnys Blickfeld.

Der kam kopfschüttelnd zurück an seinen Schreibtisch und hatte ihr letztes Thema anscheinend vergessen, was Sascha nicht unrecht war. Er nahm Saschas Vertrag aus dem Drucker.

»Jetzt laufe ich der Doppler schon vier Wochen hinterher wegen der Urkunde«, seufzte er. »Umzug! Jetzt müsste sie ihre Kisten doch allmählich ausgepackt haben.«

»Eine tolle Ärztin«, sagte Sascha, »und so eine tolle Frau.«

Wolny sah pikiert auf. »Ja, stimmt, trotzdem müssen alle Unterlagen vollständig sein. Wegen der Schönheit wird man ja nicht eingestellt, und schon gar nicht zur Oberärztin ernannt. Es muss halt auch Leute geben, die dafür sorgen, dass alles in einem Betrieb seine Ordnung hat, gell? Während die anderen sich eher dazu berufen fühlen, die Schönheit von Gefäßchirurginnen zu preisen.«

Ja klar, dachte Sascha, es muss eben auch die Korinthenkacker geben, die sich um fehlende Bescheinigungen kümmern, und dass die Krankmeldungen fristgerecht eingehen, die Urlaubsanträge rechtzeitig gestellt und alles pünktlich eingereicht wird.

»Bist du noch bei den Fußballern aktiv?«, fragte Sascha beiläufig. Er wusste, dass Wolnys Fußballerkarriere auch schon länger zurückliegen musste.

»Nicht wirklich«, antwortete Wolny. »Irgendwie wird man bequemer, wenn man älter wird und ein paar Kilos zulegt.« Er fasste sich mit beiden Händen an die dicke Speckfalte, die sich unter dem karierten Hemd über den Gürtel wölbte. »Dann lies dir mal noch alles durch und dann hier unterschreiben, Sascha, gell?«

Das Telefon klingelte. Wolny ging ran und meldete sich mit: »Krankenhaus Bad Reichenhall, Verwaltung und Personal, Wolny, guten Tag.« Mist, dachte Sascha, wieder kein Vorname.

»Nein, du, das passt jetzt ganz schlecht«, sprach er ins Telefon. »Nein, wirklich, Schatzi, später dann. Ich ruf dich zurück.« Dann legte er wieder auf.

»Deine Frau?«, fragte Sascha neugierig.

»Meine was?« Wolny schien die Frage gar nicht zu begreifen. »Nein, nein, ich bin doch nicht verheiratet.« Als wäre das völlig undenkbar.

»Dann eben deine Verlobte?« Männer wie Wolny nannten ihre Freundin bestimmt Verlobte, na ja, zumindest vielleicht.

»Auch nicht«, sagte Wolny unwirsch. »Ich finde es irgendwie ... lächerlich, wenn zwei Männer vor einem Standesbeamten oder einer Beamtin stehen, womöglich noch mit einem Blumenstrauß in der Hand. Also der eine von beiden.«

Ach so. Wolnys Vornamen wusste Sascha zwar immer noch nicht, aber immerhin wusste er jetzt, dass er schwul war. Es war ihm nie aufgefallen.

»Wieso?«, fragte er seinen ehemaligen Klassenkameraden, »ist doch schön, wenn zwei sich lieben, egal ob Mann und Frau, zwei Männer oder zwei Frauen. Also, finde ich zumindest.«

»So«, sagte Wolny nur, offenbar interessierte er sich nicht besonders dafür, was Sascha über das Thema gleichgeschlechtliche Ehe dachte.

Als er seinen Vertrag unterschrieben hatte und aufgestanden war, um sich von Wolny zu verabschieden, wünschte der ihm noch, ganz Personaler, einen guten Einstand im Krankenhaus.

»Deinen Kittel, die Personalkarte für die Kantine und alles, was du brauchst, bekommst du dann, wenn du anfängst, auf deiner Station.«

Sascha bedankte sich und ging zur Tür. Dort blieb er doch noch einmal stehen.

»Wie heißt du eigentlich mit Vornamen, Wolny? Christoph? Christian?«, fragte er und hob entschuldigend die Arme. »Ich hab's irgendwie vergessen.«

»Clemens«, antwortete Wolny. »Ist offenbar kein Name, den man sich ganz leicht merkt.«

»Tut mir leid, Clemens, ehrlich. Ab jetzt behalte ich ihn, bestimmt.« Clemens? Tatsächlich?

»Servus, Sascha.«

Servus, Wolny, dachte Sascha, der langjährigen Gewohnheit folgend, aber sagte dann doch: »Servus, Clemens«, auch wenn es sich total seltsam anhörte.

Sascha war noch ganz in Gedanken versunken, während er vom Krankenhaus nach Hause lief. An der Kreuzung Liebigstraße und Bahnhofstraße mühte sich eine Taube auf dem Pflaster ab, eine Eiswaffel zu zerkleinern, die am Boden neben einer Schokoladenpfütze liegen geblieben war. Mit jedem Schnabelhieb flog die Waffel ein wenig in die Luft und fiel dann zurück auf den Boden und hinterließ Keksbrösel, die der Vogel aufpickte. Ohne die Taube wäre er wahrscheinlich am Simonetti vorbeigelaufen und hätte gar nicht gemerkt, dass Leute auf der Terrasse saßen. So viele Wochen war alles geschlossen gewesen, und er war schon so an die leeren Tische und Stühle gewöhnt, dass er gar nicht damit rechnete, dass da auf einmal wieder Eis gegessen und *caffè* getrunken wurde. Sascha sah sich um, ob er vielleicht jemanden kannte. Da hinten winkte jemand. War das nicht Daniela? Sie saß mit einer Freundin am Tisch, die er schon einmal gesehen hatte, aber er hätte nicht sagen können, wo.

»Wo hast du denn deine Augen, Sascha, und deinen Kopf?«, fragte sie ihn, als er an den Tisch kam. »Das ist übrigens Elina, sie spielt erste Geige bei den Philharmonikern. Und das ist Sascha, der jetzt wieder Medizin studiert, stimmt's?«

»Stimmt«, antwortete Sascha und setzte sich auf den freien Stuhl. »Ich bin jetzt Famulus im Krankenhaus, hab gerade den Vertrag unterschrieben.«

»Und was ist das?«, fragte die Musikerin. Sie hatte feines rotblondes Haar und Sommersprossen um die Nase. »So etwas wie ein Assistenzarzt?«

Daniela grinste. »Nicht ganz«, antwortete Sascha. »Ich bin eher so etwas wie ein Knecht und für das Legen von Infusionen, Kanülen, Braunülen und anderen Venenverweilkanülen zuständig, laufe bei den Visiten mit, höre zu, schaue zu und lerne hoffentlich ganz viel, vor allem ganz viel Praktisches. Danach studiere ich fertig, mache meinen Abschluss, und erst dann werde ich als Assistenzarzt auf die Menschheit losgelassen.« Elina sah ihn amüsiert an. »Und obwohl ich so aussehe, als könnte man mir schon Eigenverantwortung im Umgang mit den Patienten zumuten, tut man es nicht. Ich studiere nämlich Medizin im zweiten Anlauf und hoffe, dass ich es dieses Mal bis zum Examen schaffen werde.«

Die Kellnerin steuerte auf ihn zu, und er wusste gar nicht, was er in seiner Euphorie darüber, dass das Café endlich wieder geöffnet hatte, bestellen sollte. Der Espresso, den er traditionell immer hier trank, war doch viel zu wenig, um diesen großartigen Tag zu feiern. Champagner wäre es gewesen, mindestens. Aber er wollte nicht gleich wieder über die Stränge schlagen. Ach, das Leben würde auch so endlich wieder schön werden.

»Weißt du, wen ich im Krankenhaus getroffen habe?«, wandte Sascha sich an Daniela. »Also er arbeitet dort in der Verwaltung. Personalabteilung, schon seit der Mittleren Reife.«

»Keine Ahnung«, sagte Daniela, »müsste ich ihn kennen, oder wie?«

»Du kennst ihn ganz sicher«, behauptete Sascha. »Den Wolny!«

»Aha«, antwortete Daniela ohne Begeisterung.

»Du kennst ihn doch noch von früher.«

»Klar, von der Grundschule. Was ist denn mit ihm?«

»Erst musst du mir eine Frage beantworten: Wie heißt der Wolny mit Vornamen?« Er sah sie triumphierend an und nahm seinen Espresso aus der Hand der Kellnerin entgegen. Er hatte sich zur Feier des Tages einen *doppio* bestellt.

Daniela musste zumindest überlegen. »Irgendwas mit C auf jeden Fall«, sagte sie. »Carlo, Claus, Constantin … Nein, warte, oder mit Ch: Chris, Charly …«

»Ja, fast, nur noch ein bisschen ungewöhnlicher«, half Sascha.

»Ungewöhnlicher?«

»Na, so irgendwie päpstlich.«

»Christian vielleicht?« Daniela war sich genauso unsicher, wie er es gewesen war.

»Siehst du, du weißt es auch nicht«, antwortete Sascha. »Clemens heißt er. Und hast du gewusst, dass er schwul ist?«

Daniela überlegte nicht lange. »Gut, aber das ist doch egal, oder?«

»Klar ist es egal. Aber er hat mir erzählt, dass er sein Schatzi nicht heiraten will, weil er zwei Männer vorm Traualtar beziehungsweise im Standesamt irgendwie scheiße findet, und dann auch noch mit Blumen.«

»Ach Blödsinn«, meinte Daniela. »Dann ist es eben noch nicht der Richtige. Oder er hat gerade Knatsch mit seinem Schatzi. Das kommt überall mal vor. Elina zum Beispiel, die hat eine zweite Geige daheim, und mit der läuft es gerade auch nicht so rund, oder?«

Elina rollte mit den Augen.

»Oha, zweite Geige, das klingt jetzt auch nicht gerade rasend, äh, sexy«, meinte Sascha ganz leichtfertig dahin.

»Was weißt du denn von zweiten Geigen?«, fragte Daniela.

»Es mag viele geben, die die erste Geige spielen wollen. Aber jemand, der mit Begeisterung die zweite Geige spielt – den musst du erst mal finden«, antwortete Sascha. Die beiden Damen am Tisch sahen ihn verblüfft an. »Hat mir mal ein Musiker aus dem Orchester erzählt«, fügte er erklärend hinzu. »Ein Trompeter, glaube ich.«

»Na vielleicht sind es auch nur irgendwelche Planetenbewegungen, die gerade alles durcheinanderbringen«, meinte Daniela abschließend. »Apropos, Sascha, bist du eigentlich noch mit deiner Mira zusammen? Wo ist sie denn überhaupt?«

Sascha dachte gerade nicht an Mira, sondern daran, dass Daniela immer sehr schlau von sich und ihrem eigenen Liebesleben ablenkte. Eigentlich hatte er keine Ahnung, was da lief oder eben nicht lief. Von einem festen Freund wusste man bei ihr gar nichts. Von einer festen Freundin ebenso wenig.

»Keine Antwort ist auch eine Antwort«, meinte Daniela trocken. »Dann erzählst du es mir eben ein andermal.« Denn sie musste dann auch schon zurück in die Redaktion des *Reichenhaller Tagblatts*.

Elina nippte an ihrem Tonic Water und blieb noch eine Weile in der Frühlingssonne bei Sascha sitzen.

»Was hat es denn nun mit der zweiten Geige genau auf sich?«, fragte Sascha.

»Ach, das ist inzwischen so ein blöder Running Gag. Weil ich doch im Orchester Geige spiele.«

»Zweite?«, fragte Sascha.

»Nein, ich spiele die erste. Und Anatol, mein Freund, spielt im selben Orchester die zweite Geige. Und darüber kann man sich halt gut lustig machen.« Dann erzählte sie Sascha ein bisschen, wie es im Orchester so zuging. Und dass an seinem Zitat zuvor schon auch irgendwie etwas dran war. Auch von kleineren Frotzeleien und Sticheleien unter den Musikern.

Sascha konnte sich das gar nicht so recht vorstellen. »Die wirken immer so diszipliniert und still und konzentriert bei der Arbeit. Alle ziehen an einem Strang und tanzen nach der Pfeife des großen Maestros.«

»Tja, das stimmt ja auch. Trotzdem sind wir Musiker auch nur Menschen. Manchmal denkt man sogar, wir sind eher wie die Kinder in der Schule.«

Das konnte Sascha sich jetzt doch wieder vorstellen. »Kaum ist der Lehrer draußen, wird geschwätzt und Blödsinn gemacht?«, fragte er.

Elina nickte. »So ungefähr. Und es gibt ja auch das Einstimmen und Vorbereiten, wo der Dirigent noch gar nicht dabei ist. Da geht es noch lockerer zu.«

»Und da hacken dann die ersten Geiger auf den zweiten herum, und die Bläser auf den Streichern, oder wie?«, fragte Sascha.

»So schlimm ist es auch wieder nicht. Aber es gibt eben auch mal Zoff. Einzelne Gruppen, die sich bilden und enger miteinander sind als mit anderen. Normalerweise haben aber zum Beispiel die Bläser, besonders das Blech, nicht viel mit den Streichern zu tun. Und umgekehrt.« Warum bei ihr der Haussegen schief hing, das wollte sie Sascha an diesem Tag aber nicht genauer erzählen.

Nachdem Elina gegangen war, genoss Sascha noch ein wenig die Sonne im Gesicht und den Espresso im Magen. Er gönnte sich sogar noch ein Tonic Water, weil das so prickelnd ausgesehen hatte im Glas der Geigerin und er die kleinen Schweppes-Flaschen mit dem gelben Etikett so schön fand. Erst danach ging er nach Hause in die Villa Palmira.

# Mai 2006

All diese grässlichen Multiple-Choice-Fragen. Das hatte sie immer schon gehasst. Bei den vorgegebenen Antworten, die man ankreuzen musste, war nicht vorgesehen, dass man mitteilen konnte, was man alles wusste und was man sich für Gedanken machte. Dass man nicht komplett blöd war, auch wenn man sich gerade furchtbar anstellte und immer unsicherer wurde, bei welchem Kästchen man das Kreuzchen machen musste, weil einem einfach alles nur noch vor den Augen verschwamm. Es war so unwürdig. Zwei Jahre gelernt und geackert und dann einfach nur zum Kreuzchenmachen verdonnert. Ein namensloser Prüfling unter vielen anderen. Die Auswertung konnten im Anschluss problemlos irgendwelche Hiwis vornehmen: richtig, falsch, richtig, falsch, falsch, falsch.

Sie sah auf die Reihen vor sich, die im Halbrund den Hörsaal füllten. Alle Prüflinge saßen in großen Abständen, nicht wegen Corona, das gab es damals noch nicht. Sondern damit sie nicht von ihren Nachbarn abschreiben konnten und nichts außer ihren eigenen Blättern sahen, mit den verdammten Kästchen zum Ankreuzen. Eigentlich war ihr nur noch schlecht, der Magen ganz flau, weil sie vorher keinen Bissen runtergebracht hatte. Sie nahm einen Schluck Wasser. Stützte den Kopf auf die linke Hand. Er fühlte sich heiß und fiebrig an. Gleich würde sie ohnmächtig werden. Nein, bloß das nicht. Sie musste sich jetzt beherrschen, verdammt noch mal. Sie war doch vorbereitet, hatte Tag und Nacht gelernt. Gepaukt, schlimmer als fürs Abitur. Wie leicht ihr die Abiturprüfungen gefallen waren. Das hier dagegen war ausschließlich Physik und Chemie. Wozu brauchte sie das denn überhaupt? Sie wollte als Ärztin doch Menschen helfen, Menschen heilen und keine chemischen Rezepturen zusammenmixen. Schließlich wollte sie keine Apotheke aufmachen oder in einem Labor arbeiten und von früh bis spät mit Pipetten in der Hand irgendwelche Lösungen ansetzen und analysieren. Jetzt konzentrier dich doch und versau es nicht! Der Kopf muss jetzt wieder klar werden, und zwar sofort. Es musste einfach klappen, sie konnte doch jetzt nicht versagen.

»Mit welchem Aminosäurerest eines Glykoproteins sind in der Regel Oligosaccharide ß-N-glykosidisch verknüpft?«

Stand das wirklich da, oder fantasierte sie jetzt auch noch? Aminosäurerest, Glykoprotein, Oligosaccharide, okay, aber wie jetzt verknüpft? Lösung a schien plausibel. Lösung b auch, die c etwas weniger, und die d? Die Antwort d verschwamm ihr vor den Augen, und die e war überhaupt nicht mehr zu entziffern, wie Hieroglyphen. In der Frage davor hatte sie Antwort d angekreuzt, dann würde es hier vielleicht nicht schon wieder d sein. Oder? Die e konnte sie immer noch nicht lesen. Also würde sie sich für a oder b entscheiden: a, b, a, b, also b. Oder doch a?

O Gott, dachte sie, das kann ja nichts werden. Keine der Tausenden Fragen, die sie vorbereitet und gelernt hatte, kam bisher dran. Sie fühlte sich nirgendwo mehr sicher und taumelte von Frage zu Frage, nirgends war auch nur ein Stück Land in Sicht. So musste sich ein Schiffbrüchiger fühlen, allein auf See, während ihm die Sonne den Verstand versengte. Was sollte sie jetzt ankreuzen? Sie schwitzte. Was klang plausibler: Serin, Threonin oder Asparaginsäure? Oder doch lieber Asparagin oder Glutamin? Mist. Sie hatte einfach keine Ahnung und konnte auch weder das Publikum noch einen Telefonjoker befragen. Das hier war zwar auch grausam, aber kein Spiel. Es ging um sehr viel, eigentlich um alles. Sie schob den Gedanken wieder fort, weil er nur noch mehr Panik verursachte. Sie kannte die richtige Antwort nicht, hatte nicht den blassesten Schimmer, sie wusste nur, dass sie in der Schule bei Physik und Chemie besser hätte aufpassen müssen. Zu früh abgelegt, die beiden Fächer. Dafür war sie ihren Neigungen gefolgt. Mein Gott, wie naiv sie gewesen war. Neigungen! Wer hatte ihr eigentlich gesagt, es ginge während der Schulzeit um persönliche Neigungen? Sie war so grenzenlos naiv gewesen. Ihr Vater, der alte Nörgler, hatte sie noch gewarnt. Aber sie hatte seine Ratschläge in den Wind geschlagen. Wer konnte ihr jetzt helfen? Papa nicht, und überhaupt niemand. Sie hätte aufstehen und gehen können. Aber sie blieb und kreuzte Antwort b an, Threonin. Dann sah sie auf die große Uhr, die über dem Pult hing. Der Sekundenzeiger raste. Und der Zug war fast schon abgefahren.

Schnell zur nächsten Frage. O Gott, auch bei dieser Frage würde sie wieder raten müssen.

»Wie nennt man den Mechanismus, bei dem im Rahmen der Stoffwechselregulation die Aktivität eines Enzyms durch Phosphorylierung eines Serinrestes verändert wird?« Ihr wurde schwarz vor den Augen.

Zwei Stunden später war die schriftliche ärztliche Vorprüfung, das sogenannte Physikum, für sie vorbei. Es war kein Wunder geschehen, und sie hatte auch nicht das Glück der Ahnungslosen gehabt. Sie war schlicht und einfach durchgerasselt. Papa würde die Stirn runzeln und sich auf die Lippen beißen, um nicht zu mosern: »Habe ich dir nicht gleich gesagt, dass es falsch war, Chemie vor dem Abitur abzuwählen? Für jemanden, der Medizin studieren will. Was hat dich damals nur geritten?«

Er musste sie das gar nicht erst fragen. Sie fragte es sich doch selbst auch nicht mehr. Weil sie es längst wusste. Neigungen. Grenzenlose Naivität einer Siebzehnjährigen, einfach nicht alle Dinge in Erwägung zu ziehen, die passieren konnten. Der Glaube, es könnte doch anders gehen, als die Schwarzseher wie ihr Papa es prophezeiten. Es hieß doch immer, die Jugend dürfe Fehler machen. Nein, durfte sie nicht. Nicht, wenn sie Medizin studieren wollte. Auf keinen Fall die Naturwissenschaften vernachlässigen. Jetzt hätte sie es gewusst, aber jetzt war es zu spät. Und es war nicht sicher, ob sie es noch einmal wiedergutmachen konnte. Ihre Neigungen waren halt so, wie sie waren. Nix Chemie, wenig Physik. Sie wollte Ärztin werden und nicht seitenweise chemische Formeln auswendig lernen. Und etwas anderes als Auswendiglernen kam nicht infrage, weil ihr zu viel an Hintergrundwissen fehlte. Ihre Lücken waren so groß, dass sie sie wohl nicht mehr aufholen konnte. Und der Großteil der dreihundertzwanzig Fragen des schriftlichen Tests bezogen sich auf Chemie und Physik, nur ein minimaler Teil auf Anatomie und Psychologie.

Sie war nicht die Einzige, die nicht bestanden hatte. Auch andere schlurften mit hängenden Schultern durch den Gang, nachdem sie ihr Ergebnis bekommen hatten. Der Test war sehr umstritten. Auch wegen des ekelhaften Multiple-Choice-Verfahrens, das auch gut vorbereitete Studentinnen und Studenten verwirrte. Aber von »umstritten« zu einer Änderung des Verfahrens würden wohl noch zwanzig Berufsjahre vergehen. Ein Drittel der Fragen waren für den Arztberuf überflüssig, das behaupteten selbst einige Medizinprofessoren. Und trotzdem hielt man an diesem Test fest. Die Guten kamen irgendwie durch, und die Schlechten blieben eben hängen. *So what?*

Also wieder büffeln, Formeln lernen, versuchen zu verstehen, trotz ihrer Lücken. Für die nächste Prüfung. Zweimal durfte man wiederholen. Und dann? Nein, nur nicht daran denken. Beim nächsten Mal würde sie es schaffen, ganz bestimmt. Ein Betriebsunfall war das gewesen. Nur ein Betriebsunfall, sonst nichts.

## Sonntag, 21. Juni 2020

Sonntagmorgen halb elf, endlich ein freier Tag. Sascha hatte Semmeln geholt, Käse und Schinken vom Markt. Die Zeitung lag schon auf dem Tisch, daneben stand Tante Paulinas Marienkäfertasse, aus der sie wie üblich ihren Muckefuck trank. Wenigstens morgens wollte sie noch eine Art Kaffee trinken. Tagsüber hatte sie seit Jahren auf Kräutertee umgestellt. Wie man damit hadern konnte, verstand Sascha nicht. Was war denn am Teetrinken eigentlich so schlimm? Aber Paulina hasste ihren Tee genauso wie die Gesundheitslatschen, in denen sie herumlief, weil im Alter nicht nur der Magen, sondern auch die Füße anscheinend immer empfindlicher wurden.

Sascha erzählte, dass er bei der Visite auch Tobi Eder getroffen hatte, als Patient.

»So ein junger Kerl, Sportler noch dazu. Wie geht's ihm denn? Was ist ihm denn eigentlich passiert?«

Sascha konnte seine Ausführungen zum Thema Aneurysma noch einmal wiederholen, und Tante Paulina lauschte andächtig. Sie beschränkte sich auf Kommentare wie »Nein!« und »Ach geh!«, »Also so was!« und »Was es alles gibt! So ein junger sportlicher Mensch«.

»Aber er hat das große Glück, dass die Frau Dr. Doppler seine Operateurin und behandelnde Ärztin ist. Die kriegt ihn bestimmt wieder hin.«

»Diese Frau muss ja das reinste Wunderweib sein«, meinte Paulina. »Vom ersten Tag an schwärmst du mir jetzt schon von ihr vor. Nach deinen Erzählungen muss sie aussehen wie ein Model, die Intelligenz von Albert Einstein und die Hände von Professor Barnard geerbt haben.«

»Professor wer?«, fragte Sascha und goss sich warme Milch in seinen Kaffeebecher.

»Christiaan Barnard, den solltest du als angehender Mediziner aber schon kennen, Alexander. Er hat lange vor deiner Geburt in Kapstadt als erster Arzt ein Herz transplantiert.«

»Nie gehört«, nuschelte Sascha und biss in sein Käsebrötchen. »Wann war das?«

»In den Sechzigerjahren, glaube ich. Ein fescher Mann war der Barnard, und damals in allen drei Fernsehprogrammen zu sehen, immer in Schwarz-Weiß, wie in den Zeitungen. Und nur in den Zeitschriften dann in Farbe. Seltsam, dass du den nicht kennst.«

»Paulina, du hast doch grade selbst festgestellt, dass ich damals noch gar nicht auf der Welt war.«

»Na und? Es ist so vieles passiert, bevor deine Generation zur Welt gekommen ist. Das kann doch deshalb nicht alles verloren sein für euch. Und gerade wenn es um Medizin geht, müsstest du dich auch ein bisschen mit Geschichte befassen.«

»Was ich alles müsste«, maulte Sascha.

»Apropos, da fällt mir ein: Was ist eigentlich mit deiner Berliner Freundin? Warum hört und sieht man von ihr eigentlich gar nichts mehr?«

»Du weißt doch, dass Mira in Berlin noch ihre Angelegenheiten regeln muss. Sie will doch ihre Wohnung möglichst gut verkaufen.«

»Ja schon, aber damit ist sie doch nicht Tag und Nacht, wochen- wie feiertags beschäftigt? Der nächste Flughafen ist von uns gerade mal eine Viertelstunde entfernt, und von Berlin nach Salzburg braucht man im Normalfall nur eine Stunde. Ich sage nicht, dass ich es gut finde, so kurze Strecken zu fliegen, statt mit der Bahn zu fahren. Aber immerhin könnte man es tun und für ein Wochenende oder länger nach Reichenhall kommen. Am Geld wird es ja bei Mira nicht liegen.«

»Bist du jetzt fertig mit deiner Ansprache?«, fragte Sascha. Paulina nickte. »So, und was willst du mir damit sagen? Ich bin doch auch total beschäftigt mit meinem Krankenhausdienst und den Zusatzstunden, die ich beim Ulli in der Praxis mache. Ich hab doch auch viel zu wenig Zeit im Moment.«

»Telefoniert ihr wenigstens regelmäßig?«

»Also weißt du, Paulina, wir sind doch erwachsene Menschen, oder? Wieso musst du dich da einmischen?«

»Ich meine doch gar nicht euer Verhältnis.«

»So? Was meinst du dann?«

»Ich meine, nach allem, was die arme Mira hier in Reichenhall durchgemacht hat. Ihr Mann tot auf der Terrasse des Hotels Axelmannstein, ermordet! Und dann noch euer Techtelmechtel. Mein Neffe als Kurschatten der Arztgattin aus Berlin. Ich darf gar nicht mehr dran denken, wie schlimm das alles war.« Paulina starrte in ihre Marienkäfertasse. Sascha nahm ihre Hand und drückte sie. Es war alles ein bisschen viel gewesen für sie damals. Eigentlich für sie alle.

»Aber dann sind wir ihm auf die Schliche gekommen, diesem Mörder. Daniela mit ihren Pressefotos vom Besuch der Verteidigungsministerin bei den Gebirgsjägern hat uns draufgebracht. Und wir waren schneller als die Polizei.«

Sascha nickte und dachte an die Tage zurück, als er auf eigene Faust mit Mira, Paulina und Daniela in Sachen Dr. Schimmel ermittelt hatte. Während er noch seinen Erinnerungen nachhing, war Paulina schon wieder in der Gegenwart angekommen.

»Hoffentlich schwärmst du deiner Mira Schimmel dann nicht auch ständig von dieser Ärztin im Krankenhaus vor. Nicht dass sie noch eifersüchtig wird.«

»Von der Dr. Doppler? Für wen hältst du mich?«, fragte Sascha. Aber das war die falsche Frage gewesen.

»Für einen Luftikus, der viele Sachen einfach nicht so ernst nimmt, wie er sie nehmen sollte«, ergriff Paulina sofort die Gelegenheit. »Wenn Mira dir wichtig ist, dann wäre es vielleicht gut, wenn du ihr das auch zeigen würdest.«

»Ah, es spricht die Expertin in Herzensangelegenheiten.«

»Ein bisschen mehr Schwung und Aktivität könntest du in der Angelegenheit nach meinem Geschmack schon entfalten. Also, wenn sie dir wirklich wichtig ist. Wenn nicht, dann nicht, das ist klar. Da mische ich mich auch gar nicht ein.«

Sascha grinste.

»Ich hab's dir jedenfalls gesagt, was ich meine. Nicht dass du hinterher, wenn es wieder schiefgegangen ist, zu mir sagst: Hättest du doch mal was gesagt.«

»Ich danke dir für deine Offenheit, liebe Großtante.«

Paulina stand auf und stellte ihre Tasse in die Spüle. War sie ihm jetzt beleidigt oder war es nur, weil sie die Tasse unbedingt mit der Hand abwaschen musste, damit das Marienkäfer-Dekor nicht noch mehr verblasste. Sie kam von der Firma Feinkost Käfer in München und war quasi ihr Heiligtum.

Paulina rauschte ab in ihr Zimmer und machte sich ausgehfertig. Einen hatte sie aber noch.

»Übrigens, Alexander, ist dein Knie wieder schlimmer geworden? Mir kommt es so vor, dass du heute richtig hinkst.«

Seiner Tante entging aber auch nichts. »Halb so wild«, sagte er. »Das viele Laufen im Krankenhaus macht sich halt bemerkbar. Ganz normal.«

»Das finde ich bei einem Mann in deinem Alter eigentlich nicht normal.«

»Du weißt doch, dass ich mit den Ärzten schon durch bin. Und ich hatte wirklich gute Ärzte, die sich mein Knie angeschaut haben. Da kann man aber nichts machen. Leistungssport ist halt auf die Dauer nicht gesund.«

»Vielleicht kannst du deiner Wunder-Doktorin ja mal dein Knie zeigen«, ätzte Paulina.

»Der Doppler? Die ist doch Gefäßchirurgin. Mein Meniskus interessiert die nicht.«

»Ach so, schade. Dann probier's doch mal bei der Frau Bach. Soll die sich dein Knie anschauen. Schaden kann es ja nicht.«

»Was, die Heilpraktikerin? Und ob die Schaden anrichten kann! Der Tobi war auch bei ihr. Und sie hat ihn viel zu spät ins Krankenhaus geschickt«, behauptete er, auch wenn Tobi das etwas anders dargestellt hatte.

»So? Das wundert mich aber. Es passt eigentlich gar nicht zu ihr. Aber mit deinem Knie warst du ja schon bei allen Ärzten. Und, sei ehrlich, was soll denn dabei schiefgehen? Du wirst doch weder vor einem Pendel noch vor irgendwelchen Kügelchen Angst haben, wenn du eh nicht dran glaubst. Versuch's halt einfach mal. Vielleicht kann sie dir ja doch helfen. Zumindest ein bisschen, damit du nicht so hinken musst. Wie schaut denn das aus, bei einem so jungen Menschen.«

Sie wartete keine Antwort mehr ab, sondern verschwand in ihrem Zimmer, um mit der Garderobe zum Ausgehen zu beginnen. Sascha griff nach der Zeitung. Auf Seite drei eine Reportage von Daniela Keck über »Frauen in der Musik«, den Sascha nur kurz überflog. Auf dem Foto zum Bericht waren die Bad Reichenhaller Philharmoniker zu sehen, mit ziemlich vielen Musikerinnen. Unter ihnen erkannte Sascha auch die rothaarige Geigerin aus dem Simonetti wieder. Lisa, Elisa, Lina, wie hieß die noch mal? Sie spielte die erste Geige, das war es, woran Sascha sich noch genau erinnerte.

♛♛♛

Noch waren die Kurgäste und Touristen längst nicht alle zurück in der Stadt. Wie anders dieser Mai im Vergleich zu jedem anderen davor war. Der Frühling war wieder einmal umwerfend. Die Berge glitzerten noch weiß, das Saalachtal ergrünte, auf den Wiesen blühten gelb die Dotterblumen, in die Parks kehrte das Leben zurück, nur die Innenstadt wirkte immer noch seltsam leer und wie ausgestorben. Sascha genoss es, wieder auf dem weiten Platz vor der Alten Saline zu sitzen, einem Mustsee für alle Besucher von Reichenhall. Auch an diesem beliebten Fotospot fehlten die Trauben von Touristen mit ihren Kameras und Handys. Nie hätte Sascha gedacht, dass er sie einmal vermissen würde, aber es fehlte tatsächlich etwas in der Stadt ohne sie. Immerhin war die Terrasse des Salin geöffnet, und er genoss die Sonne und den Lillet Russian Wild Berry, den er eben bestellt hatte.

Direkt vor ihm lag der vertraute Backsteinbau der Alten Saline mit dem Brunnhaus und der Salinenkapelle, einem Wahrzeichen der Stadt. Eine Etage darüber, auf dem Gruttenstein, die Burg und in der Verlängerung nach Süden der alte Feuerwachturm. Und nirgendwo schwitzende Reisegruppen, die auf Führungen durch die Saline mit Abstieg zu den unterirdischen Solequellen warteten, oder Pärchen, die mit Selfiestangen Selbstporträts vor der historischen Kulisse schossen.

Der Vorplatz zur Saline mit seinen vier rechteckigen Grünflächen war Mitte des neunzehnten Jahrhunderts nur aus einem Grund so großzügig angelegt worden. Der Hof sollte genügend Abstand zwischen den Sudhäusern und Salzmagazinen schaffen, die ihn einrahmten, um den größten Feind der Stadt abzuwehren: Feuer. Denn bei der Salzproduktion, wo viel Holz verfeuert wurde, hatte es über die Jahrhunderte immer wieder verheerende Brände gegeben. Der letzte große Stadtbrand hatte 1834 die Industriebauten wie auch die Wohnhäuser hinweggefegt und den größten Teil der historischen Stadt Reichenhall vernichtet. Die Saline wurde erst danach wieder neu aufgebaut, mit dem großen Vorplatz als Feuerschneise. Von den Gebäuden im Umkreis war ausgerechnet der Feuerwachturm der Katastrophe entkommen. Der Feuerwächter im Turm wurde trotzdem seines Lebens nicht mehr froh. Alt und schwerhörig, wie er war, hatte er den Brand zu spät bemerkt und erst Alarm geschlagen, als es bereits zu spät und die Stadt verloren war. Einer musste eben immer die Arschkarte ziehen, dachte Sascha.

Nach zwanzig Minuten Sonne ins Gesicht, einem kurzen Check aller Nachrichtenkanäle von WhatsApp über Signal zu Telegram, wo Daniela sich seit Neuestem exklusiv tummelte, und der Feststellung, dass gerade niemand etwas von ihm wollte, wählte er Miras Nummer.

Während bei ihm höchstens ein paar Vögel zwitscherten, war in Berlin natürlich die Hölle los. Dort gab es einfach zu viele Leute auf zu wenig Platz. Zuerst der Verkehrslärm als konstantes Rauschen, im Vordergrund eine schrille Hupe, ein aufheulender Motor, dann Quietschen von bremsenden Reifen. Sascha dachte schon an eines dieser Auto-Attentate, wie man sie in der Tagesschau sehen konnte. Aber dann lachte eine Frau laut auf, ein Handtaschenhund knurrte und kläffte abwechselnd, am Nebentisch klirrten die Gläser. Sascha stellte sich Berliner Weiße vor. Aber wahrscheinlich stand das Sauerbier schon längst auf der Liste der bedrohten Getränkearten. Es hörte sich letztlich doch eher nach friedlichem, aber überfülltem Straßencafé an als nach einem Attentat. Dazwischen versprach Mira »Warte mal, einen Moment, bin gleich so weit«, und das gleich ein paar Mal hintereinander. Sascha überlegte gerade, ob er sich in der Zwischenzeit einen zweiten Wild Berry bestellen sollte, da war sie doch wieder zu hören. Sie wirkte erhitzt, aufgedreht.

»Hallo Schatz, was machst du so? Du kannst dir nicht vorstellen, was hier los ist. Ganz Berlin ist bei den Frühlingstemperaturen auf den Beinen.«

»Ich hör's«, antwortete Sascha, und eigentlich brachte es ihn fast ein wenig durcheinander in seinem Feierabend-Relax-Modus. Er fühlte sich doch gerade wie Buddha, völlig in sich ruhend. »Hat es mit dem Verkauf deiner Wohnung geklappt?«

»Ja, aber jetzt warten wir schon ewig auf den Notartermin. Behörden, Notare, Rechtsanwälte, egal, was du brauchst in Berlin, du wartest dich immer dumm und dämlich, bis du was kriegst. Und ohne Termin geht in den Bürgerämtern in Berlin überhaupt nichts mehr.«

»Dafür habt ihr Spätis und wir nur Tankstellen, die um zehn Uhr zumachen«, sagte Sascha. Dann hatte sie also immer noch viel zu tun. »Du, sag mal, Tante Paulina behauptet, dass es mehrmals täglich Direktflüge von Berlin nach Salzburg gibt, kann das sein?« Er wusste nicht, ob Mira ihn überhaupt verstanden hatte, denn in ihrer unmittelbaren Umgebung hatte es eben ziemlich laut gekracht, und dann war irgendwas umgefallen. Eine Mülltonne oder etwas ähnlich Großes.

»Warte mal«, sagte sie wieder und ging ein paar Schritte weiter. »Da ist einer mit dem Skateboard gegen eine Tonne geknallt. Aber er lebt.«

»Na dann ist ja gut«, sagte Sascha und wollte gerade seinen Satz wiederholen. Aber Mira hatte ihn schon verstanden.

»Ja, und wusstest du, dass der Flug von Salzburg nach Berlin nur sechzig Minuten dauert?«, fragte sie. »Umwelttechnisch ist so eine kurze Inlandstrecke natürlich eine Sauerei. Wundert mich, dass Paulina so etwas überhaupt vorschlägt.«

»Hat sie ja nicht wirklich. Sie wollte nur ein bisschen provozieren und damit angeben, dass sie in der Zeitung die Flugpläne des Salzburg Airport studiert hat.«

»Wer weiß, vielleicht vermisst sie mich ja sogar ein wenig«, meinte Mira. »Und du?«

»Von Montag bis Freitag bin ich zu beschäftigt mit meinen Diensten im Krankenhaus«, sagte Sascha. »Aber ab Samstagmorgen, wenn ich ausgeschlafen bin, spüre ich so eine Leere neben mir und merke, dass ich für das Wochenende schon noch Kapazitäten frei hätte.«

»Ah ja. Aber war das meine Frage?«

»Es war meine Antwort. Natürlich fehlst du mir«, beeilte Sascha sich ihr zu versichern. »Paulina, ich, die Villa, ach, was sag ich, ganz Bad Reichenhall vermisst dich und hasst Berlin, weil es dich nicht hergibt.«

»Ich hab euch auch ganz doll lieb. Weißt du, Berlin ist zwar ziemlich schlimm, aber von Berlin fortzugehen ist irgendwie auch schlimm. Kannst du dir das vorstellen?«

Sascha sah sich um. Saline, Feuerwachturm, Gruttenstein, Gäste im Salin, die sich leise unterhielten, kein Späti, kein Rowdy auf einem Skateboard, der gegen Mülltonnen donnerte. Die reinste kleinstädtische Idylle. »Es muss ja nicht für immer sein. Sieh's als verlängerten Urlaub, Genesung, Therapie, Heilung alter Wunden, Erholung, Frischluftkur. Lass wegen meiner einen Koffer in Berlin stehen, aber den anderen packst du, und dann komm bitte her. Ja?«

»Und das Flugzeug braucht wirklich nur 'ne Stunde?«

»Paulina irrt sich bei so was nicht.«

»Dann könnte ich mir ja ein paar Tage freinehmen, wenn ich sowieso noch auf die Termine warten muss, und vielleicht schon mal meine Fühler in Richtung einer neuen Arbeitsstelle ausstrecken. So ein Kurztrip nach Bayern wär schon genau das Richtige, allein schon wegen der Erholung.«

»Na klar, du hast ja hier ein Zimmer in der Villa Palmira.« Sascha konnte Miras Atem hören, und ein kleines bisschen hörte es sich an, als schnurrte sie.

»Dann werde ich mal buchen und packen. Ach, und Sascha, kannst du mich dann mal massieren, so im Nacken und an den Schultern?«

»Natürlich, das ist alles inklusive im Programm.«

»Oh, das ist gut. Das ist sehr gut.« Jetzt schnurrte sie noch mehr. »Ich geb dir dann noch Bescheid, wann ich ankomme. Und grüß mir Paulina. Sie hat mich also noch nicht ganz vergessen?«

»Paulina vergisst nie jemanden, im Guten wie im Schlechten. Aber bei dir hat sich ja Gott sei Dank noch alles zum Guten gewendet.«

»Da bin ich aber froh. Tschüss, mein Schatz, und bis ganz bald.«

Als Sascha durch die Fußgängerzone nach Hause ging, stellte er sich die Straßen und Plätze in Berlin vor, durch die er mit Mira gegangen war, als er zuletzt dort gewesen war: Kreuzberg, Warschauer Straße, Friedrichshain. Dazu atmete er die frische Gebirgsluft ein. Vom Gipfel des Hochstaufen blitzte das Dach des Reichenhaller Hauses herunter. Durch Bad Reichenhall war wahrscheinlich noch nie ein Doppeldeckerbus gefahren und mit Sicherheit keine Straßenbahn. Vom Café mit den roten Markisen war wie üblich klassische Musik in der Fußgängerzone zu hören. Hatten sie schon mal Straßenmusiker hier gehabt? Lohnte sich vermutlich nicht, zu wenig Leute und noch weniger junge Leute.

»Nachher kommt übrigens Hannelore«, informierte Paulina Sascha beim Abendessen. Sie hatte Saftgulasch mit Rindfleisch gekocht, denn sobald Mira wieder im Haus wäre, würden wieder fleischlose Zeiten anbrechen. Es machte ihnen nichts aus, vegetarisch zu essen, aber irgendwie war bei der Stammbelegung der WG doch der Drang bemerkbar, sich außer dem Saftgulasch auch noch schnell ein schönes Wiener Schnitzel mit Kartoffelsalat oder ein knuspriges Backhenderl zu braten, bevor es wieder für Tage oder Wochen vorwiegend Gemüse mit Gemüse oder Gemüse mit Salat geben würde.

»Dann ist es also wieder so weit«, meinte Sascha und tunkte ein Stück Weißbrot in die Soße und wischte damit seinen Teller leer. Es war Paulina perfekt gelungen, mit dem genau richtigen Anteil an Zwiebeln und Paprika. Einfach göttlich. »Soll ich euch die CD einlegen und das Programm einstellen?«, fragte er.

»Ja bitte, am besten so, dass ich nur noch auf Start drücken muss.«

Sascha nickte. Mit dem Radio in ihrem Zimmer konnte sie prima umgehen, aber an die Bedienung des DVD-Players im Fernseher in der Bibliothek traute sie sich nicht ran. Der Flat Screen TV lebte verborgen hinter zwei Türen im Bücherregal. Paulina hatte ihn von Anfang an gehasst. Er war ihr zu modern, zu wenig Knöpfe dran zum Verstellen von Programmen und Lautstärke, und außerdem war ihr die Anzahl an Programmen zu viel. Von da an war das Fernsehen ziemlich an ihr vorbeigezogen. Dafür war sie immer schon viel ins Kino gegangen, war passionierte Bayern 2- und Ö1-Radiohörerin, hatte einen Dual-Plattenspieler im Zimmer und hörte gern ihre Schallplatten – von der Callas bis Hildegard Knef und von Rubinstein bis Karajan und Anne-Sophie Mutter.

Doch wenn sich Hannelore im Anmarsch befand, dann war ein anderes Programm angesagt. Den Anfang bildete in der Regel »Miss Evelyn, die Badefee«. Das war sozusagen der kurze Vorfilm zur Einstimmung. Danach kam eine Agatha-Christie-Verfilmung, bevorzugt eine mit Miss Marple und Mister Stringer. Dazu wurde Tee in feinen Porzellantassen serviert und ein Kräuterlikör, der angeblich der Verdauung diente, nebenbei auch der guten Laune der beiden alten Damen.

»Miss Evelyn, die Badefee« war ein Werbefilm der Deutschen Reichsbahn aus den späten Zwanzigerjahren und spielte in Bad Reichenhall, das damals noch unter den Auswirkungen des Ersten Weltkriegs litt und jede Werbung dringend gebrauchen konnte. Für Sascha war Miss Evelyn ein rotes Tuch, so doof und klischeehaft fand er die erzählte Geschichte. Aber es waren die Gebirgslandschaft und die Sehenswürdigkeiten der Stadt zu sehen, und weil es ein Film der Reichsbahn war, auch die technischen Errungenschaften der Eisenbahn. Die damals moderne Predigtstuhl-Seilbahn kam in dem Film vor und das Reichenhaller Haus auf dem Hochstaufen. Damit sollten wieder möglichst zahlungskräftige Gäste in die Stadt gelockt werden. Und es gelang ja auch noch einmal für einige Jahre. Danach kamen die Nazis und mit ihnen der nächste Krieg. Und dann blieb es erst mal zappenduster in dem Kurort, daran konnte auch Miss Evelyn mit ihrem Stummfilm nichts mehr ändern. Tatsache war jedoch, dass dieses Filmchen in Reichenhall so etwas wie Kult war. Paulina und Hannelore trafen sich regelmäßig zum Filmabend in der Villa Palmira. Und der begann traditionell immer mit der Badefee.

Sascha befreite den Fernseher aus seinem Gefängnis hinter den Regaltüren. Als er die Evelyn-DVD aus dem Regal nahm, fiel etwas nach hinten runter. Er griff ins Regal und bekam es zu fassen. Seine Hand war voller Staubflusen, doch dazwischen lag ein Silberanhänger, den er noch nie zuvor gesehen hatte. Er sah ein wenig aus wie eine Hand und hatte in der Mitte einen Tropfen aus blauer Emaille, weshalb Sascha ihn in die Hippiezeiten seiner Mutter Sabine einordnete. Das Schmuckstück erinnerte ihn an verblichene quadratische Farbfotos mit weißem Rand, lila Batikhemden und geflochtene Bänder in langen ungeschnittenen Haaren. Es hing an einem braunen Lederband und hatte einen einfachen Knoten als Verschluss. Sascha blies die Staubflusen von der Hand und hängte sich das Band um. Er befühlte den Anhänger, der etwas unterhalb des Grübchens zwischen den Schlüsselbeinen auflag. Er fühlte sich irgendwie gut an.

## Montag, 22. Juni 2020

Als Sascha am Montagabend nach der Klinik noch eine Patientin bei Ulli Böllmann in der Praxis behandelte, klärte die ihn darüber auf, dass der Anhänger, den er am Vorabend bei Paulina gefunden hatte und seitdem um den Hals trug, eine »Khamsa« war.

»Sie wird auch ›Hand der Fatima‹ genannt«, erklärte ihm die Dame. »Sie stellt eine Hand mit fünf Fingern dar, und der blaue Stein in der Mitte ein Auge. Es schützt gegen Geister und den bösen Blick.«

»Dann ist es also so etwas wie ein Amulett«, meinte Sascha. »Und wer ist diese Fatima?«

»Sie war die jüngste Tochter von Mohammed. Die Schiiten verehren sie ungefähr so wie die Katholiken Maria.«

»Geister kann ich mir ja noch vorstellen, aber der böse Blick, wo kommt der denn her?«

»Von den lieben Mitmenschen«, sagte die Patientin, »die einem mit Neid und Missgunst begegnen.«

»Und dagegen kann man sich mit Fatimas Hand schützen? Ist ja genial.«

»Die Angst vor dem Neid der Nachbarn, von Familie und Freunden ist ziemlich groß, nicht nur in diesen Kulturen. In einigen ist es üblich, Kindern zur Geburt erst einmal hässliche Namen zu geben, um mögliche Neider von ihnen abzulenken.«

»Und woher wissen Sie das alles?«, fragte Sascha, während die Patientin sich wieder anzog.

»Ach, ich war mal mit einem Syrer verheiratet. Das ist aber schon einige Zeit her. Für meine Kopfschmerzen kann ich ihn jedenfalls nicht mehr verantwortlich machen. Obwohl, wer weiß.«

»Dann sollten Sie vielleicht so eine Khamsa tragen, um sich vor seinen bösen Blicken zu schützen.«

»Da komme ich lieber zu Ihnen und vertraue mich Ihren heilenden Händen an. Ich war während der Behandlung ja so herrlich entspannt, dass ich richtig weggetreten war. Und jetzt gehe ich heim und lege mich hin. Ich glaube, ich werde schlafen wie ein Baby. Es fühlt sich großartig an. Vielen Dank.« Sie warf ihm einen tiefen Blick aus warmen braunen Augen zu.

»Freut mich, wenn ich Ihnen helfen kann.«

»Schade, dass Sie sich selbst nicht helfen können«, sagte sie und knöpfte sich die Bluse zu.

»Wieso, was meinen Sie?«, fragte Sascha.

»Na, Sie hinken doch leicht. Ist es das Knie?«

»Ach das. Ja, eine alte Sportverletzung.« Sascha tat, als sei es nicht der Rede wert.

»Und da können Sie gar nichts machen?«

»Sie meinen, so per Selbstheilung? Ich fürchte, das klappt nicht so toll.«

»Schade. Aber vielleicht lassen Sie sich doch einmal von jemand anderem behandeln.«

Sascha war ein bisschen eingeschnappt. Schließlich war er der Behandler und sie die Patientin. Aber im Wartezimmer saß bereits die zweite Patientin an diesem Abend, und die Spezialistin für islamische Kultur strebte dem Ausgang zu.

Beim späten Abendessen, zu dem es eine Pastete und Krautsalat mit Speck gab, summte Paulina wieder vor sich hin. Sie war am Vormittag bei der Heilpraktikerin gewesen und hatte Frau Bach gefragt, ob ihr Neffe einmal zu ihr in die Praxis kommen könnte. Und prompt hatte sie am nächsten Tag, passend zu Saschas Dienstplan, um halb sechs noch einen Termin für ihn frei. Sascha pickte sich ein Stück Speck aus dem Salat und kaute darauf herum. Es schmeckte fettig und salzig, genauso, wie es schmecken musste. Einerseits regte es ihn auf, dass Tante Paulina jetzt wieder anfing Termine für ihn auszumachen. Aber neugierig war er doch. Und außerdem könnte er ihr dann auch gleich einmal sagen, was er von ihren Methoden hielt.

# Dienstag, 23. Juni 2020

Eva wollte am liebsten gar nicht hinsehen. Aber ihre Augen wanderten ganz automatisch hinüber, und tatsächlich stand seine Bürotür sperrangelweit offen. Dort saß wie ein Pförtner oder ein Höllenhund dieser Kerl, mit seinem Ansatz zum Doppelkinn und Wohlstandsbauch, und hatte im Blindschreiben anscheinend den ersten Preis errungen, denn er konnte beim Arbeiten am Computer mühelos gleichzeitig durch die offene Tür zum Gang hinaussehen, sodass ihm keine Seele entging, die an seinem Kabuff vorbeihuschte.

»Frau Dr. Doppler«, schrie er prompt mit seiner unangenehm schrillen Stimme hinter ihr her. Und im nächsten Augenblick stand er auch schon an der Tür, bevor sie aus seinem Blickfeld hätte verschwinden können.

»Ich kriege noch was von Ihnen«, rief er ihr durch den Flur hinterher. Es war entwürdigend.

Eva Doppler machte kehrt und ging auf ihn zu. Seine Blicke scannten sie von oben bis unten in Blitzgeschwindigkeit. Ihre Bluse spannte unter seinen Blicken. Was dieser Kerl sich erlaubte!

Sie ging zu seinem Schreibtisch, stellte ihre Tasche darauf ab und suchte nach dem vorbereiteten Blatt. Er beobachtete sie von der anderen Seite des Tisches und strich sich dabei über das stoppelige runde Kinn.

»Haben Sie das Papier also doch noch gefunden, in den Umzugskisten«, schnarrte er.

Sie reichte ihm das Blatt über den Tisch.

»Bitte sehr.« Sie ließ den Deckel der Tasche wieder zufallen und hängte die Lasche ein.

Bevor sie noch Auf Wiedersehen sagen konnte, rief Wolny entrüstet: »Das ist ja nur eine Kopie.«

»Ja, tut mir leid, was anderes habe ich nicht.«

»Dann müssen Sie eben das Original an Ihrer Hochschule nachfordern.«

»Das habe ich längst gemacht, aber die sind offenbar auch nicht die Ordentlichsten. Sie sagen, Sie hätten mir das Original damals geschickt, und jetzt haben die auch nur noch eine Kopie in ihrem Archiv. Es kann nachgedruckt werden, aber es ist eben nicht das Original.« Ihr wurde heiß, und dieser Kerl beobachtete sie dabei, wie sie allmählich anfing zu schwitzen.

»Jetzt nehmen Sie doch die Kopie, ich bitte Sie, Herr Wolny. Es ist doch ein Zeugnis, eine Urkunde, oder eben ein Abzug davon. Sie müssen doch jetzt auch nicht katholischer sein als der Papst.« Mein Gott, was für eine erniedrigende Situation. »Jetzt geben Sie sich doch einen Ruck und nehmen Sie das Dokument und gut ist es.«

Sie merkte, wie ihr nun auch im Nacken der Schweiß ausbrach. Hoffentlich konnte er es nicht riechen oder sehen. Er hatte sich sowieso schon wie ein Schweißhund auf ihre Fährte gesetzt. Sie konnte direkt sehen, wie es in ihm arbeitete. Ein überkorrekter Beamter, der sich seiner Machtposition vollkommen bewusst war und wahrscheinlich keine großen Skrupel hatte, sie auch auszuspielen. Es löste unangenehme bis sehr unangenehme Empfindungen bei ihr aus.

## Mittwoch, 24. Juni 2020

»Jetzt schau dir das mal an!« Anatol zeigte auf seine Noten. Dvořák, 9. Sinfonie »Aus der Neuen Welt«. Elina trat hinter ihm an den Notenständer und sah ihm über die Schultern. Aber sie konnte nicht erkennen, was ihn so empörte. Anatol saß steif auf seinem Stuhl, reglos. Sie sah noch einmal auf die aufgeschlagenen Noten, aber es fiel ihr nichts Besonderes auf. Kurz hatte sie schon Angst, da wäre irgendwo ein Loch oder ein Riss im Papier oder jemand hätte ihm etwas in seine Noten reingekritzelt. Aber da war nichts.

»Bist du blind?«, fuhr Anatol sie an, und Elina war überrascht von seiner Heftigkeit. »Wo sind meine Einträge? Alle Phrasierungen, Notierungen? Die sind einfach weg. Ausradiert. Siehst du es denn nicht?«

Doch, jetzt, wo er es sagte, sah sie es natürlich. Die Noten waren leer, wie neu bekommen und unbenutzt. Dabei wurde in den Proben immer am Notenmaterial gearbeitet, und alle Stimmen notierten fortwährend die Anweisungen des Dirigenten: Hier ein *Mezzoforte* anstelle des eingezeichneten *Pianos*, dort eine Achtelpause, hier ein gemeinsamer Abschlag auf die Zwei und, und, und. Der Bleistift gehörte zur Grundausstattung jedes Musikers und jeder Musikerin. Und da jeder Dirigent oder Gastdirigent seine eigenen Klangvorstellungen hatte, trug man sich seine Anweisungen ein und hielt sich dann in den weiteren Proben und im Konzert daran.

Das war Pflicht. Ein Verstoß wäre ein Grund für eine Ermahnung oder, im wiederholten Fall, sogar für eine Abmahnung gewesen.

»Wie kann das sein?«, fragte Elina. Sie verstand wirklich nicht, was das zu bedeuten hatte.

»Jetzt tu doch nicht so. Du kennst die Antwort genauso gut wie ich. Meine Notate haben sie ausradiert!«

»Sie?«, fragte Elina.

»Unsere lieben Kollegen.«

»Sie haben sich einen kleinen Scherz erlaubt«, versuchte Elina zu beschwichtigen. Es klang jedoch nicht sehr überzeugend.

»Scherz nennst du das? Ich nicht.« Anatol erhob sich von seinem Stuhl, schwerfällig, als habe er Schmerzen oder als hinge ihm ein schwerer Rucksack am Rücken. Er ging zur Küche, schenkte sich ein Glas Leitungswasser ein, trank es im Stehen. Er war blass geworden und er tat ihr leid. Sie konnte sich vorstellen, was er mitmachte. Sie ging zu ihm, wollte den Arm um ihn legen.

»Hör doch auf«, zischte er. »Ich brauche dein Mitleid nicht. Du bist doch auch eine von denen. Wegen dir tun sie mir doch das alles an. Seit du da bist, hacken sie auf mir herum. Am schlimmsten der Wortmann, der hat ein Auge auf dich geworfen.« Anatol stand da mit seinem Glas in der Hand, wie angewachsen, und ließ sie nicht an sich ran. Elina ging zurück ins Wohnzimmer, wo Anatols Geige auf der Couch lag.

»Übertreibst du nicht ein bisschen?«, fragte sie, aber es hörte sich so banal und schwach an. Wie mochte es erst in seinen Ohren klingen. »Ich kann doch nichts dafür. Ich habe niemandem irgendwelche Hoffnungen gemacht. Ich bin zu allen gleich freundlich und gleich distanziert.

Wenn Wortmann sich da in was reinsteigert, kann ich doch nichts dafür. Ich habe ihm jedenfalls nie einen Anlass gegeben.«

»Aber du sagst auch nicht laut und deutlich stopp. Du bist niemals eindeutig, glasklar, verbindlich. Immer wischiwaschi dazwischen. Und manchmal lachst du sogar mit den anderen mit. Es tut verdammt weh, wenn es dabei mal wieder gegen mich geht. Wenn sie sich alle auf mich einschießen.«

Es klang bitter, und es war ungerecht ihr gegenüber. Aber er war das Opfer, und es tat ihr ja auch selbst weh. Er stürzte ein zweites Glas Wasser hinunter.

»Kannst du dir eigentlich vorstellen, wie sich das anfühlt, wenn das ganze Orchester dich auslacht?«

»Das passiert doch aber gar nicht, Anatol. Es machen nicht alle mit, ich zum Beispiel nicht. Und andere auch nicht.«

»Aber du hilfst mir nicht«, sagte Anatol. Es klang wütend, aggressiv. Er blieb in der Küche an die Arbeitsplatte gelehnt stehen, Elina stand im Wohnzimmer am Fenster. Sie befanden sich in einer Entfernung zueinander, die größer war als jeder geforderte Mindestabstand. Und genauso fühlte sich das im Orchester an, auch wenn ihr Platz bei den ersten Geigen und seiner bei den zweiten gar nicht so weit auseinanderlag. Es waren doch irgendwie zwei Pole mit einer ordentlichen Strecke dazwischen.

Am Anfang hatten sie ihre Beziehung noch verheimlicht. Es hatte kleine Flirts und Geplänkel gegeben unter den Streichern. Wortmann hatte sich auf sie eingeschossen, sich als ihr Mentor aufgespielt, der sie als Neue in das Orchester einführen und ihr alles Wichtige erklären würde, der die junge Kollegin unter seine Fittiche nahm. Er wollte ihr Guide sein, auch, was das Leben außerhalb des Orchesters betraf, die Stadt, die gesellschaftlichen Ereignisse, Leute, die man kennen sollte. Elina wollte das gar nicht und war immerzu damit beschäftigt, sich abzugrenzen und ihn zurückzuweisen. Anatol hatte alles genau beobachtet und gleichzeitig seine Zurückhaltung gewahrt, so wie er es geplant und vorgegeben hatte. Er hatte immer vermeiden wollen, dass getratscht wurde, er habe die Neue, seine Freundin, ins Orchester gehievt. Mauschelei, Protektionismus und was sonst noch alles. Diesen Vorwürfen wollte er sich und auch sie nicht aussetzen. Sie wussten beide, dass sie genommen wurde, weil sie die Beste gewesen war und die Bewerbungskommission mit ihrem Spiel überzeugt hatte. Und vielleicht, weil Frau Bach ihr die richtigen Globuli gegeben hatte. Jedenfalls nicht wegen ihrer Beziehung zu Anatol.

Und dann, als sie allmählich zur Phase zwei übergegangen waren und anfingen, ihre Beziehung öffentlich zu machen, so, als wäre sie gerade erst entstanden, genau da war Wortmann ausgestiegen. Er konnte es nicht ertragen, dass die hübsche Neue, auf die er ein Auge geworfen hatte, sich ausgerechnet dem Langweiler Anatol, den er für eine ausgemachte Lusche hielt, zuwandte. Den introvertierten und eher schüchtern wirkenden, leisen zweiten Geiger, der nie mitmachte bei den harmlosen Scherzen und den weniger harmlosen Spitzen gegen Kolleginnen und Kollegen oder gegen den Dirigenten. Natürlich nur, wenn der nicht da war. Humorlos nannte Wortmann Anatol und schoss sich komplett auf ihn ein. Nannte ihn abschätzig den »Sekundgeiger« und machte seine Witze darüber, wer wohl bei Geigers das Sagen hatte, die erste oder die zweite Geige. Und es war klar, wen er oben und wen er unten sah.

Anatol stand immer noch da, mit dem leeren Glas Wasser in der Hand, und stierte vor sich hin, brütete.

»Was hätte ich denn machen sollen?«, fragte Elina. »Du weißt genau, dass ich noch im Probejahr bin. Da kann ich mich nicht hinstellen und sagen: ›Moment, Martin, so geht das nicht. Lass Anatol gefälligst in Ruhe, er hat dir nichts getan. Du bist doch bloß gekränkt, weil ich mit ihm zusammen bin und alle deine Angebote ausgeschlagen habe.‹ Anatol, du weißt, dass ich das nicht kann. Ich kann es mir doch nicht mit dem ganzen Orchester verderben. Es ist so schon schlimm genug.«

Eigentlich war es unerträglich. Immer hoffte sie, Martin Wortmann würde endlich aufhören, begreifen, dass er bei ihr niemals landen würde. Aber vielleicht ging es schon lange nicht mehr um sie. Vielleicht änderte es jetzt überhaupt nichts mehr.

»Wortmann ist nicht allein, das ist ja das Schlimme«, sagte Anatol. »Er hat seine Fans unter den ersten Geigen und bei den Celli. Und die Konzertmeisterin tut so, als hätte sie nichts gesehen und gehört.«

Anatol stand da, allein, mit dem Rücken zur Wand. Nur gegen sie konnte er sich wehren, im Orchester blieb er stumm. Er hatte Angst vor den anderen, und Wortmann war wie ein Hund. Er roch die Angst des Gegenübers, sah sie in seinen Augen und haute nur noch mehr auf ihn ein. Elina dachte, dass sich dieses »Spiel« inzwischen verselbstständigt hatte. Es hatte gar nichts mehr mit ihr zu tun. Sie war nur der Anlass gewesen, aber jetzt ging es nur noch um Wortmann und sein Opfer. Sie litt doch selbst mit, wenn sie ihn so sah, und wünschte sich nichts mehr, als dass er einmal seinen Mut zusammengenommen und sich gewehrt hätte. Mit Worten, mit Fäusten, wie auch immer. Nur nicht dieses stumme Ertragen. In der letzten Probe hatte Anatol sich auch noch verspielt. Er hatte zu spät eingesetzt. Die meisten hätten es vielleicht gar nicht gemerkt, hätte nicht Wortmann ganz auffällig, wenn auch vom Dirigenten unbemerkt, missbilligend den Kopf geschüttelt.

Als hätte er ihre Gedanken erraten, fragte Anatol: »Hast du gemerkt, dass ich in der letzten Probe gepatzt habe? Was ist das nur für ein Scheißspiel. So weit bin ich schon.« Er knallte sein Glas auf die Arbeitsplatte.

»Du solltest dir Hilfe holen«, sagte Elina.

»Ich habe geglaubt, *du* würdest mir helfen«, antwortete Anatol. »Ich habe gedacht, du wärst meine Freundin, meine Geliebte.«

»Das bin ich doch auch«, beteuerte Elina. »Ich meinte professionelle Hilfe.«

»Aha«, sagte Anatol. Es klang wütend, verzweifelt, aggressiv. »Ich glaube, ich muss jetzt mal raus.«

Er zog seine Jacke über, schnappte sich den Schlüssel und ließ Elina einfach stehen. Keine Frage, ob sie vielleicht mitgehen wollte. Bamm, fiel die Tür ins Schloss.

## Donnerstag, 25. Juni 2020

Sein Opa hatte früher immer von sich behauptet, er sei so etwas wie der »Spaziergänger-Blasius«, nur eben nicht in München, sondern in Bad Reichenhall. Der Journalist und Schriftsteller Sigi Sommer alias Blasius hatte einmal gesagt, er würde sich maximal so weit von München entfernen, dass er innerhalb eines Tages zu Fuß dorthin zurücklaufen könnte. So ging es Saschas Opa Alexander Maiensäss mit Bad Reichenhall. Mit dem Unterschied, dass das Andenken an Sigi Sommer in der Münchner Rosenstraße mit einer lebensgroßen Bronzestatue geehrt wurde, wogegen seinem Opa diese Ehre in seiner Heimatstadt nie zuteilgeworden war. Dabei hatte er über Jahrzehnte genauso zum Stadtbild gehört wie Sigi Sommer in München. Meist war er mit einer schwarzen Baskenmütze auf dem dichten weißen Haar unterwegs gewesen, Strickjanker und braune Cordhose und dazu große, stabile Haferlschuhe. Nachdem er in den Ruhestand gegangen war, hatte er immer sehr viel Zeit gehabt und sich mit allen möglichen Leuten unterhalten, denen er in der Stadt über den Weg lief. Und wenn er ihnen nicht zufällig auf der Straße begegnete, dann war er eben in die Geschäfte gegangen, um mit den Leuten zu plaudern. Um zu hören, wie es so lief und wo sie der Schuh drückte. Er machte das nicht zu einem bestimmten Zweck, sondern einfach nur aus Interesse an seinen Mitmenschen und der Stadt, um zu sehen, wie sich alles um ihn herum weiterentwickelte, nachdem er seine Apotheke übergeben hatte und nicht mehr aktiv am Geschäftsleben teilnahm. Die allermeisten freuten sich über seine Überraschungsbesuche. Wenn er irgendwo nicht erwünscht war, ging er einfach wieder, ohne seinen Glauben an die Menschen zu verlieren. Dass er bei dem engen Radius, in dem er sich bewegte, doch viele Kilometer machte, bescherte ihm außerdem ein langes Leben bei guter Gesundheit. Bei seiner Beerdigung in Sankt Zeno war die Kirche voll, und am Friedhof herrschte ein Kommen und Gehen, weil die Leute durchwechseln mussten, um irgendwann näher ans Grab zu kommen und zu kondolieren. »So ein netter Mensch«, sagten die Leute. »Ein Verlust für die ganze Stadt.«

An all das konnte sich Sascha nicht mehr genau erinnern, aber man erzählte es sich so in der Familie. Er erinnerte sich nur, dass seine Mutter sehr geweint hatte und dass sogar sein Vater gekommen war, der damals noch dunkles Haar gehabt hatte und ein auffallend schöner Mann gewesen war. Er stand aber nicht bei Saschas Mutter, mit der er weder verheiratet war noch jemals zusammengelebt hatte. Er hatte sich schon aus der Affäre gezogen, als sie schwanger wurde. Aber den Großvater hatte auch sein Vater gekannt und gemocht. Wo blieb also das Denkmal für Alexander Maiensäss in Bad Reichenhall? Auf einem der vielen Brunnen der Stadt vielleicht: Rupertusbrunnen, Bismarckbrunnen – was hatte der schon groß für die Stadt getan, außer dass er hier ein paar Mal zur Kur war? Der Zentaurenbrunnen am Bahnhofsplatz, der heilige Florian am Florianibrunnen. An die siebzig Brunnen plätscherten in der Stadt, aber Sascha hatte jetzt keine Zeit, sie alle Revue passieren zu lassen, denn er war an seinem Ziel angekommen: »Elvira Bach – Heilpraktikerin, Klassische Homöopathie«.

Als er an die Tür fasste, stolperte er beinahe, weil jemand sie gleichzeitig von innen aufzog. Vor ihm stand die Geigerin aus dem Simonetti, deren Namen er nicht mehr genau wusste: Elisa, Ella … Elvira? Nein, um Himmels willen, sie konnte doch unmöglich auch Elvira heißen. Heute hieß doch keine Frau mehr Elvira.

»Ja hallo, du hier?« Sascha rätselte immer noch wegen ihres Vornamens.

»Du auch?« Sie lächelte. »Was fehlt dir denn?« Sie trat auf die Straße. »Entschuldige, ich weiß schon, das fragt man nicht einfach so. Aber wenn sogar ein angehender Mediziner sich von Frau Bach behandeln lässt, dann ist das doch ein gutes Zeichen, finde ich. Ich bin ja selbst immer so ein bisschen skeptisch, was ihre Methoden angeht.«

Sascha fühlte sich komplett verkannt, fand es aber zu mühselig und auch ein bisschen armselig, das hier, zwischen Tür und Angel und mit einem Bein auf der Straße, aufzuklären.

»Sportlerknie«, sagte er. »Und bei dir?«

»Ach«, antwortete die Geigerin. »Auch das Übliche – ein Kubitaltunnelsyndrom.« Er musste kurz überlegen. Fast hätte er es mit dem Karpaltunnelsyndrom verwechselt. *Carpus* war die Handwurzel, *cubitum* der Ellbogen.

Er winkelte den linken Arm an und strich mit einem imaginären Bogen in der rechten Hand über die Saiten einer Luftgeige. »Berufskrankheit, sozusagen.«

Sie nickte. »Na dann, man sieht sich.«

»Leider viel zu selten«, rief Sascha ihr nach. »Gute Besserung!«

»Wünsche ich dir auch.«

Dann lief sie Richtung Alte Saline davon, und Sascha wurde das Gefühl nicht los, dass sie ihm mit dem Kubitaltunnelsyndrom einen größeren Bären aufgebunden hatte als er ihr mit dem Knie. Immerhin hatte er Knieschmerzen, auch wenn er sich von einer bachschen Behandlung nicht viel versprach. Klar sah man jemandem seine Schmerzen im Ellbogen nicht unbedingt an. Aber die Geigerin wirkte insgesamt überlastet, nicht nur im Arm. Eigentlich hatte sie sich sehr verändert, seit er sie im Simonetti kennengelernt hatte, und das war noch gar nicht so lange her. Sie wirkte gedämpft, düster, fast depressiv. Hatte Daniela nicht etwas von Stress mit ihrem Partner erwähnt? Aber was wusste er denn schon. Er war ja kein Psychologe. Mit einem Kubitaltunnelsyndrom würde er jedenfalls zum Facharzt gehen, nicht zur Homöopathin. Wohingegen der Facharzt für Stress mit dem Lover eher keine Zeit hatte und auch nicht die richtigen Mittel. Frau Bach schon?

Als er an der Tür klingelte, war zuerst nur ein einzelnes Bellen zu hören, von einem bestimmt nicht besonders großen Hund, dann eine Person, die »aus« und »scht« rief, dann trippelnde Schritte, die sich der Tür näherten. Frau Bach öffnete selbst, anscheinend gab es gar keine Angestellten. Hellblaue, wache Äuglein musterten ihn aus einem faltenfrohen Gesicht heraus, umrahmt von silbrig glänzendem Haar. Sie war zierlich, keine eins sechzig groß, und trug einen rosa Flauschpulli. Und sie war weit über siebzig.

Das Auffälligste in der Praxis mit den weißen Möbeln war eine Wandlampe aus Messing mit Sonnenstrahlen. Es wollte vielleicht ein Kunstwerk sein, war aber definitiv keines. Frau Bach bemerkte Saschas skeptischen Blick.

»Ja, ja, an meiner Sonnenlampe scheiden sich die Geister. Aber wissen Sie was? Ich hatte immer schon einen gewissen Hang zum Kitsch und wahrscheinlich auch zum Provozieren.« Ihr ganzes Mäusegesicht grinste.

Der Hund unter ihrem Schreibtisch röchelte wie ein Mops, musste aber etwas anderes sein, weil er eine Schnauze und kaum Speckfalten hatte.

»Nehmen Sie doch Platz, Herr Maiensäss. Ihre Tante hat mir schon viel von Ihnen erzählt.« Sie sah ihn so an, als habe sie nicht nur Gutes von Paulina gehört.

»Großtante«, stellte er richtig. Worauf der Hund unterm Tisch einen verdächtigen Laut von sich gab. Es klang wie einer von diesen Silberknister-Luftheulern, die sie als Kinder immer an Silvester gezündet hatten. Der Ton wurde am Ende dünner und ging wie eine Rakete nach oben.

»Herbert, wie ungezogen!«, tadelte ihn sein Frauchen. »Er hat sich heute beim Frühstück ein Stück Käse organisiert. Darauf bekommt er immer Blähungen. Aber er ist leider nicht so klug, dass er selbst den Zusammenhang versteht. Sie müssen ihn entschuldigen.« Es knallte und knatterte wieder im Hundekorb, und Frau Bach hob entschuldigend die Arme. »Das ist die Natur«, sagte sie. »Da kann man nichts machen.«

»Vielleicht könnte man das Fenster öffnen«, schlug Sascha vor.

»Ihre Großtante hat erzählt, Sie waren Leistungssportler? Was haben Sie gemacht?«, fragte die Bach, während sie zum Fenster ging.

»Biathlon«, antwortete Sascha.

»Oh, dann möchte ich nicht Ihre Gelenke haben«, sagte die alte Dame, die wahrscheinlich schon von ihrer Jugend an Sport für Mord gehalten hatte. »Und nun ist das Knie kaputt?« Sascha nickte. »Das rechte, wenn ich es richtig gesehen habe?«

Das hatte sie gesehen? Vielleicht war es auch nur ein Trick, und Paulina hatte sie einfach schon entsprechend informiert. Aber weil sie ihn weiter inquisitorisch ansah, sagte er: »Knorpelschaden, Arthrose, das volle Programm.«

Sie ging an ihren weißen Schrank und zog eine flache Schublade mit Arzneifläschchen auf, sah ihn noch einmal so eindringlich an, als sei die Wahl des richtigen Mittels vielleicht aus seiner Iris ablesbar, und nahm schließlich zwei zylindrische braune Gläser mit Korkstopfen heraus. Um welche Medikamente es sich handelte, konnte Sascha nicht erkennen, weil nur die Fächer beschriftet waren, nicht die Gläser selbst.

»Sie studieren Medizin, hat Ihre Großmutter mir erzählt.«

»Großtante«, sagte er. »Ja, das ist richtig.«

»Und Heilpraktiker sind Sie schon?«

»Wieso?«, fragte er irritiert.

»Sie hat mir erzählt, dass Sie auch eine Nebentätigkeit bei Herrn Böllmann in der Praxis ausüben. Oder sind Sie Physiotherapeut? Masseur?« Sie sah ihn über den Rand ihrer Brille eindringlich an.

Er musste Tante Paulina einschärfen, dass sie mit seinen Nebentätigkeiten nicht hausieren gehen sollte in der Stadt.

»Was ich dort mache, sind eigentlich nur Hilfstätigkeiten. Fango auflegen, Wäsche sammeln, Termine vereinbaren. Ich bin sozusagen das Mädchen für alles in der Praxis.«

»So?«, fragte die Bach. »Und das rechnet sich?« Und als Sascha nicht sofort antwortete, sagte sie: »Na ja, Sie sind ja auch noch Student«, und musterte ihn eingehend. »Aber wenn ich Ihnen einen Rat geben darf, junger Mann: Vergeuden Sie nicht Ihr Talent.«

Sie legte die beiden Gläser in dreißig Zentimeter Abstand vor sich auf den Tisch, öffnete eine Zigarrenkiste auf ihrem Schreibtisch und nahm eine Kette mit einem dicken Anhänger aus Bergkristall heraus.

»Wollen wir doch mal sehen, welches Medikament für Sie das richtige ist.«

Sascha glaubte zuerst, sie erlaubte sich einen Scherz mit ihm. Sie setzte die Kette in Bewegung und der Anhänger schwang wie ein Pendel zwischen den beiden Gläsern hin und her.

»Was tun Sie da?«, fragte Sascha, obwohl es nicht zu übersehen war.

»Auch in der Heilkunst spielt uns der Kopf manchmal einen Streich. Da ist es besser, sich auf den Bauch, also unsere Intuition, zu verlassen. Das Pendel weiß, welches Mittel das beste ist. Wollen Sie es selbst ausprobieren?« Sie ließ den Anhänger sanft ausschwingen.

Sascha stand auf und nahm die Silberkette am Verschluss zwischen Zeigefinger und Daumen. Es war das erste Mal, dass er ein Pendel benutzte.

»Denken Sie an Ihr Knie«, gab ihm Frau Bach als einzige Anweisung mit, »und wie gern Sie Ihre Schmerzen endlich loswerden würden.«

Er setzte die Kette mit dem Stein in Bewegung, und sie schwang gleichmäßig hin und her. Er hatte keine Präferenzen, weil er ja auch nicht wusste, um welche Mittel es sich bei den beiden handelte. Plötzlich neigte sich das Pendel ganz leicht nach links und schwang gar nicht mehr ganz nach rechts aus. Sascha hatte nicht das Gefühl, dass er willentlich irgendwie dazu beigetragen hatte. Wie funktionierte dieser Trick?

»Gut«, sagte die Bach, »das ist eindeutig, dann soll es eben *rhus toxicodendron* sein. Ich hätte ja etwas anderes getippt, aber so kann man sich täuschen.« Sie legte das Pendel zurück in die Zigarrenkiste, entkorkte das Fläschchen und ließ fünf Kügelchen auf einen Plastiklöffel kullern. Den reichte sie Sascha. »Einfach unter der Zunge zergehen lassen«, sagte sie.

»Und was nehme ich jetzt Toxisches?«, erkundigte sich Sascha.

»Ach so, der Wirkstoff stammt vom Eichenblättrigen Giftsumach, bei uns heißt er auch Gift-Efeu.«

»Und warum heißt er so?«, fragte Sascha.

»Wenn Sie die Blätter dieses Strauchs berühren, bekommen Sie einen heftigen Hautausschlag. In homöopathischer Dosierung ist die Pflanze heilsam.«

»Und wenn nicht? Ich meine, wenn ich gar nichts merke?« Das erschien Sascha aufgrund der Menge des Wirkstoffs am wahrscheinlichsten.

»Dann kommen Sie noch mal wieder und wir probieren weiter.«

»Und dass Sie mir gar nicht helfen können, ziehen Sie nicht in Betracht?«

»Doch, schon, aber das bespreche ich nicht mit meinen Patienten. Sie brauchen doch Hoffnung, das kurbelt die Selbstheilungskräfte an. Darauf können wir in der Medizin doch nicht verzichten, oder, Herr Kollege?«

In dem Moment kam wieder ein Luftheuler vom Boden heraufgeschwebt.

»Hört sich so an, als müsste Herbert mal raus«, sagte Sascha. Er stand auf und fragte nach der Rechnung.

»Der erste Besuch ist nicht immer gratis, aber in Ihrem Fall schon, weil Ihre Großmutter das bereits übernommen hat. Sie hat offenbar ein Herz für Medizinstudenten, und für ihren Enkel.« Frau Bach lächelte ihn so freundlich an, dass er den Enkel ausnahmsweise durchgehen ließ.

Als er wieder auf der Straße stand, den warmen Wind auf der Haut spürte und unter den alten Platanen in der Salinenstraße Richtung Fußgängerzone ging, waren Herbert, sein Frauchen, der Hokuspokus mit dem Pendel und der Giftsumach nur mehr eine Erinnerung, wenn auch eine seltsame. Der Himmel strahlte in einem unfassbaren Meeresblau und alles, woran er jetzt noch dachte, war ein schöner Cappuccino am Rathausplatz, mit nicht zu viel Milchschaum und ohne Kakao.

Am Platz vor dem Rathaus stieg eine Gruppe Touristen in Trekkingsandalen aus einem roten Bus und marschierte in Zweierreihen auf das Il Centro zu. Das war's dann wohl mit Saschas Cappuccino. Er lief am achteckigen Wittelsbacherbrunnen vorbei und sah hinauf zur Bavaria hoch oben auf ihrer Säule. Okay, das wäre als Vorbild eindeutig zu hoch und zu groß für einen Alexander-Maiensäss-Brunnen. Er stellte sich eher etwas Bescheideneres vor, wie die Brunnen für die Volksschauspieler am Viktualienmarkt in München. Sein Opa mit der Baskenmütze als Bronzefigur, kleiner als lebensgroß, ein einfaches Granitbecken und vier statt acht Ecken wären vollkommen ausreichend. Ein Bäumchen dazu, und fertig wäre die Laube. Er könnte das Projekt anpacken, sobald er approbiert wäre, ein fertiger, angesehener Arzt, vielleicht mit eigener Praxis oder im Krankenhaus. Dann würde er nicht lange bei der Stadt betteln gehen, sondern den Brunnen aus eigener Tasche finanzieren und als großzügige Spende der Kurstadt überlassen.

Als Sascha am Kammerer Bräu vorüberging, machte jemand »Psst, psst«, bis er stehen blieb und die Gäste an den Außentischen musterte. An einem der mittleren Tische saß Daniela, die rasende Reporterin, und bearbeitete ein über den Tellerrand hinaushängendes Wiener Schnitzel mit Messer und Gabel. Die Pommes lagen schon über den halben Tisch verstreut.

»Servus, Sascha, magst dich hersetzen oder bist du auch schon Veganer wie deine Berliner Pflanze?«, begrüßte Daniela ihn.

Sascha warf einen Blick auf die Speisekarte, die zwar »im neuen Gewand« daherkam, aber nicht wirklich Unerwartetes bot. Currywurst, Jägerschnitzel, Teufelstoast, Kässpatzen.

»Ich glaub, ich nehm auch ein Schnitzel, das schaut ja richtig gut aus.« Der Cappuccino passte jetzt nicht mehr, also lieber ein Bier, schließlich war Feierabend.

»Wann kommt Mira denn wieder einmal?«, fragte Daniela neugierig.

»Am Freitag«, antwortete Sascha. »Wir machen am Samstag ein kleines Gartenfest.«

»Eine Mira-is-back-Party?«, fragte Daniela.

»Eher eine Corona-is-hoffentlich-over-Party. Du bist doch dabei? Um sechs werfen wir den Grill an.«

»Okay, darf ich jemanden mitbringen?«

»Sowieso. Sag bloß, es gibt einen Mann an deiner Seite.«

»Eine Frau«, sagte Daniela. »Also, eine Freundin.«

»Ist doch super. Ulli kommt auch, bestimmt mit einer Freundin.«

Er wollte sich gerade nach Danielas Begleitung erkundigen, da entdeckte er ganz rechts an einem Außentisch den Kollegen Wolny mit einem Bekannten.

»Schau, da hinten sitzt ja der Wolny, also der Clemens«, sagte er zu Daniela.

»Ja, ich hab ihn schon gesehen. Der andere ist sein Freund Rick.«

»Rick?«, fragte Sascha. »Kennst du den?«

Daniela nickte. »Rick Kressin, Geschäftsmann. Der hat echt Pech gehabt die letzten Monate. Er war gerade dabei, seinen Laden in der Fußgängerzone einzurichten. Herrenmode, schöne Sachen, sehr geschmackvoll. Und dann kam der Lockdown. Der hat noch nicht einmal eröffnet gehabt, und deswegen muss er bis heute um Hilfen kämpfen und hat wohl immer noch keine gekriegt. Richtig blöd gelaufen ist das für ihn. Ist gar nicht sicher, ob er den Laden überhaupt halten kann. Aber ein fescher Kerl«, sagte Daniela anerkennend, »schwul halt.«

»Außerdem pleite, also nicht unbedingt eine super Partie.«

»Ah ja, Herr Maiensäss. Hast du vielleicht im Lotto gewonnen?«

»Wieso?«

»Weil du dich gar so distanzieren musst. Ist noch nicht so lange her, dass deine wirtschaftliche Situation auch nicht gerade rosig war.«

»Ist sie immer noch nicht. Aber schau hin, jetzt haben die zwei anscheinend richtig Zoff miteinander.«

Wolnys Freund war aufgesprungen und hatte dabei sein Bierglas umgeworfen. Der Inhalt plätscherte aufs Pflaster und versickerte in den Fugen. Es gab noch einen kurzen Wortwechsel, dann lief Rick Richtung Spitalgasse und Kristallbrunnen davon, während Wolny mit rotem Kopf sitzen blieb und auf die Rechnung wartete, und vielleicht einen Putzlappen.

»Zurzeit scheppert es überall, in allen Beziehungen, ganz furchtbar«, sagte Daniela. »Pass bloß auf, wenn deine Mira kommt. Nicht dass ihr euch auch noch fetzt.«

Der Kellner brachte Saschas Schnitzel und einen Lappen für Wolnys Tisch.

»Wie geht's denn dem Eder Tobi? Der ist doch bei dir im Krankenhaus?«, fragte Daniela.

»Ja, der liegt auf meiner Station«, sagte Sascha, und es klang so, als sei er schon der Chefarzt. »Die Frau Dr. Doppler hat das Möglichste getan, damit er wieder auf die Beine kommt.«

»Eine tolle Frau, was man so hört.« Sie sah ihn aufmerksam an.

»Tja, das Leben verteilt die Gaben auch nicht gleichmäßig. Es gibt halt welche, die bekommen alles auf einmal.« Daniela sah ihn schon wieder so prüfend an. »Nicht, was du wieder denkst«, sagte Sascha schnell.

»Ich denk doch gar nicht, was du jetzt denkst. Dass ich dir da was unterstelle.«

»Warum schaust du dann so inquisitorisch?«

»Ich hab mich gerade gefragt, ob du dich selbst auch zu denjenigen zählst, die alles auf einmal bekommen? Oder ob du jetzt vielleicht mich gemeint hast.«

# Freitag, 26. Juni 2020

»Mathilde, grüß dich, was gibt's denn?«, fragte Sascha, als er die Tür öffnete. »Wieso rufst du denn nicht an, wenn du etwas brauchst?«

»Ich brauch ja nichts.« Mathilde drängte sich an ihm vorbei ins Haus. »Ich bring euch nur schnell was vorbei. Ist Paulina auch da?«

Sie ging voraus in die Küche, wo Paulina das Geschirr abtrocknete. Die beiden waren Cousinen, ungefähr gleich alt, aber Mathilde war die Flottere von beiden. Sie trug im Gegensatz zu Paulina gern Hosen und Blusen mit auffälligen geometrischen Mustern, heute in elegantem Schwarz-Weiß. Dazu ihre pfiffig verstrubelte Judi-Dench-Frisur, weshalb Sascha Mathilde auch gern »M« nannte, nach der Chefin des MI6 in den Bond-Filmen. In der Küche zog »M« einen Briefumschlag mit vielen bunten Briefmarken und Stempeln aus dem Hosenbund.

»Post für uns?«, fragte Paulina. »Und wieso kommt die dann zu dir?«

»Wisst ihr, an wen der Brief geschickt wurde? Ich hab gedacht, ich lauf gleich rüber, und wir machen ihn zusammen auf.«

Sascha las die Adresse laut vor: »An die Nachfahren von Anna Hoflehner, Villa Carina, 83435 Bad Reichenhall, Deutschland.«

Komisches Wort, »Nachfahren«. Er spürte sofort ein Kribbeln auf der Haut und einen Sog weit zurück in die

Vergangenheit. Der Absender stand in kyrillischer Schrift auf der Rückseite des Umschlags, zum Glück in Druckbuchstaben. Was er entzifferte, war: Katharina Sokolova, Panfilova Ulitsa, 195027 Sankt Petersburg, Russland.

Paulina rieb mit ihrem Lappen so fest über den Gmunder Streublumenteller, dass er quietschte.

»Anna Hoflehner«, sagte Sascha, »das ist doch der Mädchenname deiner Mutter, Paulina. Und sie ist in der Villa Carina aufgewachsen, im Haus des Kurarztes Hoflehner.«

Paulina räumte den Teller auf, füllte Wasser in den Kessel und setzte ihn so energisch auf die Ofenplatte, dass es krachte.

»Wir sind die Nachfahren, ja, aber wer ist diese russische Katharina?« Sie stapfte zur Speisekammer und kam mit einer gläsernen Servierplatte gefüllt mit Hasenöhrl wieder heraus. »Heute frisch gebacken«, sagte sie und bot ihrer Cousine davon an.

»Mei, sind die gut. Wie von deiner Mama.« M knabberte an einem mit Puderzucker bestäubten Teigohr und verdrehte vor Genuss die Augen.

»Also ihr habt Nerven. Redet über das Gebäck, während hier ein noch verschlossener Brief aus Sankt Petersburg, der Stadt der Zaren und Großfürsten, herumliegt. Seid ihr denn gar nicht neugierig?« Sascha konnte es nicht fassen.

»Was kann das jetzt schon sein?«, fragte Paulina. »Wahrscheinlich ist diese Katharina auch so eine alte Schachtel wie Mathilde und ich. Vielleicht will sie auswandern.«

»Zu uns?«, fragte Mathilde. »Aber was hat sie mit deiner Mutter zu tun?«

»Das werden wir erfahren, wenn Alexander endlich den Brief aufmacht«, sagte Paulina ganz cool. Sie goss den Kaffee auf und heißes Wasser in ihre eigene Tasse.

»Also, dann mach halt endlich auf und lies vor«, forderte Mathilde ihn auf.

Das dünne Seidenfutter des Umschlags knisterte, als er die zwei weißen Blätter Papier herausnahm. Sie waren in derselben kuriosen Druckschrift, die Groß- und Kleinbuchstaben in einem Wort mixte, geschrieben wie der Umschlag. Sascha begann vorzulesen:

*Guten Tag, liebe Nachfahren von Anna Hoflehner in der schönen Stadt Bad Reichenhall,*

*ich heiße Katharina Sokolova und studiere Balalaika am Konservatorium in Sankt Petersburg. Meinen Job als Gästeführerin für deutsche Touristen in unserer Stadt habe ich bekommen, weil ich etwas Deutsch spreche. Das habe ich in der Schule und an der Uni gelernt. In meiner Familie spricht sonst niemand Deutsch.*

*Vor einem Jahr ist meine Großmutter Serafima gestorben. Wir haben ihre Wohnung außerhalb von Sankt Petersburg räumen müssen, weil keiner von uns dort wohnen wollte. Dabei fanden wir einen Schuhkarton mit alten Briefen. Einige davon waren auf Deutsch geschrieben, und die Absenderin war immer dieselbe Frau: Anna Hoflehner aus Bad Reichenhall. Ihre Briefe schrieb sie an einen Herrn Alexander Petrowitsch. Ich habe sie alle gelesen. Aber ich habe sehr lange dafür gebraucht. Mein Deutsch und ihre Schrift, das war fast unmöglich. Anna hatte ihren Alexander in Bad Reichenhall kennengelernt, wo er – das nehme ich an – zur Kur gewesen war. Sie hat diesen Mann sehr geliebt. Ihre Briefe stammen aus der Zeit des Ersten Großen Kriegs. Vom September 1914 bis 1918.*

*Ich glaube, ihre Liebe hat kein glückliches Ende genommen, und sie haben sich nie mehr wiedergesehen.*

*Als ich Annas Briefe alle gelesen hatte, habe ich mich gefragt, ob die Villa Carina noch steht und ob dort vielleicht noch jemand aus der Familie von Anna wohnt, der ihre Briefe gern wiederhaben möchte.*

*Ich habe mich informiert, im Internet, dass Bad Reichenhall eine hübsche Stadt in den Alpen ist, die zwar nicht groß ist, aber ein Orchester mit einem eigenen Konzertsaal hat. Eine richtige Musikstadt! Mit meinem Balalaika-Ensemble war ich schon einmal in Berlin zu Gast. Wir wurden von einem deutsch-russischen Freundschaftsverein eingeladen und sind in einer Kirche aufgetreten. Sobald man wieder reisen darf, würde ich gern noch einmal nach Deutschland kommen. Vielleicht gibt es ja in Bad Reichenhall eine Möglichkeit für ein Konzert?*

»Ha!«, rief Paulina und knallte die Kaffeekanne auf den Tisch. »Hab ich mir's doch gedacht. Da will jemand Kapital schlagen aus den alten Briefen«, behauptete sie.

»Blödsinn«, sagte Sascha. »Das sind doch Vorurteile. Kapital schlagen! Interessieren dich die alten Liebesbriefe deiner Mutter denn gar nicht?«

»Nein.«

»Aber mich! Ich will sie unbedingt lesen. Das ist doch eine einmalige Chance, mehr über Anna und ihre romantische Liebesgeschichte zu erfahren. Ich werde dieser Katharina auf alle Fälle schreiben.«

»Willst du dann auch gleich den Flug hierher bezahlen für das ganze Ensemble?«, ätzte Paulina.

»Sie könnten doch vielleicht hier bei uns wohnen. Genug Platz hätten wir ja. Und so ein Flug ist bestimmt gar nicht so teuer.«

»Jetzt lass doch die alten Geschichten ruhen, Alexander. Das bringt doch nichts.« Paulina wandte sich an ihre Cousine. »Ich habe gehofft, sein Spleen hört irgendwann von selbst auf, wenn er genug zu tun hat und mit einer Arbeit ausgefüllt ist, vielleicht eine Familie gründet, mein Herr Großneffe, und die Vergangenheit endlich vorbei sein darf. Und jetzt geht es schon wieder los.«

M schien emotionslos, aber hungrig. Zumindest ziemlich scharf auf die mürben Hasenöhrl ihrer Cousine. Oder sie musste das Erfahrene erst wirken lassen und knabberte deshalb unaufhörlich weiter, wie ein Hase.

»Katharina ist doch keine Vergangenheit, sie ist Gegenwart. Und sie ist Studentin, wie ich. Außerdem war ich noch nie in Russland, dabei wollte ich da immer schon hin. Vielleicht sind wir ja sogar miteinander verwandt.«

»Unsinn. Und wenn, dann so weitschichtig, dass es dafür schon lange kein Wort mehr gibt.«

»Es geht aber doch nicht um die Wörter, Paulina.«

»So? Worum geht es denn?«

»Ums Gefühl natürlich. Um unsere Vorfahren. Und vielleicht gibt es im Russischen sogar ein Wort für diese Art von Verwandtschaft oder Verbindung. Es gibt vielleicht so etwas wie eine Seelenverwandtschaft. Das hat doch etwas zu bedeuten.«

»Bloß was?«, fragte M mit Bröseln auf den Lippen. »Vielleicht ist Katharina ja doch eine Betrügerin. Genau wie diese Anastasia, die sie damals in Berlin halb tot aus einem Kanal gezogen haben. Diese Frau hat behauptet, dass sie leibhaftig eine der Zarentöchter ist, die dem Massaker durch die Bolschewiken auf wundersame Weise entkommen ist.«

Paulina nickte heftig. Sie erinnerte sich anscheinend. Und der Verdacht ihrer Cousine war sowieso Wasser auf ihre Mühlen.

»Katharina könnte höchstens eine Ururenkelin von dieser Anastasia Romanova sein«, sagte Sascha.

»Warte mal ab, was sie uns noch für Geschichten auftischen wird«, unkte Paulina.

»Jetzt seid doch nicht gleich so misstrauisch, ihr zwei. Freu dich doch, dass es eine Erinnerung aus erster Hand an deine Mutter gibt, Paulina.«

»An meine Mutter, bevor sie meinen Vater geheiratet hat. An ihre vorehelichen Abenteuer.« In der Beziehung war Paulina eine richtige Spießerin.

»Sie war eben eine Abenteurerin.«

»Dumm war sie«, sagte Paulina. »Genauso dumm wie deine Mutter. Ein Kind haben beide sich anhängen lassen, und beide von einem Hallodri.«

»Paulina!« Sascha war sauer. »Das ist doch nicht wahr, das weißt du genau. Du hast doch in seinen Briefen gelesen und dich davon überzeugen können, dass er kein Hallodri war.«

»Wer?«, fragte Paulina spitz. »Der russische Kurschatten meiner Mutter vor dem Ersten Weltkrieg oder der Mann, mit dem deine Mutter sich eingelassen hat?«

»Zumindest der von meiner Urgroßmutter war kein Hallodri«, sagte Sascha. »Der Krieg hat sie getrennt. Der Mann meiner Mutter dagegen schon. Mit dem hat sie wirklich Pech gehabt, und ich auch.«

»Pech hatte meine Mutter mit ihrem Alexander Romanov aus Sankt Petersburg ebenfalls.«

»Aber du nicht, Paulina. Denn ohne die Trennung der beiden durch den Krieg würdest du heute nicht mit deinen paar und achtzig Jahren hier in deiner Villa sitzen und Hasenöhrl backen. Denn dann hätte es dich höchstwahrscheinlich niemals gegeben. Also nicht in deiner aktuellen Gestalt.«

»Gegen eine andere, womöglich sogar jüngere Gestalt hätte ich im Moment gar nichts einzuwenden«, meinte Paulina und ging zur Speisekammer, um Nachschub zu holen.

Da klingelte es.

»Was ist denn heute los?«, wunderte sich Paulina.

Sascha öffnete, und vor der Tür stand Mira! Oh, Mist, er hatte glatt vergessen, sie vom Flughafen abzuholen. Wegen Mathilde und wegen des Briefs aus Petersburg.

»Himmel! Warum hast du denn nicht angerufen?« Das schlechte Gewissen haute ihn fast um. Er schwitzte und errötete.

»Vom Flieger aus vielleicht?«, fragte Mira.

»Nein, ich meine vom Flughafen. Ich wär doch gleich da gewesen.« Wie konnte er den Termin nur vergessen? Er stand doch dick und rot angestrichen in seinem Google-Kalender. Wo war überhaupt sein Handy?

»Ich hab dich nicht erreicht, du Schlauberger. Dein Handy war aus oder auf Flugmodus, haha.«

»Mira, es tut mir so leid!«

»Du warst zwar nicht da, aber es waren genügend Taxis da und warteten auf Kundschaft. Und ich war so froh, dass ich die Landung überlebt habe. Ich habe diesen hohen Berg vor dem Flugzeug gesehen und sah immer wieder im Geist, wie es nicht mehr rechtzeitig die Kurve kriegte, um auf die Landebahn einzuschwenken. Ich sah uns alle am Berg zerschellen, verstehst du? Da wollte ich nur noch eines: möglichst schnell weg von diesem Berg.«

»Bah, das tut mir wirklich so leid, ich … ich …«, stotterte Sascha.

Mira stellte ihren Koffer ab und zeigte zum Gartentor, wo noch zwei weitere standen. Sascha nahm sie in den Arm und küsste sie, dann lief er hinunter und brachte das restliche Gepäck.

»Nanu, was ist denn das für eine Familienversammlung hier in der Villa?«, fragte Mira, nachdem sie Paulina und Mathilde entdeckt hatte. »Ist was passiert?« Sie sah ängstlich von der einen alten Dame zur anderen.

»Nichts ist passiert«, sagte M und grüßte Mira mit dem Ellbogen. »Es ist nur ein Brief angekommen, aus Sankt Petersburg.« Sie zeigte auf den Tisch, wo die zwei beschriebenen Blätter und der Umschlag mit seinen bunten Marken und vielen Stempeln immer noch lagen.

»Sieht aus, als sei er in Postsäcken um den halben Erdball gereist. Darf ich?« Sie hatte den Umschlag schon in der Hand und las den Empfänger und die Absenderadresse.

»Wie toll!«, sagte sie dann. »Gibt es eine Fortsetzung der Kurschatten-Affäre?«

»Der ersten wie der zweiten«, sagte Paulina trocken, und es war nicht ganz eindeutig, wie sie persönlich dazu stand. Zu beiden.

Sascha fand ihren Kommentar ziemlich bösartig, aber Mira schien es nicht zu bemerken.

»Ich gehe mich jetzt ein bisschen frisch machen, wenn ihr erlaubt, aber dann will ich den Brief lesen. Er ist doch nicht etwa auf Russisch? Oder hast du inzwischen Russisch gelernt, Sascha?«

»Diese Katharina wird schon geahnt haben, dass in Bad Reichenhall seit den Zwanzigerjahren so gut wie keiner mehr Russisch spricht«, sagte Paulina. »Außer den Russen selbst, die bei uns Urlaub machen, und wenn's sein muss, schon im Frühjahr in die Saalach springen, sobald sie nicht mehr zugefroren ist.« Tante Paulina war jetzt auf Krawall gebürstet.

»Ich bringe deine Sachen hoch.« Sascha begleitete Mira nach oben.

»Ja, ich werd dann auch wieder heimgehen.« M stand auf, strich ihre Bluse glatt. »Du hast ja gesagt, dass du ihr antworten willst, Alexander. Dann lass ich den Brief bei euch. Und, wenn du noch Gastplätze suchst, für das Balalaika-Ensemble, bei uns in der Villa ist auch jede Menge Platz. Vielleicht nicht für alle, aber zwei, drei Russen bringen wir locker unter, und durchfüttern würden wir sie auch. Also, falls sie wirklich kommen.«

Paulina schnaubte. »Ich kümmere mich dann mal ums Abendessen.« Sie stand auf. »Aber was Russisches koche ich deshalb nicht, nur was Vegetarisches. Kannst gern dableiben, Mathilde.«

»Nein, dankschön, Paulina, jetzt hab ich dir schon die ganzen Hasenöhrl weggefressen. Aber was gibt's denn Gutes, Vegetarisches?«

»Meistens Gemüse.«

»Gemüse mit was?«, fragte Mathilde.

»Gemüse mit Gemüse«, antwortete Paulina. »Oder Gemüse mit Salat.«

»Das wär mir dann abends doch zu wenig«, meinte Mathilde. »So ein Stück kalter Braten darf für mich schon dabei sein, beim Gemüse oder beim Salat.«

Sie verabschiedete sich und ging nach Hause.

Es dauerte fast eine Stunde, bis Mira sich frisch gemacht hatte, und es war nicht nur ihre Schuld. Sie waren schließlich lange voneinander getrennt gewesen.

## Samstag, 27. Juni 2020

Eigentlich bereute sie es jetzt schon, dass sie zugesagt hatte und tatsächlich mitgegangen war. Daniela hatte sie überredet. Eigentlich redete sie schon seit Tagen auf sie ein, noch mehr, seit Elina vor drei Tagen hatte absagen wollen. Sie müsse mehr unter Leute, hatte Daniela behauptet. Dabei war sie doch täglich unter Leuten, den Kollegen, dem ewigen Hickhack, sie konnte es fast nicht mehr ertragen.

»Umso wichtiger ist es, dass du mal rauskommst. Unter ganz normale Leute, nicht wieder unter deine Musiker, die sowieso fast ständig hinter, vor und neben dir sitzen. Einfach mal was anderes sehen, hören, schmecken. Und keine Musik, außer vielleicht seichte Partymusik von einem iPod. Etwas, was dich gar nicht tangieren muss, sondern wie Geblubber, Hintergrundrauschen, Verkehrslärm oder Kaufhausgedudel läuft.«

Wie auf eine kranke Kuh hatte Daniela auf sie eingeredet. Nur damit sie endlich Ruhe gab, hatte Elina zugesagt. Und da sie es hasste, erst zuzusagen und dann doch nicht zu kommen, lief sie nun aus einem dummen Pflichtgefühl heraus neben Daniela her ins Kurviertel zu dieser Villa, in der eine Gartenparty mit ein paar netten Leuten stattfinden sollte. Sie und Party! Das passte im Moment so gut zusammen wie Eisbär und Pinguin. Nämlich gar nicht. Und jetzt war sie auch noch mitten in ihrem typischen Hadern. Sie konnte sich selbst nicht ausstehen, wenn sie so drauf war. Wieso war sie so kompliziert und labil und musste alles tausendmal hinterfragen und problematisieren, statt es einfach nur zu machen. Sollte sie jetzt da hingehen oder doch lieber wieder umkehren?

»Du kommst jetzt einfach mit«, sagte Daniela, die Elinas Zögern zu spüren schien. »Es wird dir guttun, mal nicht über Musik zu reden, dich mit anderen Dingen zu beschäftigen, andere Leute kennenzulernen, die was anderes zu tun haben. Einfach ein bisschen Leichtigkeit. Wirst sehen.«

Daniela hatte Elina direkt von der Probe abgeholt, damit sie nicht wieder kneifen konnte. Mit ihrem Geigenkoffer am Rücken lief sie neben der Freundin her. Sie wäre sich nackt vorgekommen, hätte sie ihr Instrument *nicht* am Rücken gehabt.

Das schmiedeeiserne Tor quietschte, als sie den Garten der Villa betraten. Das Haus war in die Jahre gekommen und eindeutig nicht luxussaniert. Es war nie ein Schloss gewesen, eher ein Haus für eine große Familie oder mehrere Generationen. Die Gesellschaft war klein. Zwei alte Damen saßen da, die eine in einer eleganten Seidenbluse mit einem Schachbrettmuster in 3-D, die andere kümmerte sich um die Salate und marinierte Zucchini und Auberginen. Am Grill stand Sascha, den sie schon einmal im Simonetti und ein zweites Mal vor der Praxis von Frau Bach getroffen hatte. Der Mann mit dem mega Bizeps, der neben ihm stand, war Physiotherapeut und hieß Ulli. Das Mädel mit dem dunklen Zopf war seine Freundin Melli. Die Blonde im dunkelblauen Jumpsuit mit kurzer Hose war Saschas Freundin Mira, deren Wiederkehr aus Berlin heute gefeiert wurde. Elina wusste hinterher nicht mehr, wer eigentlich damit angefangen hatte, aber plötzlich war sie von allen umringt, und alle, bis auf diesen Ulli, der sich am meisten für den Grill interessierte, redeten auf sie ein. Wenn das auf ihrem Rücken tatsächlich ein Geigenkasten war, ob sie dann nicht etwas spielen wollte. Nur ein kleines Stück. Weil der Lockdown nun endlich vorbei war, weil Mira wieder da war und weil sie, wie eine der alten Damen sagte, so jung nie wieder zusammenkämen.

»Sie würden uns eine solche Freude machen!« Es war rührend. Dagegen war Elina machtlos. Die alten Korbsessel wurden rasch im Halbkreis um die improvisierte Bühne aufgestellt. Elina packte ihre Geige aus. Ihr Publikum zählte sechs Personen. Ulli hütete den Grill.

Was sollte sie jetzt spielen? Das hier war schließlich kein Dienst im Orchester, kein Spiel im Zusammenklang von vielen Stimmen, sondern ein Soloauftritt. Sie dachte an das Largo aus der Violinsonate von Bach in C-Dur, das sie vor einiger Zeit wieder gespielt hatte. Aber es kam ihr zu traurig vor für ein Gartenfest. Stattdessen entschied sie sich für den vierten Satz der Violinsonate Nr. 1 in g-Moll, BWV 1001. Sie würde das *Presto* etwas langsamer spielen als gefordert, damit sie auch heil damit durchkam. Bei dieser Sonate hatte sie immer das Gefühl, ein Stück ihrer Seele preiszugeben. Der laue Frühsommerabend, das Knistern der alten Korbmöbel, die hohe Hecke, die glimmende Grillkohle, die mit karierten Geschirrtüchern abgedeckten Salatschüsseln – es war eine Szene wie auf einem Gemälde. Renoirs »Frühstück der Ruderer« an der Seine fiel ihr ein, das als Kopie im Wintergarten ihres Elternhauses hing. Lauter freundliche Menschen, eine Schatten spendende rot-weiße Markise im Ruderclub. Elina spielte das Stück wie in Trance, und es war, als hielten alle bis zum Schluss den Atem an.

Als sie die Geige absetzte, klatschte sogar der Mann am Grill. Solange ihr Bogen über die Saiten strich, fühlte Elinas Herz sich leicht an, und ihr Geist schwebte über den Dingen dahin. Sie hätte immer so weiterspielen mögen, nur damit ihr nicht wieder so schwer ums Herz wurde.

»Frau Dr. Doppler!«

Schon wieder dieser Kerl. Sogar am Samstag! Was machte der denn noch hier? Eva bekam Herzrasen, wenn sie ihm begegnete. Mehr als wegen der Notfall-OP, wegen der sie gerade angerufen worden war.

»Ich habe es wirklich wahnsinnig eilig. Im OP warten sie schon auf mich. Es ist dringend. Vielleicht ein Schlaganfall. Bin sowieso schon spät dran.«

»Ja, das glaube ich Ihnen, aber …« Wolnys Zerknirschtheit war nicht echt, das spürte sie sofort.

»Was wollen Sie denn noch von mir?«, fragte sie.

»Frau Dr. Doppler, also Eva …«

Er nannte sie beim Vornamen? Nein, sie musste sich verhört haben. Was erlaubte dieser Kerl sich? Es war unerhört. Sie blitzte ihn wütend an.

»Was denn, Herr Wolny? Jetzt lassen Sie mich doch an meine Arbeit gehen, bitte.«

»Es ist aber nur eine Kopie der Prüfungsbescheinigung, die Sie abgegeben haben, und …«

Gott, ging ihr dieser Mensch auf die Nerven.

»Das habe ich Ihnen doch gesagt, dass ich das Original nicht mehr habe. Dass es verloren gegangen ist.«

»Beim Umzug, ja, das sagten Sie schon.«

Warum ließ er sie dann nicht endlich in Ruhe? Irgendetwas an seiner Haltung, seinem Gesichtsausdruck war heute anders als sonst. Sein blau kariertes Hemd spannte um den Bauch, und zwei dunkle Schweißflecken zeichneten sich unter den Achseln ab. Eva konnte diesen Menschen und seinen Schweiß riechen.

»Aber dass Ihre Universität auch kein Original behalten hat, für das Sie jetzt eine beglaubigte Kopie anfordern könnten …« Wieder ließ er seinen angefangenen Satz in der Luft hängen. Das brachte Evas Nerven fast zum Zerreißen.

»Auch das habe ich Ihnen bereits gesagt, Herr Wolny. Können Sie mich jetzt nicht endlich mit dieser Sache in Ruhe lassen?«

Sie musste ihre Wut auf diesen Kerl im Zaum halten. Da war noch etwas anderes als Zorn, etwas, das tiefer im Bauch saß. Sie versuchte ruhig zu bleiben.

»Jetzt geben Sie Ihrer Beamtenseele doch einen Ruck«, sagte sie mit einem Anflug von Komplizentum. Es war ein Angebot an ihn. Wenn er sie damit endlich in Ruhe ließ, könnten sie auch wieder Freunde werden. Und wenn nicht Freunde, so doch wenigstens Kollegen, die sich ganz normal grüßten und ein paar Worte miteinander wechselten, wenn sie sich irgendwo über den Weg liefen. Das war doch ein Angebot einer Frau Doktor, die auf dem Weg zur Chefärztin war, an einen Verwaltungsfachangestellten.

»Ich muss jetzt wirklich«, sagte Eva und machte den ersten Schritt in der Hoffnung, sie habe ihn so weit auf ihrer Seite. Aber sie täuschte sich.

»An der Uni Konstanz, wo Sie Ihren Abschluss gemacht haben«, sagte er, »ist noch nie ein Nachweis über ein bestandenes Physikum verloren gegangen. So einen Fall hat es noch nie gegeben.«

Das ganze Blut in ihrem Kopf sackte nach unten, und Eva spürte einen leichten Schwindel. Jetzt bloß nicht umkippen, bloß nicht in die Arme von diesem Kerl sinken und seine Hilfe benötigen. Wolny hatte also Kontakt nach Konstanz aufgenommen. Mit ihrer Universität. Dieser elende Schnüffler.

»Dann ist es eben bei mir zum ersten Mal passiert«, sagte sie und machte einen weiteren Schritt in Richtung ihrer Station. Mehr, um zu testen, ob ihre Füße sie trugen, als um wirklich wegzugehen.

»Wahrscheinlicher ist jedoch«, sagte er und beobachtete ihre Reaktion ganz genau, »dass es diesen Nachweis gar nicht gibt.«

»Was soll das heißen, dass es ihn nicht gibt?« Es sollte scharf klingen, nicht schrill. Aber sie war eine Spur lauter geworden.

Er klemmte die Daumen in seinen engen Hosenbund und zog ihn mit dem Gürtel ein paar Zentimeter über seine Plauze. »Eben weil es kein bestandenes Physikum gibt. Warum noch länger darum herumreden.«

Eva hatte blaue Augen immer attraktiv gefunden. Das war nun vorbei. Wolnys Blick, aus diesen wässrigen Augen, war der eines Großinquisitors. So sah er also aus, ihr Richter, dachte Eva. Aber noch wehrte sie sich. Und sie würde sich immer wehren. Bis zum Schluss.

»Was reden Sie denn da?«, fuhr sie ihn an. »Sind Sie irre?« Sie musste ihn energisch in seine Schranken weisen. Sie würde ihn jetzt einfach stehen lassen und gehen. Sie musste ihre Arbeit tun, zur Ruhe kommen, sich sammeln.

»Eva«, sagte er noch einmal. Es klang vertraulich, übergriffig, widerlich. Er hielt sie tatsächlich am Arm fest, als sie sich in Bewegung setzte. Eva riss sich los und starrte ihn an.

»Was erlauben Sie sich?«, zischte sie.

»Vielleicht sollten wir uns einmal am Feierabend zusammensetzen und die Sache bei einem Bier oder einem Glas Wein ausreden. Was halten Sie davon?«

Eva riss sich los und schleppte sich wie auf Lehmsohlen den Gang hinunter, der immer schmäler und dunkler wurde. Die Glastür am Ende war auf die Höhe einer Hundehütte geschrumpft. Sie würde sich bücken müssen, wenn sie da hindurch wollte. In ihren Ohren sirrte ein hoher Ton, schrill, anhaltend und mehr als nur bedrohlich: tödlich.

»Was ist denn mit Paulina los?« Sascha machte sich fast ein wenig Sorgen. »So sensibel kenne ich sie ja gar nicht. Hat ihre Rührung jetzt speziell was mit der Geige zu tun?«

Paulina war, noch während die anderen applaudierten, aufgesprungen und zum Biertisch gelaufen, wo sie dabei war, die Salatsoßen abzuschmecken, obwohl der Rost noch leer war. Ulli stocherte in der Glut herum und brachte sie mit dem Blasebalg auf Temperatur.

»Ist mir auch aufgefallen, dass sie heute anscheinend besonders empfindsam ist«, sagte Mathilde. »Das Geigenstück ist uns, glaube ich, allen an die Nieren gegangen, wie man so sagt. Wie eine Botschaft aus der Ewigkeit, findest du nicht?«

Es war berührend gewesen, dieses Stück, unter freiem Himmel. Mira hatte seine Hand genommen und sie bis zum Schluss nicht mehr losgelassen. Es war irgendwie wie aus der Zeit gefallen. Vielleicht meinte M das mit Ewigkeit.

»Ich geh mal zu ihr.« Mathilde stand auf. »Aber du kennst sie ja. Rauskriegen werde ich vermutlich nichts aus ihr. Aber für den Fall, dass sie doch reden will, bin ich dann mal in der Nähe.«

Sascha dachte, dass die Russland-Geschichte seine Großtante vielleicht doch mehr bewegte, als sie zugeben wollte. Die Erinnerungen an ihre Mutter, an ihr geheimes Leben vor Paulinas Geburt, das musste sie als Kind doch beschäftigt haben. Selbst wenn sie jedes Interesse daran heftig abstritt. Vielleicht gerade dann.

Ulli meldete, dass es jetzt losgehen konnte mit dem Grillen, und Mira einigte sich mit ihm auf eine Demarkationslinie auf dem Rost, die das tierische vom veganen Grillgut sicher und dauerhaft trennen sollte. Nach Umfrage einigten sie sich auf halb Gemüse, halb Fleisch.

»Dann hast du bestimmt auch Elina für deinen Zeitungsartikel ›Frauen im Orchester‹ interviewt, stimmt's, Daniela?«, fragte Mathilde, nachdem sie bei Paulina mit ihrem Mitgefühl abgeblitzt war.

Sascha erinnerte sich an die Überschrift im *Tagblatt*, aber er hatte den Artikel nur überflogen. Er war ja auch keine Frau und kein Orchestermusiker.

»Natürlich habe ich mit ihr gesprochen. Deshalb bin ich ja überhaupt erst auf das Thema gekommen«, sagte Daniela. »Ich habe schon gestaunt, was Elina mir so alles erzählt hat. Aber in der Zeitung gedruckt wollte sie das meiste davon nicht lesen.«

»Warum, sind die Reichenhaller so schlimm?«, fragte Mathilde, die eine ebenso eifrige *Tagblatt*-Leserin war wie Paulina.

Elina zog es vor, sich um das pflanzliche Grillgut zu kümmern, anstatt etwas zum Thema zu sagen.

»Nein, sie sind lange nicht so schlimm wie die großen, weltbekannten Orchester, die Wiener Philharmoniker zum Beispiel«, wiegelte Daniela ab, der nicht entgangen war, wie unwohl Elina sich fühlte.

»Was meint ihr denn mit ›schlimm‹?«, fragte Sascha.

»Schön, dass meine Artikel so eifrig gelesen werden«, sagte Daniela. »Es ging unter anderem um den Frauenanteil«, erklärte sie. »Im Bundesdurchschnitt aller Orchester liegt er bei vierzig Prozent.«

»Ist doch fast gut«, meinte Mira.

»Schon, aber dazu gehört auch die wichtige Info, dass berühmte Orchester wie die Berliner Philharmoniker nur siebzehn Prozent Frauen haben, die Staatskapelle Dresden vierundzwanzig und das Gewandhausorchester Leipzig immerhin siebenundzwanzig Prozent, was aber immer noch klar unter dem Durchschnitt liegt. Und warum?« Daniela sah zuerst Mira an, dann Sascha.

»Keine Ahnung«, antwortete Mira. »Sag du's uns.«

»Ganz einfach: Wo das Geld sitzt, da sind auch die Männer«, behauptete sie. »Umgekehrt gilt: Je weniger ein Orchester zahlt oder eben zahlen kann, desto höher ist der Frauenanteil.«

»Ja, aber wie geht das?«, fragte Sascha. »Ich meine, wie machen die Männer das, dass sie fast unter sich bleiben?«

Daniela sah Elina an, aber die knabberte an einem echten Würstchen herum und tat so, als ginge die Unterhaltung über Hyänen in der Kalahari.

»Wie werden sie es schon machen? Seilschaften, Mentoring, Zusammenhalten und die Konkurrenz erst gar nicht zum Futtertrog lassen. So wie sie's immer schon gemacht haben. Nun können sie die Frauen nicht mehr ganz ausschließen, weil mittlerweile schon über fünfzig Prozent der Absolventen und Absolventinnen von Musikhochschulen Frauen sind. Aber die wirklich gut dotierten Posten sind eben leider schon besetzt.«

Daniela nahm einen Schluck aus ihrer Flasche Alpenstoff. Ulli hatte ein paar Träger davon mitgebracht.

»Die Wiener Philharmoniker haben sich bis 1997 geweigert, Frauen aufzunehmen. Und sie sind damit durchgekommen. Davor hatten sie zwar schon eine Harfenistin gehabt, aber die wurde auf keinem Orchesterfoto abgebildet, stellt euch das mal vor. Einfach unterschlagen, als hätten sie sich für sie geschämt«, ereiferte sich Daniela.

»Oder dafür, dass sie nur eine einzige weibliche Person im ganzen großen Orchester hatten«, sagte Mira. »Dann lieber gleich gar keine.«

»Und wie ist das heute bei den Wienern?«, fragte Sascha.

»Heute haben sie mickrige sieben Prozent Frauen und behaupten frech, dass es in der Kunst keine Quote geben darf. Und dass sie eben nur die Besten nehmen. Und das sind wunderbarerweise fast immer Männer.«

Sascha sah zu Elina, aber die betrachtete ganz versunken Ulli und seine Freundin Melli, die Arm in Arm am Grill standen. Sie wirkte so, als wollte sie sich am liebsten ganz weit weg beamen. Den ganzen Tag Musik und Orchesterproben, und dann gab es beim Grillen auch kein anderes Thema. Sascha überlegte, dass er vom Krankenhaus erzählen könnte, von ihrem gemeinsamen Freund Tobi Eder, aber Daniela war noch nicht fertig mit ihrem Thema.

»In den Sechzigerjahren schloss die erste Frau an der Wiener Musikhochschule ein Trompetenstudium ab, übrigens mit Auszeichnung. Und wisst ihr, was ihr damaliger Professor zu ihr sagte?« Eine rhetorische Frage, die sie gleich selbst beantwortete: »›Schade, dass du ein Mädchen bist. Sonst könntest du glatt ein Philharmoniker werden.‹«

»So schlimm ist es aber Gott sei Dank heute nicht mehr«, bemerkte Mathilde. »Aber was ist aus dieser Trompeterin geworden?«

»Keine Philharmonikerin«, sagte Daniela.

»Aber sie hat eine Professur im Fach Trompete bekommen, in Wien«, schaltete sich Elina doch noch ein. »Und damit war sie auch die erste Frau. Also immerhin doch ein kleiner Sieg.«

Aber Daniela überließ ihr nicht das Schlusswort in dieser Sache. Das wäre für ihren Geschmack zu versöhnlich gewesen. »Und was haben die Zeitungen damals geschrieben?«, hakte sie ein. »Internet und Social Media gab es damals ja noch nicht, weshalb sie auch keinen Shitstorm zu befürchten hatten.« Sie machte eine Pause, und sogar Ulli und seine Freundin lauschten und warteten auf die Pointe. »Sie schrieben: ›Hübsche Trompeterin wurde Professor‹. Lasst euch das mal auf der Zunge zergehen.«

»Ach Quatsch«, meinte Mira. »Das gibt es doch gar nicht. Das hast du dir jetzt ausgedacht.«

»Leider nein. Oder, Elina?«

Elina zuckte die Achseln. »Ja, kann schon sein. Aber das ist über fünfzig Jahre her.« Elina stellte ihren Teller auf den Tisch. »Ich werde mich langsam verabschieden, es war ein anstrengender Tag. Vielen Dank für die Einladung und das feine Essen.«

Dann schnallte sie sich den Geigenkoffer auf den Rücken, winkte noch einmal in die Runde, und schon fiel das Gartentor hinter ihr ins Schloss.

»Haben wir sie jetzt vertrieben mit unserem Gerede über Frauenquoten im Orchester?«, fragte Mira.

»Ich weiß nicht«, antwortete Daniela. »Sie ist halt immer extrem empfindlich.«

»Sie war schon von Anfang an so leise, irgendwie wirkt sie bedrückt«, sagte Mathilde.

»Was hat sie denn?«, fragte Ulli. »Sie ist doch ins Orchester aufgenommen worden. Erste Geige, hab ich gehört. Das ist doch echt super.«

»Sie ist aber noch im Probejahr«, erwiderte Daniela. »Deshalb war sie auch so darauf bedacht, dass ja nichts aus dem Orchester nach außen dringt. Aber das allein ist es auch nicht.«

»Wieso, was ist denn sonst noch so los bei der?«

»Sie ist doch mit diesem Anatol zusammen, der die zweite Geige spielt, also im Orchester«, erklärte Daniela.

»Ach so«, sagte Ulli. »Und der macht jetzt Stress, weil er ihr das nicht gönnt?«

»Ich glaube, es geht nicht einmal von ihm aus. Sie haben sich ja schon gekannt, bevor Elina sich nach Reichenhall beworben hat. Das sollte nur keiner wissen.« Sie sah jeden Einzelnen in der Runde an. »Und das muss jetzt auch wirklich unter uns bleiben, gell?«

Alle nickten.

»Eh klar«, versprach Ulli, den sie besonders scharf angesehen hatte. Die Physio-Praxis, das war ja ein Epizentrum an Informationen und Gerüchten. Schlimmer als beim Friseur, weil die Patienten im Takt von zwanzig

Minuten durchgeschleust wurden. Da saß man beim Friseur länger, zumindest als Frau.

»Sie hat anklingen lassen, dass dieser Anatol im Orchester von einigen Kollegen, oder speziell einem Kollegen, gemobbt wird, seit ihre Beziehung bekannt geworden ist. Da werden Witze gerissen über die erste und die zweite Geige, und das belastet ihre Beziehung natürlich. Zumal Anatol seinen Frust anscheinend an Elina auslässt, obwohl sie am wenigsten dafürkann.«

»Gibt es Mobbing auch im Orchester?«, fragte Mira. »Die Musiker wirken immer so freundlich und kooperativ, als wären sie einfach ein tolles Team, das eine großartige Arbeit zusammen macht.«

»So sieht das nach außen aus, richtig. Aber viel wahrscheinlicher ist es doch, dass es überall dort, wo Menschen dauerhaft auf engem Raum und in absolut hierarchischen Strukturen zusammenarbeiten, auch krachen kann. Noch dazu, wo die Musiker und Musikerinnen je nach Instrument und Position im Orchester unterschiedlich bezahlt werden. Und an der Spitze sitzt der oberste Indianerhäuptling und schafft an. Und jeder, auch der Gestandenste, Erfahrenste und Beste muss sich ihm – meist ist es ja ein Er und keine Sie – unterordnen. Da ist genügend Zündstoff vorhanden. Ihr Freund Anatol …«

»Der zweite Geiger«, sagte Ulli etwas mitleidig.

»Er ist in letzter Zeit megaempfindlich und eifersüchtig. Er wirft Elina vor, dass sie sich nicht klar genug auf seine Seite stellt. Dass sie noch im Probejahr ist und sich nicht selbst aus dem Orchester katapultieren will, zählt für ihn nicht. Sie will es sich aber jetzt nicht mit allen verscherzen und meint außerdem, er müsste sich selbst besser wehren. Schließlich hat er ja eine gesicherte

Position in der zweiten Geige.« Danielas Alpenstoffflasche war leer, aber Ulli brachte ihr gleich eine neue. »Das ist eine verdammte Zwickmühle, in der Elina da sitzt. Und deshalb kriselt es gewaltig bei den beiden. Sie zerfleischen sich richtig mit Anatols ständigen Vorwürfen und Unterstellungen. Ich glaube, Elina möchte sich eigentlich von ihm trennen. Was aber ziemlich schwierig ist, wenn man im selben Verein spielt und sich täglich stundenlang gegenübersitzt.«

»Ach die Ärmste«, sagte Mathilde. »Dann verstehe ich auch, dass sie gerade keinen Nerv für eine Grillparty hat. Aber wie könnte man ihr denn bloß helfen?«

Sascha fiel ein, dass er sie zuletzt gesehen hatte, als sie gerade von der Heilpraktikerin kam. Vielleicht hatte sie ja dort Hilfe gesucht. Nur, was die Bach mit ihren Kügelchen in dem Fall ausrichten konnte, war ihm schleierhaft. Eigentlich hätte sie so etwas wie eine Therapie gebraucht.

»Kannst du ihr nicht helfen, Sascha?«, fragte Mira plötzlich in die Stille hinein.

»Als Doktor, als Physiotherapeut oder als Psychologe?«, rief Paulina vom Salattisch herüber, nachdem schon lange kein Wort mehr über ihre Lippen gekommen war. »Wenn ich es richtig sehe, ist er noch in keiner der drei Disziplinen ein Meister, sondern lediglich Medizinstudent.«

»Nanu, was hat sie denn?«, flüsterte Mira.

»Ach«, antwortete Sascha, »ich glaube, Tante Paulina wollte sich ganz einfach wieder an unserem Gespräch beteiligen. Aber sie wollte auf keinen Fall nett sein. Und das ist ihr gelungen.«

## Oktober 2006

Der menschliche Körper, seine Funktionsweisen, seine Macken und ernsthaften Krankheiten hatten sie schon als Schülerin immer am meisten interessiert. Als ihr Bruder mit neunzehn fast an einer Hirnblutung starb und nur durch eine Notoperation gerettet werden konnte, war Evas Berufswunsch endgültig festgestanden. Sie wollte auch so ein Held werden wie der Arzt, der ihren Bruder gerettet hatte. Sie wollte Ärztin werden, und nichts anderes zählte mehr. Wenn Eva die Augen schloss, erlebte sie einen Rausch. Sie stellte sich vor, dass sie einen kleinen Jungen am Herzen operierte, sodass er weiterleben konnte. Es war ein Gefühl tief in ihrem Bauch, das sie erfüllte und bewegte. Bei der Vorstellung, dass ein kleines Mädchen sie fragte: »Kann Emil jetzt für immer mit mir spielen?«, und sie antworten konnte: »Ja, bis ihr groß seid, und noch viel länger«, fühlte sie sich wichtig und nützlich.

Aber sie kannte auch die Albträume, in denen sie ihr Abiturzeugnis in den Händen hielt, das einfach zu schlecht war, um damit einen Medizinstudienplatz zu ergattern. Daran dachte sie, wenn sie zu Hause blieb, und lernte, während ihre Klassenkameradinnen mit Bier, Cuba Libre und lauter Musik unbeschwert ihre Jugend feierten. Sie ahnte, dass genau diese Unbeschwertheit im Leben wahrscheinlich nie wiederkehren würde, dass sie sie irgendwann verpasst hätte. Ihre jugendlichen Körper und Seelen würden nie mehr so schön, so frei, so spannend und unverletzlich sein wie in diesem Moment. Aber sie wusste auch, dass nur dann die Chance bestand, dass ihr Traum in Erfüllung ging, wenn sie jetzt büffelte wie verrückt.

Mit kleinen Ausreißern in Physik und Chemie schaffte sie es schließlich wirklich, eine sehr gute Abiturnote zu bekommen. Und doch fiel ihr das Medizinstudium trotz Fleiß und Anstrengung nie wirklich leicht. Am allermeisten faszinierten sie der Aufbau und die Leistungsfähigkeit des menschlichen Gehirns. Gleich danach kam die Anatomie. Der Umgang mit Leichen und das Lernen am toten Körper war für Eva im Gegensatz zu vielen ihrer Kommilitonen überhaupt kein Problem. Es verstärkte nur noch ihre Gefühle von Ehrfurcht gegenüber dem Leben.

Sie packte sich jede Menge Theorie in den Kopf, auch solche, die sie nicht wirklich verstanden hatte. Vieles lernte sie einfach auswendig und hoffte, dass es für die Vorprüfung reichen würde. Nach der Prüfung konnte sie es sowieso wieder getrost vergessen. Denn im Klinikalltag würde sie wenig Theorie brauchen, dafür umso mehr ganzheitliches Wissen und Empathie, um auf ihre Patienten und Patientinnen eingehen zu können.

Dass sie beim ersten Versuch durch das Physikum gerasselt war, hatte sie völlig umgehauen. Es war, als hätte jemand das Licht ausgeknipst. War jetzt alles umsonst gewesen? Jetzt war sie doch schon so weit gekommen, das konnte doch nicht das Ende sein. Eine einzige Prüfung? Später, als sie den ersten Schock überwunden hatte, dachte sie, okay, das kam in den besten Familien vor. Ab und zu ließen Ärzte ganz nebenbei fallen, dass man in der Führerscheinprüfung durchgefallen war, dass man das Physikum nicht im ersten Anlauf geschafft hatte. Das klang dann locker und entspannt – und auch ein wenig lustig. Nichts, was an der eigenen Reputation kratzte. Ein kleiner Betriebsunfall, weiter nichts.

Eva redete sich ein, dass dieses Prüfungsformat mit den Auswahlmöglichkeiten zum Ankreuzen einfach nicht ihr Ding war. Da hatte sie eben Pech gehabt, weil die Fragen so kompliziert gestellt waren, dass sie sich davon hatte verwirren lassen. Ihr Verdacht war, dass die Aufgaben mit Bedacht so verschwurbelt formuliert waren, dass möglichst viele Aspiranten ausgesiebt werden konnten. Sie war zu oft in die Falle getappt und hatte das Falsche angekreuzt. Aber wenn sie noch mehr lernte, den ganzen Sommer über, dann würde sie verstehen, nach welchem System diese Aufgaben gestellt waren. Beim zweiten Mal würde es dann bestimmt klappen. Sie war ja jetzt besser vorbereitet und wusste genau, was sie erwartete.

Eva arbeitete so ziemlich alle Fragen durch, die in den letzten zehn Jahren gestellt worden waren, und stopfte den Stoff in sich hinein wie durch einen Trichter. Zur Prüfung war sie dann trotzdem wieder hypernervös. Und dann kam keine einzige der gelernten dreitausend Fragen dran, sondern wieder andere. Noch schlimmere. Sie redete sich selbst gut zu. Nur sechzig Prozent der schriftlichen Aufgaben musste sie schaffen. Das war nur wenig mehr als die Hälfte. Einerseits. Andererseits war es schon einmal schiefgegangen. Beim zweiten Mal musste es klappen.

»Klar schaffst du das«, meinte Jürgen, mit dem sie oft zusammen gelernt hatte. »Wenn andere das packen, packst du das auch«, sagte ihre Freundin Kathrin. »Wenn die Belastung zu groß ist, musst du eben doch was anderes studieren«, sagte ihr alter Freund Roland, der Informatik studierte. Sie wollte aber nichts anderes studieren, sondern einfach nur diese blöde Prüfung bestehen.

Und dann saß sie wieder in diesem Vorlesungssaal mit den aufsteigenden Stuhlreihen, las die Fragen, sah die Auswahlantworten, die Kästchen zum Ankreuzen der richtigen Antwort, a, b, c, d, e, a und b, e und f, oder doch c und d? Und schon fing das Karussell wieder an sich zu drehen. Es drehte sich schneller und immer schneller, und ihr Kopf drehte sich mit, während ihr Hintern auf dem unbequemen Holzstuhl vor und zurück rutschte, vor und zurück. Man durfte nicht aufstehen, nicht herumgehen, nicht das Gehirn durchlüften, damit es die verdammten richtigen Antwortkästchen finden konnte. Vor Evas Augen flimmerte die Anspannung wie Hitze über dem Asphalt. Und wieder waren es Physik und Chemie, ihre schwächsten Fächer, in denen sie wackelte. Viel zu viel auswendig gelernt und doch nie richtig kapiert. Wenn die Fragen auch nur um ein Haar anders formuliert waren, als sie ihr in der Vorbereitung begegnet waren, warf es sie bereits aus der Bahn. Sie hing in den Seilen, und der ganze Schwung war beim Teufel, und ihr Mut, ihr Rest an Zuversicht dazu. Der psychische Druck wuchs von Minute zu Minute. Ihr Herz raste. Und dann die Erkenntnis, dass es sinnlos war. Dass sie offensichtlich einfach zu dumm war für diese Prüfung. Alles Lernen hatte keinen Erfolg gebracht. Es war viel zu wenig an Substanz hängen geblieben. Jedenfalls keine sechzig Prozent. War sie tatsächlich dümmer als der Durchschnitt? Waren alle anderen Medizinstudierenden Genies in Physik und Chemie? Was stimmte nicht mit ihr?

Sie malte es sich so aus, dass sie die Bestätigung über die bestandene Prüfung einfach bei ihren Eltern zu Hause auf dem Küchentisch liegen lassen würde. Als Überraschung. Man hätte ihr gratuliert, und Papa hätte den Champagner kalt gestellt. Und wenn dann jemandem aufgefallen wäre, dass es ja genau dieselbe Prüfung war, die sie im letzten Jahr angeblich schon bestanden hatte, dann hätte sie leichthin zugeben können, dass sie geschwindelt hatte. Dass sie zu feige gewesen war, der Familie die Wahrheit zu sagen und ihr Scheitern einzugestehen.

»Aber nun habe ich es ja geschafft«, hätte sie dann gesagt und gelächelt.

Und ihr Vater hätte sie in den Arm genommen und geantwortet: »Ist ja kein Beinbruch. Einen Freischuss hat jeder. Dafür musst du dich nicht schämen. Und später kräht sowieso keiner mehr danach, bei welchem Mal man durchgekommen ist. Das ist wie beim Führerschein. Hauptsache, man hat ihn.«

Aber jetzt war sie zum zweiten Mal durchgerasselt, und das Lügen würde weitergehen. Da zu Hause alle davon ausgingen, dass sie die erste Prüfung schon bestanden hatte, würde sie keinem von der zweiten Prüfung erzählen. Sie würde mit ihrer Niederlage, die sie fast zu Boden drückte, herumlaufen und so tun, als sei gar nichts geschehen. Sie würde immer weiter lügen, und sie würde es durchhalten, bis es vorbei war, auf die eine oder andere Weise. Bis sie ihr Ziel erreicht hatte und Ärztin war oder bis sie endgültig gescheitert war. Und dann wäre alles umsonst gewesen. Einfach alles.

# Dienstag, 30. Juni 2020

»An der zweiten Ampel rechts rein.« So hatte ihm vor Kurzem Manni, sein Freund aus Berchtesgaden, beschrieben, wo er immer parkte, wenn er nach Bad Reichenhall zum Einkaufen kam.

Sascha war verwirrt. Er fuhr selbst kaum Auto, sondern ging in der Stadt alles zu Fuß, aber er wusste sicher, dass es in der Stadt mehr als zwei Ampeln gab. An der zweiten Ampel rechts, okay, aber von wo aus gezählt, also aus welcher Richtung überhaupt? Aus Richtung Berchtesgaden natürlich, meinte sein Freund. Logisch. Wenn der auf der B20 über Bischofswiesen, den Pass Hallthurm und Bayerisch Gmain nach Bad Reichenhall reinfuhr, dann war die erste Ampel die in die Kammerbotenstraße. Die nächste war eine Fußgängerampel, aber die zählte sein Freund nicht mit. Und die zweite Ampel rechts rein war dann die Liebigstraße, die Sascha im Augenblick überquerte. Deshalb war ihm die Geschichte auch gerade wieder eingefallen.

Die Berchtesgadener orientierten sich, genau wie alle anderen Ortsfremden, nicht an den Straßennamen, die sie nicht kannten, sondern an bestimmten Wegmarken. Die Alte Saline war so ein Punkt, der Kurpark, das Park-Kino, die Fußgängerzone, das Kaufhaus Juhasz, das Café Reber, der Optiker, die Buchhandlung Rupprecht oder das Eiscafé Simonetti. Und genau dahin, zum Simonetti, wollte Sascha, weshalb er von der Liebigstraße kommend gerade auf die erste Querstraße links trat, die Bahnhofstraße hieß, obwohl der Bahnhof ganz woanders war, nämlich an der Wittelsbacherstraße.

In solche Überlegungen vertieft, sah er gerade noch, wie sich von rechts ein beweglicher Schatten näherte, so richtig schnell, und ihn, obwohl er mit dem Oberkörper unwillkürlich zurückwich und mit dem Fuß quasi in der Luft stehen blieb, im Vorbeisausen an der Schulter streifte und ihn fast noch an der Nase erwischt hätte. Er sah dem rasenden Blitz hinterher und erkannte, dass es ein Fahrrad mit einer weiblichen Lenkerin war. Als die sich erschrocken nach ihm umwandte, sah er auch, um wen es sich handelte. Das war eindeutig Daniela Keck, seine Freundin beim *Tagblatt*.

Sie starrte ihn an, bremste quietschend und bekam noch die Kurve, obwohl sie schon bedenklich nach vorne gekippt war und beinahe über den Lenker abgestiegen wäre. Gut, dass die Bahnhofstraße wegen einer Ewigbaustelle immer noch eine Sackgasse war. Einbahnstraße sowieso. Gegenverkehr hätte Daniela wahrscheinlich zur Invalidin gemacht. Für ihr Wendemanöver brauchte sie jedenfalls die volle Straßenbreite.

»Sascha, du, sorry«, japste sie.

»Du spinnst doch«, antwortete er. »Bist du lebensmüde, oder was? Hast du es speziell auf angehende Mediziner oder ganz allgemein auf Leute, die Alexander mit Vornamen heißen, abgesehen?«

»Jetzt hör schon auf, Sascha. Sei doch nicht so furchtbar wehleidig! Es ist doch überhaupt nichts passiert. Oder fehlt dir was?«

»Ja, meine Nasenspitze. Und meine Schulter ist auch halb ausgekugelt vor Schreck.«

Daniela verdrehte die Augen, weil sie das für eine gnadenlose Übertreibung hielt.

»Sei bloß froh, dass nicht mehr passiert ist! Was ist denn überhaupt los? Bist du der Story deines Lebens auf der Spur oder verpasst du gerade den Zug nach Salzburg?«

»Falsch geraten. Es hat gar nichts mit mir zu tun, und mit dir übrigens auch nicht. Elina ist verschwunden.«

»Die Geigerin?«, fragte er.

Daniela nickte.

»Ja, wie jetzt, ich meine, verschwunden?«

»Was ist an dem Wort denn so unverständlich? Sie ist weg. Verschwunden eben.«

Daniela schob ihr schwarzes Mountainbike mit den fetten Reifen auf den Gehsteig, klemmte das Vorderrad zwischen die Knie und prüfte, ob der Winkel zur Lenkstange noch stimmte. Anscheinend passte alles so weit und nichts war verzogen.

»Ich bin dafür, dass du mich jetzt auf einen Espresso einlädst, und zwar einen doppelten«, sagte Sascha. »Wenn sie eh verschwunden ist, versäumst du jetzt nichts. Das ist wie in der Bulldozerszene von ›Per Anhalter durch die Galaxis‹.«

Daniela holte gerade wieder Luft, um sich richtig aufzuregen.

»Nein, pass auf, ich meine, es ist besser, wenn du erst über eine Sache nachdenkst und dann eine Strategie entwirfst, als einfach ohne Plan blind loszurennen. Verstehst du, was ich meine?«

Das tat sie offenbar, denn sie lehnte tatsächlich ihr Bike an das Mäuerchen vor der Eisdiele. Sie wählte einen Tisch auf der Terrasse, um ihr teures Bike gut im Blick zu behalten.

Elina war anscheinend seit zwei Tagen nicht mehr in der Stadt, ging nicht an ihr Handy und hatte keine Nachrichten mehr beantwortet.

»Vielleicht hat sie Urlaub«, sagte Sascha.

»Nein, du Schlauberger, hat sie nicht. So weit bin ich auch schon«, behauptete Daniela. »Sie hätte gestern eine Probe gehabt und heute ein Konzert, aber sie ist nirgendwo aufgetaucht. Ich war jetzt gerade bei ihr zu Hause, in der WG, weil ich sie nicht erreiche. Irgendwie habe ich so ein komisches Gefühl. Ich mache mir Sorgen, verstehst du?«

»Ja, aber warum? Weil sie am Wochenende bei unserem Gartenfest so seltsam drauf war?«

»Das auch, ja. Am Sonntagmorgen wollte ich sie rauslocken, in den Park oder in die Saalach-Auen, aber sie wollte nicht. Und dann hat sie ihr Handy abgeschaltet, und ich hab sie nicht mehr erreichen können.«

»Vielleicht war der Akku leer.«

»Und sie lädt ihn tagelang nicht auf? Jetzt hör aber auf. Und auch Ladekabel kriegt man hier bei uns, wenn man mal eines verschlampt.«

»Und was sagen ihre Mitbewohner?«

»Am Sonntag war sie den ganzen Tag in ihrem Zimmer gesessen und hat Musik gehört, und am Montag haben sie sie nicht mehr gesehen. Sie war weg, hat keinem gesagt, wo sie hingeht, was sie vorhat, ob sie verreist oder irgendwas. Und das ist schon ziemlich seltsam, weil die drei Mädels sich eigentlich sehr gut verstehen. Die gehen gemeinsam fort, schauen Netflix-Serien und kochen zusammen.«

Sie sah Sascha vorwurfsvoll an, während der sein letztes Tiramisu-Stück vom Teller schabte. Durfte er jetzt nichts Süßes mehr essen, nur weil die Geigerin verschwunden war?

»Gerade war ich auf dem Weg zu ihrem Freund, diesem Anatol. Vielleicht ist sie ja bei ihm.«

»Du meinst, es könnte die große Versöhnung gegeben haben zwischen den beiden?«

»Ich weiß es nicht, aber ich schätze, eher nicht.«

»Du meinst aber doch nicht, dass dieser Mann sie festhält oder so etwas, und sie nicht telefonieren lässt?«

Daniela kniff die Augen zusammen. »Sag mal, wie bist du denn drauf? Was sind denn das für kranke Fantasien? Wie kommst du denn jetzt auf so was? Dafür gibt es doch gar keine Anhaltspunkte. Du machst mir ja richtig Angst.«

»Ich hab nichts gesagt. Ich kenne den Typen doch gar nicht. Ich plappere hier einfach so vor mich hin, stelle Hypothesen auf, ohne dass ich wirklich was weiß. Deshalb musst du dich da jetzt auch nicht so reinsteigern. Komm mal wieder runter, okay?«

»Bah, du hast vielleicht Nerven. Da denke ich doch automatisch gleich an die Natascha Kampusch oder diesen grässlichen Fritzl, der seine Tochter über Jahre im Keller eingesperrt hat. Und mit ihr ... um Himmels Willen. Diese ganzen grässlichen Szenen damals in den Zeitungen.«

»Jetzt hör aber mal auf, das war doch alles in Österreich, nicht bei uns. Dieser Anatol ist doch ein gebildeter, kultivierter Mensch, den kannst du doch mit diesen Bestien nicht vergleichen. Beruhige dich bitte.«

Daniela trank ihr Leitungswasser in einem Zug leer.

»Ich hab gedacht, ich fahre zu ihm, weil er vielleicht weiß, wo Elina steckt. Oder dass er zumindest eine Idee hat, wo sie sein könnte.«

»Jetzt mach dir mal nicht solche Sorgen. Vielleicht hat sie doch einfach Urlaub oder ist zu einer Freundin gefahren. Oder nach Hause, zu ihren Eltern.«

»Die Mädels sagen, es fehlen ihr Rucksack und ihre Geige, Handy, Geldbörse und solche Sachen. Hat sie alles mitgenommen. Aber wenn sie in Urlaub oder zu ihren Eltern fährt, warum geht sie dann nicht ans Telefon und sagt: ›Bin da und da, lasst mich in Ruhe, bei mir ist alles okay.‹ Dann würde ich mir auch keine Gedanken machen.« Dass Sascha nichts dagegen einwandte, wertete sie als Zustimmung. »Okay. Wir müssen also mit diesem Anatol reden.«

»Hast du gerade ›wir‹ gesagt?«, fragte Sascha. »Also ich zum Beispiel muss dann nach Hause. Wie dir ja bekannt ist, habe ich Besuch von meiner Freundin Mira. Ich kann jetzt nicht den ganzen Tag im Krankenhaus herumrennen und Braunülen legen und am Feierabend dann nach Geigerinnen suchen. Das verstehst du bestimmt.«

»Sag bloß, du bist von den paar Verpflichtungen schon ausgelastet. Famulatur, ich bitte dich! Da hast du so geregelte Arbeitszeiten, wie du sie als fertiger Arzt wahrscheinlich in deinem ganzen Leben nicht mehr haben wirst. Um neun gehst du rein und um fünf nach Hause …«

»Ha, neun Uhr, du träumst wohl. Und auf meinem Handy ist es jetzt schon nach sechs«, sagte Sascha und sah auf die Uhr. »Außerdem muss ich in meiner Freizeit auch noch fürs Studium lernen. Was heißt, dass ich praktisch gar keine Freizeit mehr habe.«

Die mitleidige Tour zog bei Daniela allerdings überhaupt nicht. Sie ignorierte einfach, was er gesagt hatte.

»Bleibt sie jetzt eigentlich da oder will sie weiter zwischen Bayern und Preußen hin und her pendeln?«

»Sobald die Wohnung in Berlin verkauft ist, sollte Schluss sein mit der Pendelei, nehme ich an. Man muss halt sehen, wie sich das Ganze weiterentwickelt. Bis jetzt fühlt es sich sehr gut an«, sagte Sascha nicht ohne Stolz. »Sehr harmonisch.«

»Dann kommst du jetzt so richtig unter die Haube, du alter Ladykiller? Feste Arbeit, feste Freundin, du wirst mir doch nicht so richtig voll seriös werden? Sascha, das kannst du nicht machen. Dann wird es in der Stadt ja noch ruhiger, als es sowieso schon ist.«

»So schlimm wird's schon nicht werden mit mir. Jetzt mal den Teufel nicht an die Wand. Bei mir ist noch immer etwas schiefgegangen, wenn ich so richtig voll Speed auf der Überholspur war. Ich hab mir selbst noch jeden Erfolg torpediert. Darin bin ich absolut erfolgreich.«

»Bist du wenigstens noch ab und zu bei Ulli in der Praxis, wo du dein Unwesen treiben, oh, Verzeihung, weibliche Kurgäste mit deinen magischen Händen beglücken kannst?«

Ein Gentleman weiß, wann er am besten nur charmant lächelt und den Mund hält. Und Sascha war ein Gentleman.

Zur Abendessenszeit lehnte Daniela ihr schwarzes E-Bike gegen die Hauswand der Villa. Paulina füllte Zucchinihälften mit einer Reis-Gemüse-Mischung, und Mira machte gerade ihren Fenchelsalat mit Orangenschnitzen und

Cashew-Joghurt an. Sie streute noch ein paar Erdnüsse darüber, natürlich ungeröstet und ungesalzen, dafür mit der roten Schale, die angeblich das Beste an den Nüssen war, denn: Alles Gute sitzt unter der Schale. Und das geht verloren, wenn man sie entfernt und die Nüsse ohne isst.

Daniela brachte einen gesunden Appetit mit und ein paar Neuigkeiten. Paulina und Mira waren schon im Bilde, dass Elina abgängig war.

»Also, ich habe mit diesem Anatol gesprochen. Eigentlich ein netter Kerl, sensibel, hübsch, volles dunkles Haar, schöne Musikerhände mit langen Fingern …«

»Bevor du ins Schwärmen kommst, wolltest du nicht erzählen, was es Neues gibt über die verschwundene Geigerin?«, fragte Sascha.

»Jetzt hab dich mal nicht so. Ich wär schon noch dazu gekommen, aber bitte, dann kürze ich eben ab. Elina – oder irgendjemand anderer – hat am Montagmorgen eine Krankschreibung für sie abgegeben, also die lag im Briefkasten. Gesehen hat sie – oder eine andere Person – dabei allerdings keiner.«

»Und? Was hat sie?«, hakte Paulina ein, wie zu besten Ermittlerzeiten in der Kurschatten-Affäre.

»Schon mal was von Datenschutz gehört, Tante Paulina?«, fragte Sascha. »Hat es zu deiner Zeit wahrscheinlich noch nicht gegeben. Aber heute erfährt niemand, woran eine Angestellte leidet, wenn sie krankgeschrieben wird. Das geht auch keinen etwas an.«

»Aha«, ließ Paulina sich belehren. »Außer man hat Corona, dann wird das dem Amt gemeldet, und die Kontakte werden nachverfolgt und informiert, die Quarantäne wird überwacht und so weiter. Da ist es dann mit dem Datenschutz auch nicht mehr weit her. Und dann noch die Apps, die ihr auf euren Handys habt, und die Kameras und Mikrofone. Hat es ›zu meiner Zeit‹ alles nicht gegeben, stimmt. Und überhaupt: Ich bin doch wohl immer noch da, also ist ›eure Zeit‹ auch ›meine Zeit‹. Also im Augenblick. Ihr tut ja grade so, als wär ich ein Spukgespenst, das in einer Zeit herumgeistert, die nicht die seine ist.«

Daniela und Mira beeilten sich zu versichern, dass sie mit Saschas flapsiger Ausdrucksweise genauso unzufrieden waren, wie Paulina es offenbar war. Aber die schnitt ihnen mit einer schwungvollen Armbewegung das Wort ab. Sollte heißen: Schwamm drüber, es gibt Wichtigeres zu besprechen.

»Zurück zur Geigerin«, sagte sie. »Ich habe immer gedacht, man sollte zu Hause sein und das Bett hüten, wenn man krank ist. Ist das heute nicht mehr so?«

»Nicht unbedingt«, antwortete Sascha. Denn das war eine Frage an den Arbeitsmediziner. »Das kommt auf die Art der Krankheit an. Wer krankgeschrieben ist, darf alles machen, was die Genesung nicht gefährdet. Die Person muss also nicht zwangsläufig zu Hause im Bett bleiben. Nur dann, wenn es die größte Chance auf Heilung verspricht. Ist jemand dagegen depressiv, dann wird man als Arzt dieser Person bestimmt nicht raten, dass sie im Bett bleiben soll. Im Gegenteil.«

»Ja, das würde ich auch raten«, stimmte Paulina ihm zu. »Um das zu wissen, muss ich noch nicht einmal Ärztin sein.«

»Und hat ihr Lover mit den schlanken Händen denn nun eine Idee, wo Elina sich aufhalten könnte?«, fragte Mira und zuzelte die roten Erdnussschalen.

»Er hat gesagt, er weiß von nichts«, antwortete Daniela. »Und darüber war er sogar ziemlich sauer. Also dass sie ihm nicht Bescheid gibt, wenn sie irgendwo hinfährt, einfach eine Krankschreibung abgibt, ohne ihm von ihren Plänen oder ihrer Krankheit zu erzählen.«

»Aber diese Beziehung ist doch schon so was von zerrüttet«, konstatierte Mira. »Anscheinend ist er der Einzige, der das noch nicht so richtig mitgeschnitten hat.«

»Er will es sich eben nicht eingestehen«, sagte Paulina fast mitleidig. »Wie die meisten Verliebten. Oder er hat dir nur was vorgespielt, Daniela. Vielleicht ist er nicht nur ein guter Musiker, sondern auch ein passabler Schauspieler.«

»Das glaube ich nicht«, meinte Daniela. »Mich führt keiner so leicht aufs Glatteis.«

»Auch nicht, wenn er so schöne Musikerhände mit feinen langen Fingern hat?«, äffte Sascha sie nach.

»Er hat mich sogar gefragt, ob ich da nicht was machen kann, er meinte in der Zeitung. Also der hat Nerven. Da müsste man schon den Verdacht haben, dass ihr etwas zugestoßen ist. Oder dass sie dabei ist, dumme Sachen zu machen. Aber das ist doch jetzt auch Quatsch. Oder? Was denkt ihr?«

»Wenn sie sich was antun wollte«, nannte Paulina die Sache beim Namen, »dann holt sie sich nicht erst vorher eine Krankschreibung und wirft die in den Briefkasten ihrer Arbeitsstelle. Das macht doch keinen Sinn.«

»Anatol hatte auch die Idee, zur Polizei zu gehen, aber das habe ich ihm ausreden können. Vielleicht ist sie ja wirklich nur zu einer Freundin gefahren, für ein paar Tage. Einfach raus, und keiner soll wissen, wo sie ist.«

»Aber mit Krankschreibung.« Paulina war nicht überzeugt von dieser einfachen Erklärung.

»Na klar, sonst kann sie ja nicht weg.«

»Und ohne dass sie irgendjemandem Bescheid sagt?« Skeptisch stocherte Paulina in ihrer gefüllten Zucchinihälfte herum. Mit Käse überbacken hätte die Füllung schon besser geschmeckt, aber sie hatte nur normalen Gouda im Haus gehabt, und der war aus echter Kuhmilch und daher nicht erlaubt.

# Mittwoch, 1. Juli 2020

»Kommen Sie doch mit ins Zimmer, Herr Kollege.«

Seit seinem Spontanvortrag über Aneurysmen war Sascha in der Achtung von Frau Dr. Doppler so weit gestiegen, dass er bei den Visiten jetzt schon öfter im Patientenzimmer als draußen auf dem Gang teilnehmen durfte. Er bemühte sich sehr, sie nicht zu enttäuschen. In ihrer Anwesenheit stieg seine Körperspannung automatisch, und er versuchte durch brennenden Eifer und auffällige Geschäftigkeit auf sich aufmerksam zu machen.

Dem Patienten Tobi Eder ging es glücklicherweise mit jedem Tag besser. Er hatte bereits Hummeln im Hintern, und das blieb auf der Station niemandem verborgen.

»Herr Famulus, ich denke, es ist an der Zeit, dass wir Herrn Eder von seinen Drainageschläuchen befreien. Wollen Sie seinen Verband abnehmen, damit wir uns die beiden Schläuche und die Wunden genauer anschauen können?«

»Vielleicht machen Sie das lieber selbst, Frau Dr. Doppler«, ergriff der Patient das Wort. »Der Kerl ist immer so grob, wenn er meine Verbände wechselt. Schon fast sadistisch.«

Sascha stutzte, die Ärztin runzelte die Brauen. Dann sah er zum Glück, dass Tobi ganz leicht grinste.

»Du Hirsch«, rutschte es Sascha heraus.

Tobi feixte, weil Sascha sich verraten hatte.

»Die Herren kennen sich?«, fragte Frau Dr. Doppler.

»Flüchtig«, antwortete Sascha. »Aber ich wickle ihm sehr gern sein Mumienbein aus, und die Schläuche zieh ich ihm auch mit Vergnügen. Da habe ich überhaupt keine Skrupel.«

»Das glaub ich dir sofort«, sagte Tobi. »An deiner Stelle würde ich dasselbe sagen.«

»Du bist selbst schuld, Tobi.« Sascha begann den Verband abzuwickeln. »Und schrei jetzt bloß nicht ›Au, au‹, weil dir das sowieso keiner glaubt. Du willst mir doch nur eins auswischen.«

Beim Anblick von Tobis Bein hatte Sascha aber dann doch nicht so viel Spaß. Dieses Sportlerbein sah aus wie eine Jeans im *wasted, ripped* und *destroyed look* auf einmal. Es war von oben bis unten zerschnitten und dünn wie ein Hühnerbein. Tobi, der Oberschenkel- und Wadenmuskeln gehabt hatte wie ein Bobfahrer, würde noch lange trainieren müssen, bis er mit diesem Bein wieder in einer halbwegs passablen Zeit den Dötzenkopf hinauf, und wieder hinunterlaufen konnte. Und er würde für lange Zeit von seinen Bestzeiten nur träumen können, egal ob am Dötzi oder anderswo. Wenn nicht für immer.

»Na?«, fragte die Doppler ihren Famulus. »Hat Sie jetzt schon der Mut verlassen?«

»Ich glaub, er hat sich's bloß nicht ganz so schlimm vorgestellt«, verteidigte Tobi seinen Freund.

Sascha atmete einmal tief durch. »Also den Schlauch rausziehen?«, fragte er die Stationsärztin.

»Warten Sie noch einen Moment. Herr Eder, halten Sie sich doch mal kurz die Ohren zu, ja?«

Tobi gab sich Mühe, so zu tun als ob.

»Und jetzt?«, fragte Sascha.

»Jetzt habe ich eine Frage an Sie: Wird es dem Patienten wehtun, wenn Sie die Drainage ziehen? Und wenn ja, wovon hängt es eigentlich ab, ob ein Patient, eine Patientin dabei Schmerzen hat? Haben Sie sich das schon einmal überlegt, so rein theoretisch?«

Wieder eine von den kleinen Spontanprüfungen der Doppler. Sascha überlegte kurz. »Ich denke, es kommt darauf an, wie lange sich die Drainage in der Wunde befunden hat. War sie über einen längeren Zeitraum drin, dann könnte es sein, dass das Schlauchende in der Wunde verklebt und anfängt mit ihr zu verwachsen. Dann tut es weh. Auch bei starkem Unterdruck kann der Patient Schmerzen haben.«

Dr. Doppler nickte. »Und was können wir tun, damit der Patient möglichst wenig leidet?«

»Schnell sein beim Herausziehen?« Sascha war sich nicht sicher. Ihm fehlte die praktische Erfahrung auf dem Gebiet. Weshalb er auch nur raten konnte. Allmählich schwitzte er an den Händen. Armer Tobi, das reinste Versuchskaninchen. Sascha konnte sehen, dass er jedes Wort verstand, das gesprochen wurde.

»Da fragen wir am besten unsere erfahrene Stationsschwester«, sagte Dr. Doppler. »Schwester Conny, lassen Sie uns an Ihrer Erfahrung teilhaben, bitte.«

»Ich kann nur sagen, wie ich das mache. Ich bitte den Patienten einmal tief einzuatmen und dann auf mein Kommando fest auszuatmen. In dem Moment, wo er ausatmet, ziehe ich die Drainage.«

»Und dann tut's nicht weh?«, fragte Tobi und nahm die Finger aus den Ohren.

»Manche Patienten sagen mir hinterher, dass sie ein Ziehen gespürt haben beim Entfernen. Das Schmerzempfinden ist von Patient zu Patientin ganz unterschiedlich. Männer sind von Haus aus wehleidiger als Frauen.«

»Was uns jetzt nicht überrascht«, sagte Frau Dr. Doppler, und die Männer in ihrem Tross grinsten verhalten, während die Frauen so cool nickten, als handle es sich um eine seit Jahrhunderten belegte Tatsache.

Sascha beruhigten die neuen Erkenntnisse und Unterweisungen nicht unbedingt. Schließlich war es nicht irgendwer, dem er einen womöglich verwachsenen Schlauch rausziehen sollte, sondern sein Freund Tobi.

»Jetzt lassen Sie Schwester Conny mal an Ihren Platz, Herr Maiensäss, damit sie Ihnen ihre Lektion auch noch einmal praktisch näherbringen kann. Denn ohne Praxis ist doch alle Theorie nur grau. Kommen Sie beide dann einfach nach, wenn Sie so weit sind. Auf Wiedersehen, Herr Eder. Alles wird gut. Schwester Conny kann das.«

»Mit Sicherheit besser als mein Kumpel Sascha«, sagte Tobi. »Er lernt ja noch. In zehn Jahren leg ich mich bei ihm auch unters Messer. Aber jetzt trau ich mich noch nicht. Das verstehst du bestimmt, Sascha, oder?«

»Eh nicht«, antwortete Sascha und machte der Schwester Platz.

Entweder war sie ein Engel oder Tobi der Weltmeister im Tapfersein. Oder die Methode mit dem Ausatmen war die Lösung für viele Probleme. Tobi war erleichtert und froh über seine wiedergewonnene Mobilität. Am liebsten wäre er gleich aufgestanden und auf seinem lädierten Bein herumgehüpft. Doch das hatte die Ärztin verboten. Er durfte sich zunächst nur auf Krücken bewegen, und auch das möglichst unter Aufsicht. Schwester Conny desinfizierte die Wunde und überließ Sascha das Verbinden.

»Du, sag mal«, sagte Tobi, als Sascha ihm sein Bein wieder mumifizierte, »könntest du mir vielleicht einen Gefallen tun?«

»Hm, wenn es nichts Unanständiges ist.«

»Ey, was du wieder denkst. So weit bin ich doch noch lange nicht. Obwohl, es soll auch Menschen geben, die auf so was stehen, weißt du, wenn jemand so verwundet oder verstümmelt ist.«

»Ja, das nennt man Nekrophilie«, sagte Sascha trocken.

»Geh, Schmarrn, da irrst du dich aber. Ich bin doch nicht tot. Ich werd doch wieder wie vorher, oder?«

»Sowieso. Also, was ist jetzt mit dem Gefallen, den ich dir tun soll?«

»Ach so, ja, pass auf. Mit den ganzen starken Schmerzmitteln, die ich jetzt dauernd nehmen muss, schau her, achtzehn verschiedene Tabletten jeden Tag. Ist das nicht der Wahnsinn? Das haut mir doch das ganze Immunsystem zusammen. Ich muss da wieder runterkommen.«

»Ja und, was willst du jetzt von mir, Tobi? Dass ich deine Tabletten im Klo runterspüle?«

»Spinnst du? Natürlich nicht. Ich bin doch nicht deppert.«

»Also?«

»Du hast mich doch vor einiger Zeit mal nach der Heilpraktikerin gefragt.«

»Der Frau Bach?«

»Ja, genau. Könntest du nicht einmal bei ihr vorbeigehen und ihr erzählen, was mir passiert ist? Sie hat mir eigentlich immer geholfen mit ihren Mittelchen. Ich bin da ganz sensibel, ja wirklich, auch wenn man es mir nicht ansieht. Ich spreche immer ganz leicht darauf an. Und ich hab vollstes Vertrauen zu ihr.«

»Und zur Retterin deines Beines, der Dr. Doppler, hast du kein Vertrauen, oder wie?«

»Doch, doch, das ist doch klar. Jetzt sei nicht so empfindlich. Sie ist eine super Ärztin und Operateurin und alles. Aber jetzt muss ich unbedingt von diesem Schmerzmittel-Potpourri wieder runter. Das merke ich ganz genau. Ich dusel doch die meiste Zeit nur dahin, schlafe, esse was, bin müde, schlafe wieder. Ich muss doch irgendwann wieder auf die Füße kommen.«

»Das kommst du auch, bestimmt. Aber heilen müssen deine Wunden schließlich auch, und das braucht Zeit. Alles kann man nicht beschleunigen, weißt eh. Wenn du am Gras zupfst, wächst es deswegen auch nicht schneller.«

»Oh, nein, wie oft hab ich den Spruch schon gehört«, beschwerte Tobi sich.

»Und da glaubst du, irgendwelche Kügelchen machen, dass deine Wundheilung schneller geht. Also, ich kann's echt nicht glauben, dass dir, wenn du achtzehn Medikamente täglich nimmst, genau die fünf Globuli unter der Zunge fehlen, die dir die Bach verabreicht.« An ihr Pendel und den pupsenden Chihuahua unter dem Tisch wollte er gar nicht erst denken.

»Sascha, pass auf. Jetzt geht es ausnahmsweise nicht um dich und deine persönlichen Ansichten. Du bist halt auf der Seite der Mediziner, deiner überirdischen Doppler und so weiter. Ist ja auch logisch, wenn du selbst auf dem Weg bist, so ein Halbgott in Weiß zu werden. Aber es geht jetzt allein um mich. Ich bin der Patient, nicht du. Und ich kann selbst nicht raus aus dem Krankenhaus. An Fernheilung glaube ich aber auch nicht. Also.«

»Also was?«

»Also wär das wirklich ganz, ganz stark von dir, wenn du nur wegen mir und gegen deine Überzeugung zu der Frau Bach gehst, ihr erzählst, was mir passiert ist, und sie fragst, ob sie mir irgendwie helfen kann, dass ich von der Latte an Medikamenten runterkomme, die ich täglich nehmen muss. Du kannst ja ein Foto von meiner Tablettenbox machen und es ihr zeigen.«

Sascha schüttelte den Kopf. War es nicht verrückt? Da gaben sich die Ärzte alle erdenkliche Mühe mit dem Patienten, suchten nach den besten verfügbaren Erzeugnissen aus der pharmazeutischen Forschung, und der störrische Patient bildete sich ein, dass ihm noch etwas fehlte, was bei dem Dutzend Medikamenten, die er bereits nehmen musste, nicht dabei war: ein bisschen verschütteltes Sonnenhutextrakt oder Schlangengift, Belladonna oder Eisenhut zum Unter-der-Zunge-zergehen-Lassen.

»Jetzt spring über deinen Schatten und tu mir den Gefallen, Sascha. Wir sind doch immer gute Spezln gewesen. Und du kennst dich aus, bist ja selbst vom Fach.«

»Für das, wofür du mich brauchst, muss ich mich gar nicht groß auskennen. Das geht auch ohne.«

»Aber nicht so gut.«

Die Sache ging Sascha so richtig gegen den Strich. Andererseits, wenn er bei der Bach war, konnte er sich auch nach der Geigerin erkundigen. Sie war ja ebenfalls Patientin in ihrer Praxis. Vielleicht wusste sie irgendwas Wichtiges über Elina.

»Also gut.« Sascha tat so, als habe er lange mit sich gerungen, um gegen seine Überzeugung zu einer homöopathischen Nicht-Ärztin zu gehen. Irgendwie kam er sich wie ein schäbiger Verräter an seinem Idol Dr. Doppler vor. Aber der Zweck heiligte im Notfall eben manchmal die Mittel, und wenn die Bach ihn auf eine Spur zur vermissten Elina brächte, dann wäre doch wieder allen geholfen.

Er zog sein Handy aus dem Kittel und machte ein Foto vom Medikationsplan des Patienten. Sollte die Bach Tobi zur Tablettenabstinenz raten, würde er diesen Rat nicht weitergeben, das nahm Sascha sich fest vor.

»Dank dir schön, Sascha«, sagte Tobi. »Das vergess ich dir nicht.«

»Jetzt übertreib mal nicht. Werd wieder gesund und nimm um Himmels willen deine Tabletten.«

Auf dem Heimweg lief Sascha also noch einmal zur Praxis von Frau Bach. Er rief sie von unterwegs aus an. Sie ging persönlich ran, und als er von Tobi erzählte, sagte sie tatsächlich: »Kommen Sie einfach vorbei. Herbert wird Sie hassen, weil Sie ihn um seinen Abendspaziergang bringen, aber zweibeinige Patienten, denen es schlecht geht, haben Vorrang vor kleinen Hunden. Klingeln Sie zweimal kurz hintereinander, damit ich weiß, dass Sie es sind.«

Herbert war tatsächlich mehr als sauer und würdigte Sascha keines Blickes. Er war sogar zu wütend für ernsthafte Blähungen. Frau Bach hörte sich Saschas Bericht über Tobis Aneurysma aufmerksam an und beglückwünschte ihn, dass er in einer so tüchtigen und renommierten Abteilung wie der Gefäßchirurgie in Bad Reichenhall seine Famulatur machen konnte.

»Sagen Sie Herrn Eder bitte, dass er ja alles nehmen soll, was in seiner Tablettenbox enthalten ist. Und dass er nur in Absprache mit seiner Ärztin irgendetwas davon weglassen darf. Nur diese hier, die Novalgin am Abend, die muss er nicht nehmen, und vielleicht noch diese hier. Das soll er mal ausprobieren, ob dadurch irgendetwas schlechter oder besser wird. Kann sein, dass die ihn unnötigerweise müde machen. Dafür soll er lieber was anderes nehmen.«

Sie ging an die flachen Schubladen mit den Einmaldosen ihrer Spezialglobuli, nahm eines der Röhrchen heraus und befüllte es.

»Hier, das müsste gegen die Schmerzen in der Wade helfen, ohne ihm den Kopf zu vernebeln. Soll er mal ausprobieren. Wenn er keine Besserung bemerkt, kommen Sie noch mal wieder, und wir probieren was anderes aus.«

Wer war er hier eigentlich, fragte Sascha sich, der Laufbursche? Dann schluckte er seinen Ärger hinunter. Er hatte ja noch ein Anliegen.

»Da wäre noch etwas anderes, Frau Bach. Elina ...«, verflixt, jetzt wusste er nicht einmal ihren Nachnamen, »die junge Geigerin, die ist doch auch Patientin von Ihnen?«

»Warum fragen Sie?«

Hatte sie jetzt kurz gezuckt oder bildete er sich das ein?

»Wir sind uns beim letzten Mal unten an der Tür begegnet, als ich bei Ihnen war.«

»Ach ja, stimmt, was macht denn eigentlich Ihr Knie? Ist es besser geworden?«

»Ich merke selbst eigentlich nichts, aber meine Großtante sagt, ich würde jetzt etwas weniger hinken.«

»So, so«, sagte die Bach.

»Ja, also Elina ...«, fing Sascha noch mal an.

»Was ist denn mit ihr?«

»Sie ist verschwunden.«

Diese Neuigkeit schien die Bach nicht sonderlich zu überraschen. Und wenn, dann ließ sie sich nichts anmerken. Vielleicht verstand sie etwas anderes unter »verschwunden« als andere Menschen. Und obwohl sie gar nicht nachgefragt hatte, holte Sascha noch einmal zu einer Erklärung aus.

»Verschwunden heißt, sie hat sich krankschreiben lassen und ist abgetaucht. Keiner weiß, wo sie ist, was sie macht, warum sie abgehauen ist.«

»Geht es Sie ganz persönlich etwas an, was mit Frau Albig ist beziehungsweise wo sie sich aufhält?«, fragte die Bach spitz.

»Nein, dafür kenne ich sie zu wenig«, sagte Sascha. »Aber ihre Freundinnen machen sich Sorgen um sie. Sie hat niemandem eine Nachricht hinterlassen.«

»Das ist aber nicht verboten, wenn ich recht informiert bin«, erwiderte die Heilpraktikerin.

»Es ging ihr nicht so gut in den letzten Wochen. Das habe ich selbst am Wochenende erlebt. Sie war sehr schräg drauf. Ist plötzlich von unserer Gartenparty aufgebrochen, wirkte erschöpft, schweigsam, wie erdrückt von schwerwiegenden Problemen.«

»Das kann ja alles sein, aber warum erzählen Sie mir das jetzt? Was kann ich für Sie tun?«

»Sie könnten mir erzählen, was Sie von Elina wissen, welche Probleme für sie so schwer wiegen, dass sie lieber abtaucht. Vielleicht hat sie Ihnen ja sogar erzählt, wohin sie wollte oder zu wem.«

»Sie wissen aber schon, dass Heilpraktiker genau wie Ärzte verpflichtet sind, über alles Stillschweigen zu bewahren, was ihnen bei der Ausübung ihres Berufes anvertraut oder zugänglich gemacht wird? Im Gegensatz zur ärztlichen Schweigepflicht haben Heilpraktiker zwar kein Zeugnisverweigerungsrecht. Aber sonst sind wir in dieser Hinsicht gleichgestellt.«

»Ich bin ja auch kein Sheriff oder Ermittler, und Elina wird von niemandem etwas vorgeworfen. Die Leute um sie herum, die sich Sorgen machen um sie, würden nur gern wissen, wo sie ist, ob es ihr gut geht oder ob sie Hilfe braucht. Das ist alles. Ich glaube also nicht, dass man von einer Verletzung Ihrer Schweigepflicht reden kann, wenn Sie mir sagen, warum Elina Sie aufgesucht hat und welche Probleme sie hat.«

»Junger Mann, bei allem Respekt. Sie sagen selbst, Sie sind nicht einmal ein besonders enger Freund von Frau Albig. Was für einen Anlass hätte ich, Ihnen etwas über meine Patientin zu erzählen, was ich gar nicht darf? Ich bin mir ziemlich sicher, dass in diesem Fall keine Gefahr im Verzug ist. Elina ist eine tüchtige junge Frau, die nur manchmal ein kleines Problem mit ihrem Selbstwertgefühl hat, woran eine etwas komplizierte Partnerbeziehung nicht ganz unschuldig ist. Da ist es doch nur gut, wenn sie sich einmal ganz herauszieht und keinem sagt, wo sie das zu tun gedenkt. Auf diese Weise erfährt keine der Personen, die ihr das Leben gerade ein bisschen schwer machen, wo sie ist. Das dürfte doch nach meiner bescheidenen Meinung auch der Sinn der Sache sein.«

»Was macht Sie da so sicher?«, fragte Sascha. »Wenn Elina psychisch labil ist und Stress mit ihrem Partner hatte, könnte es dann nicht auch sein, dass sie Dummheiten macht, dass sie irgendeine Kurzschlusshandlung begeht? Wäre es dann nicht wichtig, dass die Polizei nach ihr sucht? Ich kann nicht glauben, dass Sie sich gar keine Sorgen um ihre Patientin machen. Oder passiert das öfter bei Ihnen, dass Patienten verschwinden?«

Noch während er die letzten Worte aussprach, wusste Sascha, dass er zu weit gegangen war. Die Bach sah förmlich durch ihn hindurch und ließ ihn eiskalt abblitzen. Wenn sie sich nur nicht täuschte mit ihrer sakrosankten Unberührbarkeit. Es machte Sascha wütend, wie alles an ihr abprallte, was er vorbrachte.

»Na schön.« Sascha stand auf, nahm einen Notizzettel und einen Kuli aus dem Organizer auf ihrem Schreibtisch und notierte seinen Namen und seine Telefonnummer.

»Nur für den Fall, dass Ihnen doch eine Idee kommt, wo Elina sein könnte, oder Sie Ihr Gewissen erleichtern wollen. Sie können natürlich auch gern bei uns in der Villa Palmira vorbeikommen.«

»Bei Ihnen und Ihrer Großmutter?«

»Großtante«, korrigierte Sascha. »Wir suchen gemeinsam nach Elina, zusammen mit einer engeren Freundin, einer Journalistin, die ihr Verschwinden bemerkt hat. Die Villa Palmira ist so zusagen unsere Suchzentrale.«

»Ach was«, höhnte die Bach. »Und von wem ist dieser Fanclub – oder sollte ich besser sagen: diese Soko – autorisiert?« Sie sah ihn scharf an. »Ich glaube, es ist besser, Sie gehen jetzt, Herr Maiensäss. Einen schönen Gruß an Ihre Groß...tante. Guten Tag.«

Damit war Sascha endgültig bei ihr abgeblitzt. Er hatte sich auch ein bisschen blöd angestellt, musste er selbst zugeben.

»Komm, Herbert, jetzt haben wir doch noch Zeit für einen Abendspaziergang und zum Nachdenken. Und wenn uns noch was einfällt, dann wissen wir ja, wo die

Keimzelle der Bearbeitung von Vermisstenfällen in Bad Reichenhall liegt. In der Villa Palmira nämlich. Hättest du nicht gedacht, Herbert, was? Ich auch nicht.«

# Samstag, 4. Juli 2020

»Ist das nicht ein bisschen übertrieben?«, fragte Sascha, als Paulina aus ihrem Zimmer kam.

»Sag bloß, dir gefällt mein Kleid mit den Pailletten nicht. Soll ich noch schnell was anderes anziehen?«

»Schnell? Machst du Witze? Du bist doch schon den halben Nachmittag mit deiner Garderobe beschäftigt. Hast du eigentlich alle deine Kleider durchprobiert oder nur die Hälfte?«

»Das ist ganz praktisch, wenn man das ab und zu macht. Dabei ist eine ganze Tüte fürs Rote Kreuz rausgesprungen. Aber was passt dir nicht an meinem Kleid? Findest du es zu jugendlich?«

»Nein, aber halt sehr elegant, wie für die Oper. Schließlich ist es ›nur‹ ein Kurkonzert, im Freien. Und dieses Tuch da um die Schultern ...« Es war ein seidenartiger breiter Schal mit grauem, etwas trist wirkendem Paisleymuster. »Nicht dass du noch über dieses Riesending stolperst und dir das Genick brichst auf dem Weg ins Konzert.«

»Das ›Riesending‹ ist eine Stola, Alexander, reine Seide und schon sehr lange in meinem Besitz. Und die kriegt das Rote Kreuz erst, wenn ihr irgendwann meinen Schrank ausräumen müsst.«

»Ach so, ist das ein Geschenk von deinem Mann oder so etwas?«

»Nein, der hat mir nicht so viele Geschenke gemacht im Laufe unserer Ehe. Vor allem nicht so geschmackvolle.

Habe ich mir selbst gekauft. Da vorne in unserem Leder- und Pelzgeschäft, als es so etwas noch gab. Eine Nerzstola hätte ich auch noch, aber da setzt Mira sich ja wahrscheinlich nicht einmal in meine Reihe, wenn ich mich unterstehe, die auszuführen.«

»Rotes Kreuz?«, schlug Sascha vor.

»Nix da. Die haben nicht das richtige Publikum für einen Nerz, und dann landet er noch in Afrika, wo es viel zu warm ist für einen Pelz. Vielleicht kann man ihn ja noch einmal umarbeiten lassen. In etwas, bei dem man nicht mehr erkennt, dass es einmal ein Nerz war. Eine Umhängetasche oder so.«

»Genau. Das nennt man dann Upcycling, also …«

»Ich weiß schon, was das bedeutet, ich les ja schließlich die Zeitung. Also was ist, können wir los? Wir müssen auf alle Fälle rechtzeitig da sein. Eine halbe Stunde vor Konzertbeginn ist Einlass. Damit wir gute Plätze bekommen. Mathilde kommt auch. Wir haben ausgemacht, dass wer zuerst kommt, für alle Plätze belegt.«

Sascha atmete tief ein. »Das ist ja wie bei den Malle-Urlaubern, die vorm Frühstück schon ihre Handtücher auf die Liegen am Pool legen. Was legt Mathilde dann aus: Stolas?«

»Wenn, dann schon Stolen, mein lieber Herr zukünftiger Akademiker. Ach, da lässt sie sich schon was einfallen. Sie ist ja nicht dumm.«

Mira kam die Treppe herunter. Zu einem royalblauen Jumpsuit, diesmal mit einer Art Hosenrock mit weiten Beinen bis kurz übers Knie, trug sie auch so ein breites, seidig glänzendes Tuch um die Schultern.

»Habt ihr euch abgesprochen?«, fragte Sascha und zeigte auf die beiden Tücher.

»Jede Frau hat mindestens eine Stola im Schrank hängen, für Opernbesuche oder fürs Theater«, antwortete Mira. »Wusstest du das gar nicht?«

»Man hat heutzutage sowieso zu wenig Gelegenheiten, bei denen man sie tragen kann«, behauptete Paulina.

»Genau«, stimmte Mira zu. »Im Alltag wäre man damit direkt overdressed.«

Am Eingang zum Kurpark wartete bereits eine Traube von Menschen, die alle zum Musikpavillon wollten. Es war ein warmer Frühlingstag gewesen, der Abend würde noch etwas kühler werden, aber dafür hatten die Damen ja ihre Schals und Sascha seine blaue Hanfjacke dabei. Die Blumenrabatten waren bepflanzt wie für die Landesgartenschau, die Blätter in den hohen Bäumen rauschten leicht im Abendwind, der Solespringbrunnen vor dem alten Gradierhaus war beleuchtet, Palmen verbreiteten italienisches Flair. Sascha musste spontan an Katharina aus Sankt Petersburg denken, der er natürlich auch den Kurpark zeigen würde. Alles ein paar Nummern kleiner als die Parks der Zarenschlösser, aber dafür hatten die keine Bergkulisse rundherum. Na gut, die graue Ostsee und dann noch den Ladogasee, der immerhin der größte See Europas war. Gegen die Millionenstadt war Reichenhall ein Dorf. Aber egal, wer verglich, hatte sowieso schon verloren.

Aus der zweiten Reihe winkte Mathilde, natürlich auch in eine Stola gehüllt, Schachbrettmuster grün und rot, Komplementärkontrast, sehr auffällig, vor allem zu ihrer grauweißen Judy-Dench-Frisur. Ihre Plätze waren also gesichert. Jetzt musste nur noch Daniela aufkreuzen, deren Idee es ursprünglich nur gewesen war, mit Elinas Freund Anatol zu sprechen. Woraufhin Paulina vorgeschlagen hatte, das könne man doch prima mit dem ersten Konzert zur Wiedereröffnung der Kurkonzerte nach dem Lockdown verbinden.

»Dann sehen wir ihn und seine Kollegen auch gleich in Aktion«, sagte sie. »Außerdem müssen wir unsere Musiker unterstützen. So viele auswärtige Kurgäste und Urlauber sind ja jetzt noch nicht da, da müssen die Einheimischen die Lücken im Publikum füllen. Wie sieht denn das sonst aus? Wir sind doch stolz auf unsere Philharmoniker! Und das ist der Pavillon, das Haus für die Musik.«

»Oder eher das Häuschen, nicht?«, sagte Mira.

»Na ja, vor hundertfünfzig Jahren war der Pavillon einmal prächtiger gewesen. Aber heute ist ja alles eher funktional. Das feste Haus der Philharmoniker, hier hinter uns, das ist schon festlicher. Aber hier draußen, im Park, ist es doch herrlich zu sitzen.«

»Auf jeden Fall. Aber wir sind ja nicht nur zu unserem Vergnügen da. Wir suchen ja eine Geigerin«, kommentierte Mira.

Der Platz für Daniela blieb noch eine Weile leer. Sie kam gerade noch rechtzeitig, um den traditionellen Auszug des Orchesters aus der Konzertrotunde, ihrem Winterquartier, hinaus in den Park zum Musikpavillon mitzuerleben. Die Herren in Schwarz mit weißen Hemden und weißen Fliegen, die Damen ganz in Schwarz, lange Kleider, hie und da eine Hose mit feiner Bluse. Begeisterter Beifall begleitete den Einzug der Musiker mit ihren Instrumenten, obwohl noch kein einziger Ton erklungen war. Die Leute waren anscheinend musikalisch ganz ausgehungert, nach Monaten des Entzugs. Plötzlich begannen einige Leute im Publikum zu kichern. Hier und da wurde laut gelacht und geklatscht. Alle anderen, die nicht wussten, worum es ging, reckten die Hälse.

»Worüber lachen die?«, fragte Mira. »Könnt ihr erkennen, was so lustig ist?«

»Nein, wie kindisch«, sagte Paulina und deutete auf einen Geiger, der einen Zettel hinten auf seiner Frackjacke befestigt hatte. Mitten am Rücken, über der Stelle, wo die beiden Schwalbenschwänze anfingen.

»Was steht denn da?«, fragte Mira, die immer noch dachte, sie brauche keine Brille auf die Entfernung.

»Da steht FALSCHSPIELER«, sagte Sascha.

»Was? Und das finden die Leute lustig?«

»Eine dumme Kinderei.« Paulina schüttelte den Kopf.

»Keine Kinderei«, sagte Daniela, die sich noch gar nicht zu Wort gemeldet hatte. Sie fand es anscheinend auch nicht witzig.

»Was dann?«, fragte Sascha.

»So etwas könnte man auch Mobbing nennen, und zwar in einer ziemlich dreisten Form. Getarnt als harmloser Scherz.«

»Ist das etwa dieser … der Freund von Elina?«, fragte Sascha.

»Anatol Tauber, ja. Am liebsten würde ich hingehen und ihm das Ding abmachen. Schau, er ist der Einzige, der es noch nicht bemerkt hat.«

Kunststück, dachte Sascha. Der Tauber – was war das überhaupt für ein Name für einen Musiker? –, hatte eben auch keine Augen am Rücken.

Die Musiker nahmen ihre Plätze ein, und erst als die zweiten Geigen sich gesetzt hatten, klemmte Anatols asiatisch aussehende Pultnachbarin ihre Geige zwischen die Knie und beugte sich zu seiner Seite hinüber, um ihm den Zettel endlich abzumachen. Obwohl sie ihn gleich zerknüllte, musste er doch noch gesehen haben, was draufstand, oder geahnt haben, dass es nichts Nettes war. Sascha konnte sehen, dass er blasser wurde und sein linkes Auge anfing ungesund zu zucken. Dann besann er sich und machte Schönwetter in Richtung des Publikums. Er lächelte komplizenhaft, bis die Leute sich allmählich wieder beruhigt hatten. Aber nur sein Mund grinste. Seine Augen blieben kalt wie Eis und richteten sich auf die zweite Reihe der ersten Geigen.

»Dort sitzt sein Widersacher«, flüsterte Daniela laut genug, damit Sascha und Mira sie verstanden. »Nur Elina fehlt. Wahrscheinlich konnte sie es einfach nicht mehr ertragen, zwischen den Fronten zu sitzen.«

»Und das während der Probezeit«, sagte Sascha. »Das kann ja nur schiefgehen.«

Dann kam der Dirigent unter Applaus den Weg durch den Kurpark gelaufen. Er nahm seinen Platz auf der Bühne ein, verbeugte sich, hob den Taktstock. Sascha spürte, wie endlich die Spannung von ihm abfiel. Keiner von ihnen hatte so richtig lachen können über diesen groben Scherz. Ob die anderen beim ersten Stück, einem Walzer von Strauß, auch entspannten und an Elina dachten, die jetzt eigentlich da unter den ersten Geigen, bei der Konzertmeisterin und ihrer Stellvertreterin, hätte sitzen sollen?

Mira griff nach Saschas Hand. Sie legte den Kopf in den Nacken und sah in den immer noch blauen Himmel, obwohl es schon fast Nacht war. Ein dunkles Blau, das auf einen kühlen Mond wartete. Doch dazwischen, zwischen Himmel und Erde, standen noch die alten Bäume mit ihren breiten Kronen, in denen die Blätter rauschten, als wollten sie den Klang, der vom Pavillon aufstieg, mitnehmen und weiterleiten, noch höher hinauf.

Das Programm war gemischt, für jeden etwas, und die Stücke nicht zu lang für die leichte Unterhaltung, heitere Muse oder wie man das nannte. Das Orchester spielte in der gewohnten Professionalität und Sicherheit. Das waren Profis, und keiner von ihnen ließ sich auch nur die kleinste Unsicherheit oder Irritation angesichts des eher ungewöhnlichen und zumindest für eine Person höchst unangenehmen Einstiegs anmerken. Das Programm lief ab wie auf einer Jahrmarkts-Walze, nur mit einem um Klassen besseren Klang.

Nach der zweiten Zugabe entließ das heimische Publikum sein Orchester und klatschte, bis der letzte Schwalbenschwanz Richtung Konzertrotunde verschwunden war. Paulina hatte steife Gelenke vom Sitzen. Sie gab es zwar nicht zu, aber man konnte sehen, dass es mit ihrem Bewegungsapparat nicht ganz rundlief. Sie hakte sich bei Mathilde ein und stakste an ihrem Arm nach Hause. Hochzufrieden, dass sie »ihre« Reichenhaller endlich wieder einmal spielen gehört hatte.

Daniela schlug vor, an der Salzburger Straße zu warten, bis die Musiker herauskämen. Sascha und Mira standen währenddessen Arm in Arm an der Ecke zur Kurstraße, denn für Mira war das Gebiet rund um das Hotel Axelmannstein, wo ihr Mann im letzten Jahr erschossen worden war, noch immer schwierig, und daran rührte man am besten überhaupt nicht. Bei manchen Orten dauerte es eben länger, bis man wieder einigermaßen unbefangen in ihre Nähe kommen konnte.

Plötzlich gestikulierte Daniela wild und gab ihnen zu verstehen, sie sollten herkommen.

»Was …?«, wollte Sascha fragen, aber sie legte den Finger auf den Mund und machte »Psst!«. Sie lauschten. Drinnen im Gebäude war etwas zu hören, was sich nach einem heftigen Streit anhörte. Da tobte jemand, und sie konnten sich auch vorstellen, um wen es sich dabei handelte.

Schon war Daniela dabei, die Tür aufzudrücken. »Ich geh da jetzt rein«, sagte sie, und weg war sie.

Mira hielt Sascha zurück. »Ich bitte dich. Mach dich nicht lächerlich. Wahrscheinlich ist das Hausfriedensbruch, was Daniela da macht.«

»Und wenn wir hier draußen bleiben und nur durch den Türspalt linsen«, sagte Sascha, »dann ist es kein Hausfriedensbruch, sondern nur ganz normale Neugier.«

Als Sascha seinen Kopf durch den Türspalt streckte, waren die beiden Kontrahenten schon umringt vom halben Orchester. Soweit er sehen konnte, war kein Blut geflossen. Wahrscheinlich war es nicht einmal zu Handgreiflichkeiten gekommen, sondern nur zu einer verbalen Auseinandersetzung. Musiker waren zivilisierte Leute. Die beiden Geiger standen sich wie zwei Kampfhähne gegenüber, aber auf dem Kampfplatz tummelten sich schon einige Kolleginnen und Kollegen, die sich für eine Deeskalation der Lage einsetzten. Dann war Anatols Widersacher dieses Mal also doch zu weit gegangen, wenn schon das ganze Orchester involviert war. Anatol war stinksauer, und auch seinem Gegenspieler war das Grinsen und Feixen vergangen. Die beiden miteinander auszusöhnen würde am selben Abend sicher nicht mehr gelingen und auch nicht am nächsten oder übernächsten

Tag. Das würde ein hartes Stück Arbeit werden, so viel konnte man sehen. Vielleicht könnte ein Mediator eingeschaltet werden, dachte Sascha.

Schließlich wurde jemand auf Daniela aufmerksam.

»Sie haben sich wohl in der Tür geirrt«, verstand Sascha.

»Ich habe Geschrei gehört, deshalb bin ich hier rein. Ich dachte, da braucht jemand Hilfe.«

Sascha öffnete die Tür noch etwas mehr.

»Da kann ich Sie beruhigen«, antwortete der Musiker, der noch im weißen Hemd, aber schon in Jeans aus der Garderobe gelaufen war, ohne Fliege und in Strümpfen. »Wir kriegen das hin. Harmlose Kindereien, verstehen Sie? Man macht halt mal einen Scherz, den nicht jeder lustig findet.«

»So kann man es schon nennen. Man könnte es aber auch ganz anders bezeichnen«, gab Daniela scharf zurück.

»So, so, und wie würden Sie es bezeichnen? Kindisch?«

»Nein, ich würde es anders nennen. Darum sollte sich mal Ihr Betriebsrat kümmern.«

»Aha. Und darf man fragen, wer Sie sind und was Sie die Sache angeht?«

»Darf man. Aber ich bin nur eine aufmerksame, mitfühlende Passantin.«

»Nun gut, jetzt haben Sie ja gesehen, dass wir alles im Griff haben, und deshalb darf ich Sie bitten, wieder zu gehen.«

Er begleitete Daniela zur Tür, und Sascha trat schnell einen Schritt zurück. Anatol hatte Daniela die ganze Zeit aus den Augenwinkeln heraus beobachtet.

Zu dritt gingen sie ein Stück die Straße hinunter und blieben in einiger Entfernung stehen. Daniela wollte warten, bis Anatol herauskam. Mira fand die Idee doof, denn vielleicht wäre er dann ja gar nicht allein.

»Du weißt doch, wo er wohnt«, fiel Sascha ein. »Wir könnten auch dort auf ihn warten. Und wenn er jetzt nicht kommt, dann besuchen wir ihn eben morgen.«

»Heute wäre besser, so aufgewühlt, wie der jetzt ist. Da redet er vielleicht eher.«

Sascha sah Mira an. Sie zuckte die Schultern und sagte: »Meinetwegen.« Also nahmen sie die Salzburger Straße in die andere Richtung und bogen zur Heilingbrunnerstraße ab, wo Anatol Tauber wohnte.

Lange mussten sie gar nicht warten. Nach ungefähr einer Viertelstunde kam Anatol tatsächlich. Und er war allein.

»Was macht ihr denn hier?« Der Musiker war nun wieder in Zivil und trug seinen Geigenkasten in der Hand. »Was wollt ihr von mir?«

»Zuerst wollten wir Ihnen sagen, dass wir es ziemlich gemein finden, was da heute gelaufen ist«, antwortete Daniela. »Sie sollten das nicht auf die leichte Schulter nehmen, sondern dagegen vorgehen. Am besten, Sie suchen sich Hilfe.«

»So? Genau das hat Elina mir auch schon geraten«, antwortete Anatol. »Und was geht euch das an?« Er war immer noch geladen.

»Ich bin eine Freundin von Elina, das habe ich Ihnen ja schon gesagt. Daniela Keck, das sind meine Freunde Sascha und Mira. Wir machen uns einfach Sorgen um Elina.« Er reagierte nicht. »Haben Sie wirklich keine Idee, wo sie sein könnte?«

»Nein. Wir haben uns getrennt. Es hat ja doch keinen Zweck«, sagte er, und Sascha befürchtete schon, er würde gar nicht weiter mit ihnen sprechen. Er wirkte niedergeschlagen. Wie hatte er bloß das ganze Konzert durchhalten können? Es musste ihn doch innerlich fast zerrissen haben.

»Elina ist an allem schuld«, sagte er. »Sie hat die Atmosphäre im Orchester vergiftet. Und sie ist auch der Grund für diesen ganzen Streit. Sie treibt einen Keil zwischen uns und bringt uns auseinander.«

»Sagt wer?«, fragte Daniela.

»Das mit dem Keil hieß es auch von Yoko Ono und den Beatles damals«, sagte Sascha.

»Und dass die Heinzelmännchen heute nicht mehr zum Putzen kommen, hat auch eine Frau verbockt«, sagte Mira.

Anatol glotzte sie der Reihe nach an und dachte womöglich, dass er es mit drei Irren zu tun hatte.

»Das werfen Sie Elina tatsächlich vor?«, fuhr Daniela ihn an. »Sie glauben ernsthaft, dass sie etwas dafürkann, dass Sie von Ihrem Kollegen gemobbt werden?«

»Bevor Elina kam, war hier im Orchester alles in Ordnung, wir haben uns alle gut verstanden. Aber jetzt …«, er fuhr sich erschöpft mit der Hand durch die schönen schwarzen Haare. »Sie hat alles kaputt gemacht.«

Mit dem konnte man wirklich nicht reden, dachte Sascha. Zu Tode gekränkt und gedemütigt hatte er Elina als die alleinige Schuldige ausgemacht.

»Machen Sie sich denn gar keine Gedanken, wo Ihre Freundin jetzt sein könnte? Warum sie fort ist, ohne sich abzumelden?«, fragte Mira ihn, während er seinen Schlüssel suchte.

»Vielleicht schämt sie sich dafür, was sie angestellt hat«, sagte er und sperrte die Haustür auf.

Er würde doch nicht nachgeholfen haben, damit Elina Zeit hatte, sich zu schämen? Kurz blitzte der Gedanke in Saschas Kopf auf, auch wenn er ihm nicht gefiel.

Dann schlüpfte Anatol durch die Tür und ließ sie hinter sich ins Schloss fallen.

# Montag, 6. Juli 2020

»Alexander, weißt du, dass du in der Zeitung bist?«

Es dauerte ein bisschen, bis Sascha überhaupt so weit aus den Augen schauen konnte, dass er Paulina über ihre Zeitung gebeugt am Küchentisch sitzen sah. Das frühe Aufstehen war leider immer noch ein Problem. Aber er wusste ja, sechs Wochen dauerte es, bis man als normaler, willensschwacher Mensch eine neue Gewohnheit etablieren konnte. Es war also ganz einfach: Er musste nur die ersten sechs Wochen durchhalten, und es war geschafft. Nur, während dieser Zeit glaubte einfach niemand, dass es so ein biologisches oder psychologisches Gesetz überhaupt gab und dass es wirklich funktionierte. Auch Sascha nicht. Er neigte dazu, die ganzen sechs Wochen und jeden einzelnen Morgen mit sich und der Welt zu hadern. Er glaubte nicht an die Vision, dass er eines Tages fröhlich zwischen sechs und halb sieben Uhr morgens aufstehen würde. Er hatte es aus seiner Zeit als Croupier aber auch schwerer als andere Menschen. Bei ehemaligen Nachtarbeitern dauerte das mit den Gewohnheiten etablieren womöglich noch länger. Vielleicht acht, zehn oder zwölf Wochen?

»Zeitung?«, fragte er verschlafen und setzte gähnend Kaffeewasser auf.

»Ja, Zeitung. Mit einem großen Foto, von Daniela. So wie du in die Kamera grinst, müsstest du doch mitbekommen haben, dass sie dich fotografiert hat.«

»Mich fotografiert? Zeig mal her.«

Paulina zeigte auf das Bild, das fast eine Drittelseite einnahm.

»Mich fotografiert.« Sascha schüttelte den Kopf. »Ich bin halt auch mit drauf, aber die Hauptpersonen sind doch eindeutig die Frau Dr. Doppler mit ihrem Patienten Tobi Eder. Schau, wie er sich freut, dass er endlich entlassen wird.«

»Man sieht richtig, wie froh er ist, dass er heim darf.«

»Heim darf er eh noch nicht, aber zumindest nach Bayerisch Gmain, in die Reha. Und dort darf er bald wieder aufs Fahrrad.«

»Dass Tobi grinst wie ein Holzfuchs, das verstehe ich ja«, sagte Paulina. »Aber du!«

»Wieso ich? Darf ich mich nicht mitfreuen mit ihm?«

»Du siehst aber gar nicht Tobi an, sondern nur deine hochverehrte Frau Doktor. Wie ein verliebter Gockel schaust du aus«, befand Paulina.

Der eine ein Holzfuchs, der andere ein Gockel. Da war Paulina aber schnell bei der Hand mit ihren Vergleichen aus dem Tierreich.

»Das stimmt doch überhaupt nicht, dass ich die Doppler anhimmle«, behauptete Sascha. »Ich schau nur auf den Scheck, den Tobi ihr überreicht hat. Deshalb ist das Foto doch gemacht worden, nicht weil wir so schön sind oder weil wir die Frau Doktor anhimmeln.«

»Fesch seid ihr schon. Am feschesten natürlich die Doppler mit ihrer Hochsteckfrisur und den perfekt geschwungenen Augenbrauen. Sind die eigentlich echt?«

»Wieso, was meinst du mit ›echt‹?«

»Na, sind es Haare? Oder ist das aufgemalt oder tätowiert?«

»Ich glaube, die sind echt«, sagte Sascha, aber er hatte noch nie darüber nachgedacht.

»Die Sache mit dem Scheck für die neue Kinderklinik ist natürlich nobel. Das war schon eine prima Idee von Tobi, sich mit einem Scheck aus dem Krankenhaus zu verabschieden. Eigentlich könnte das jeder tun, zum Dank für Genesung und die gute Behandlung. Früher haben die Leut ihr Geld in die Kirche getragen, heute können sie's auch gleich im Krankenhaus lassen. Jeder halt nach seinen Möglichkeiten. Es müssen ja nicht gleich zehntausend Euro sein wie beim Tobi. Aber das ist das Bein von einem Skibergsteiger schon wert.«

»Außerdem hat er's ja nicht aus seiner eigenen Geldbörse bezahlt. Auf seinen Spendenaufruf hin haben ihn viele Sportler, Funktionäre, Vereine und auch ganz normale Bürger unterstützt. Ich übrigens auch, von meinem schmalen Salär. Sag bloß, du hast nichts gespendet, Paulina. Du weißt doch sonst immer, was los ist in der Stadt, und bist als eine der Ersten mit dabei.«

»Ich hab mehrere kleine Spendenempfänger, die regelmäßig etwas von mir bekommen. Da musst du dir keine Gedanken machen, Alexander. Ich sitze gar nicht so auf meinem Geld, wie du immer meinst. Ich bin lediglich sparsam und außerdem der Meinung, dass es viele Leute gibt, denen es viel schlechter geht als zum Beispiel dir. Und dass es dir nichts schadet, wenn du in deinem Alter selbst für dich sorgen musst.«

Sascha wollte sich mit seiner Kaffeetasse gerade aus dem Staub machen. Unangenehme Gespräche auf nüchternen Magen, davon bekam er Sodbrennen. Eigentlich wollte er sich noch einmal hinlegen. Nur fünf Minuten. Aber auf der Treppe kam Mira ihm entgegen.

»Was machst du denn schon so früh?« Sascha küsste sie zärtlich.

»Ich habe heute ein Vorstellungsgespräch in Salzburg, bei einem Start-up. Hab ich dir doch erzählt.«

»Und die stehen so früh auf?«, fragte Sascha. »Ich hab mir solche Start-ups immer gemütlicher vorgestellt, also zumindest morgens. Eher Eulen als Lerchen, du weißt schon.«

»Der Termin ist auch erst um zehn, aber ich konnte nicht mehr schlafen. Dann mache ich eben noch eine Stunde Yoga zur Einstimmung. Aber zuerst eine Tasse grünen Tee.« Sie ging zum Wasserkocher. »Guten Morgen, Paulina, was gibt's Neues?«

»Da, schau, Alexander ist in der Zeitung.«

Mira beugte sich über den Tisch, runzelte die Stirn. Alle warteten auf einen Kommentar, Bewunderung, Begeisterung. »Find ich gut.«

»Was jetzt genau?«, fragte Sascha.

»Die Spendenaktion für die Kinderklinik natürlich. Und dass dein Freund wieder so gesund ist, dass er entlassen wird.« Sie sah ihn fragend an. »Ach so, und dass du auch mit drauf bist natürlich. Schönes Bild.« Sie hängte den Teebeutel in die bauchige Glaskanne und goss das Wasser auf. »Und jetzt habe ich auch endlich einmal deine Superduperwonderwoman gesehen.«

»Hä?«, machte Sascha.

»Deine Stationsärztin, bei der du dich immer bemühst, dass du nicht ins Schwärmen kommst, wenn ich zufällig dabei bin. Was dir aber nie so richtig gelingt.«

Jetzt grinste Tante Paulina wie ein Holzfuchs.

♕♕♕

Als Sascha abends vom Krankenhaus kam, war Mira immer noch nicht zu Hause. War sie vielleicht gleich ganz bei den Start-up-Jungs in Salzburg geblieben und hatte ein bisschen mitprogrammiert? Paulina bestellte ihm einen schönen Gruß von Frau Bach, bei der sie am Nachmittag gewesen war.

»Sie hat gesagt, dass du dir keine Sorgen machen sollst wegen der Geigerin. Und du sollst dich da nicht einmischen, sagt sie.«

»So? Und was geht sie das an?«

»Jetzt sei nicht so grob, Alexander. Frau Bach kennt doch die Elina, wenn sie Patientin bei ihr ist. Sie weiß schon, wovon sie redet. Vielleicht hat das Mädel sich einfach nur eine Auszeit genommen, um wieder auf die Füße zu kommen.«

»Und die Bach?«, fragte Sascha. »Die weiß doch was, was sie uns nur nicht sagen will.«

Paulina schüttelte den Kopf. »Ich glaube, da bist du auf dem Holzweg. Aber gewaltig.«

Sascha war verblüfft, wie sehr Paulina unter der Fuchtel dieser Frau Bach stand. Die konnte ihr doch alles vorbeten, und Paulina würde ihr jedes Wort glauben.

»Hast du jetzt eigentlich dieser Russin geschrieben?« Paulina lenkte ab, ganz klar. »Und sie zu uns eingeladen?«

»Ich habe ihr geschrieben, dass ich die Briefe meiner Urgroßmutter sehr gern sehen möchte und dass Katharina ein paar Tage bei uns wohnen kann. Flughafen Salzburg, wenn das für sie geht. Dann hole ich sie ab. Oder eben München, und dann mit dem Zug.«

»Und wer bezahlt ihren Flug?«, stichelte Paulina weiter.

»Na wer wohl? Sie selbst natürlich. Wenn sie das Geld für den Flug nicht aufbringen kann, dann wird es eben nichts mit der Reise. Dafür könnte ich ja mal nach Sankt Petersburg fliegen.«

Darauf ging Paulina nicht ein. »Und das Balalaika-Ensemble?«, fragte sie.

»Da werde ich demnächst mit dem Förderverein der Philharmonie und mit dem Stadtmarketing sprechen«, kündigte Sascha an. »Vielleicht könnte man sogar eine Ausstellung im Stadtmuseum machen, über die russischen und osteuropäischen Kurgäste in Reichenhall vor dem Ersten Weltkrieg und wie es damals so zugegangen ist, multikulturell, meine ich. Unser Stadt-Archivar kennt sich da bestimmt aus. Das wäre doch spannend, oder?«

»Ich weiß nicht«, antwortete Paulina kühl. »Ich kenne eigentlich nur einen hier bei uns, der sich brennend für dieses Thema interessiert, und das bist du.«

»Jetzt sei doch nicht so negativ, Tante Paulina. Du wirst schon sehen, da machen wir eine richtig große Sache draus.«

Eigentlich war es neben seinem Studium und dem Plan, einen Stadtbrunnen mit Bronzestatue seines Opas zu errichten, Saschas zweites beziehungsweise eigentlich drittes Großprojekt, das er sich für die nächste, für ihn überschaubare Zukunft vorgenommen hatte. Abgesehen von den privaten Plänen. Doch da konnte man sowieso nichts anderes tun als abwarten, wie sich das alles entwickeln würde mit ihm und Mira. Arbeit, Wohnsituation, finanzielle Lage. Noch lief alles super, aber darauf konnte man sich im Zwischenmenschlichen ja nie verlassen, dass es immer so weitergehen würde. Lieber nicht.

# Dienstag, 7. Juli 2020

Sie sperrte das Auto ab, und als sie über den gekiesten Parkplatz hinwegsah und ihr Blick auf die grüne Idylle um sie herum fiel, war sie auf einmal so gerührt, dass sie Tränen in den Augen hatte. Da gab es einen langen schmalen Garten zwischen der Straße und einem Bach mit alten Obstbäumen, die weiß und rosa blühten. Die Hauptäste waren von jemandem geschnitten, der sich auskannte. Bei ihren Eltern zu Hause war das der Herr Balkau vom Gartenbauverein gewesen, der jedes Jahr zum Schneiden der Obstbäume gekommen war. Er hatte behauptet, man müsste einen Hut von unten durch den Apfelbaum werfen können. Wenn er an keinem Ast hängen blieb, dann war der Baum richtig geschnitten. Sofort hatte Eva auch den Geschmack des süßen Safts der reifen Früchte auf der Zunge. Er war der älteste Obstbaum im Garten ihrer Eltern. Älter als das Haus und natürlich auch älter als Eva. Ob er noch stand und immer noch diese süßen, saftigen Früchte trug? Sie hatte so lange nicht nach ihm gesehen. Keine Zeit, und schon gar keine Freizeit, um im Garten zu sitzen und nach Bäumen zu sehen.

Wie lange war sie jetzt nicht mehr zu Hause gewesen? Ihre Eltern waren alt geworden, der Vater ganz hager, auch wenn er immer betonte, es gehe ihm gut, er habe nur nicht mehr so viel Appetit wie früher. Auch stiller war er geworden, ein bisschen »eigen«. Ob tatsächlich alles in Ordnung war mit ihm? Vielleicht hatte sie einfach nicht lange genug nachgefragt. Ihre Eltern zeigten großes Verständnis, dass Eva sie kaum noch besuchte, nur kurz anrief, weil sie oft zu erschöpft und im Grunde ständig in Bereitschaft war, zu Notfällen gerufen wurde, an einzelnen Tagen bis spätnachts operierte. Ihre Mutter sagte dann am Ende der Telefonate meist: »Pass auf dich auf!« Aber Eva war jung, sie war stark, sie musste nicht besonders auf sich aufpassen. Nie hatte sie das Gefühl gehabt, sie sei nicht stark genug, um die Notdienste und die Überlastung an manchen Tagen, vor allem nachts, nicht gut auszuhalten.

Eva stützte sich kurz am Autodach ab und schloss die Augen. Gönnte sich eine Minute Ruhe und Innehalten. Als sie die Augen wieder öffnete, wackelte eine Schar Gänse, weiß wie Schnee, unter den Obstbäumen hindurch im hohen Gras zu einem Tümpel. Auf der anderen Straßenseite stand der behäbige Gutshof mit dem Restaurant und einigen Tischen im Freien. Ein Ökonomiehof mit Stallungen, Nutztieren, Heustadel und allem, was dazugehörte, soweit Eva das sehen konnte. Wieso war sie hier noch nie zuvor gewesen? Keine Zeit, vor allem keine freie Zeit. Nur die schmale Straße, die hier eine scharfe Kurve um den Gutshof herum nahm, schnitt das Grundstück in zwei Hälften und sorgte für einen Bruch. Als sei die Idylle zu perfekt gewesen, zog sich ein Riss mitten hindurch. So war es irgendwie immer. Jedes Paradies bekam eine hässliche Schramme verpasst. Hier waren es der Verkehrslärm und die Abgase. Wehe, wenn die Gänse es sich in den Kopf setzten, die Straße zu überqueren. Nur nicht leichtsinnig werden und denken, das Leben könne einfach und schön sein und man könne ohne Hindernisse und Umwege dahin gelangen, wohin man gerne möchte.

Das in die Breite angelegte Gebäude mit seinem Walmdach musste viele Hundert Jahre alt sein. Der Hauseingang war mit glänzenden großen Steinplatten gepflastert, alle Innenräume mit alten Kachelöfen ausgestattet, gemütlich und stilvoll zugleich. Hier hätte Eva sich wohlfühlen können, wäre sie in netter Gesellschaft von Freunden gewesen. Aber das würde sie an diesem Abend nicht sein.

Sie hatte Fisch aus hauseigener Zucht bestellt. Eine Lachsforelle, frisch geräuchert, warm, mit Meerrettichsahne, Butter und Toast. Der Kellner war freundlich und zuvorkommend. Er sah zuerst zu ihm, dann zu ihr. Vielleicht versuchte er zu ergründen, was die beiden eigentlich verband. Wie ein richtiges Paar wirkten sie nicht, das war leicht zu bemerken. Auch, dass sie gar nicht zusammenpassten.

Ihr Begleiter studierte die Speisekarte und stellte fest, dass der Bayerische Wurstsalat mit Zwiebeln und Brot sieben Euro achtzig kostete, was er gerade noch akzeptabel fand. Um ein Lokal in Bayern richtig einzuschätzen, genüge ein Blick auf den Preis für den Wurstsalat, behauptete er. Wenn der sich den zehn Euro näherte, dann war davon auszugehen, dass alle Speisen auf der Karte überteuert waren. Eva verstand nicht ganz, warum das so wichtig war. Hatte er Geldsorgen oder war er einfach nur geizig? Aber was ging es sie an. Was hatte sie schon mit ihm und seinem Wurstsalat zu schaffen. Er bestellte dann doch Bauernente mit Blaukraut und Knödel, denn er mochte weder Fisch noch Wurstsalat. Der Wurstsalat diente ihm lediglich als Seismograf für die Preise des Restaurants. Erst danach kamen Faktoren wie Lage, Service, Qualität und Ausstattung der Toiletten bei der Beurteilung zum Zug.

Das alles über diesen Menschen zu erfahren war Eva denkbar unangenehm. So wie ihr die ganze Person mit den engen karierten Hemden, dem Doppelkinn und diesem eindringlichen, absolut indiskreten Blick unangenehm war. Dieses Gesicht mit den eng zusammenstehenden und tief liegenden Augen strahlte etwas Verbissenes aus. Es war kein freundlicher Blick, und sie versuchte, ihm nicht mehr als nötig zu begegnen.

»Schmeckt es Ihnen nicht?«, fragte sie der Kellner irgendwann besorgt.

Eva sah auf ihren Teller. Sie hatte nur ein paar Bissen gegessen.

»Doch, doch, es ist köstlich. Ich habe nur nicht so viel Appetit heute«, log sie. Hatte sie das jetzt tatsächlich gesagt, wie ihr Vater, der mehr auf seinem Teller herumstocherte, als dass er aß?

»Möchten Sie vielleicht einen kleinen Magenbitter, von unserer Hausmarke? Der wirkt wahre Wunder. Sie werden sehen, dass Ihr Appetit sofort zurückkommt.«

»Nein danke«, antwortete sie. »Kein Alkohol.«

»Was kann ich Ihnen denn sonst Gutes tun?«, fragte der junge Mann.

Er war ernsthaft bemüht, aber ihr fiel nichts ein. Außer: Befreien Sie mich um Himmels willen von diesem Kerl, denn ich kann kaum atmen in seiner Gegenwart. Mein Leben geht gerade kaputt, hätte sie schreien mögen, aber es gehörte sich nicht, sich gerade hier, in dieser freundlichen, dezent vornehmen Umgebung, so danebenzubenehmen. Es war außerdem nicht die ganze Wahrheit. Die ganze Wahrheit lautete nämlich: Mein Leben geht kaputt, und ich selbst bin daran schuld. Ich ganz allein. Und er ist nur mein Henker.

Eigentlich war es schon an dem Tag kaputtgegangen, als Eva zu ihrer dritten Prüfung antrat. Vielleicht waren es die Betablocker gewesen, die sie genommen hatte, vielleicht die Aufregung. Sie hatte rasende Kopfschmerzen, und Magen und Darm signalisierten ganz eindeutig, dass sie unmöglich auch nur eine Stunde dort im Prüfungssaal würde bleiben können. Die Fragen verschwammen ihr vor den Augen, sie konnte nicht einmal mehr die Buchstaben erkennen. Sie ergaben von links nach rechts gelesen für sie genauso wenig Sinn wie von rechts nach links. Spätestens da begriff sie, dass sie keine Chance hatte. Dass es aus war für sie. Vorbei mit ihrem Traum, Ärztin zu werden. Und damit auch Schluss mit dem Leben, so wie sie es sich immer vorgestellt hatte. Es gab für Eva keinen Plan B, hatte nie einen gegeben. Der Wille, es zu schaffen, war immer noch da, groß wie ein Atompilz, aber ihr Körper und ihr Geist spielten einfach nicht mehr mit. Sie signalisierten ihr eindeutig: Nichts geht mehr.

Eva nahm ihre Tasche, rannte zur Toilette, um sich zu übergeben, und von dort ging sie direkt zum Ausgang. Sie stieß die schwere Bronzetür auf und stakste wie auf zwanzig Zentimeter hohen Plateausohlen die Treppe hinunter, besorgte sich eine Flasche Coca-Cola und eine Familienpackung Salzstangen, ging nach Hause und legte sich ins Bett. Es stand fest, dass sie ihr Leben verwirkt hatte. Nun gab es keinen Ausweg mehr. Sie hatte versagt. Es war vorbei. Sie konnte ihr Medizinstudium nicht mehr fortsetzen. Nirgendwo in Deutschland.

Sie war so erschöpft, dass sie den Abend und die Nacht durchschlief bis zum Mittag.

»Ein geschickter Schachzug von Ihnen, damals die Universität zu wechseln«, sagte dieser Mann, der ihr an dem alten Holztisch mit den weißen Tischdecken und den Stoffservietten gegenübersaß.

Was für eine Verschwendung, dieser stilvolle Gastraum, das angenehm umsorgende Personal und die sorgfältig zubereiteten und angerichteten Speisen. Wenn die Gesellschaft nicht passte, dann war das alles nichts. Und in ihrem Fall passte sie ganz und gar nicht.

»Sie dürfen mich übrigens Clemens nennen und gerne duzen, Eva.« Er legte sein Besteck ab. Den Teller hatte er mit dem letzten Stück Knödel blank gewischt. »Damit morgen auch die Sonne scheint, gell?«, sagte er. »Und dann, in Stuttgart, an der neuen Uni, haben sie den Pfad der Tugend verlassen und eine gefälschte Urkunde präsentiert.«

Er hatte also Nachforschungen angestellt, dieser widerliche Spitzel. Aber er hatte recht. Genauso war es gewesen.

Bei einem Besuch in ihrer alten WG in Konstanz hatte ein Kommilitone seine Urkunde mit dem Prüfungsergebnis auf dem Schreibtisch liegen. Eva hatte sie genommen und in einer unbeobachteten Minute auf den Kopierer gelegt und sich eine Kopie gezogen. Später, zu Hause, hatte sie ein wenig damit herumgebastelt, Papier darübergelegt, die Kanten unsichtbar gemacht, ausgebessert, noch mal und noch mal kopiert. Das Ergebnis war nicht übermäßig überzeugend, sie war ja kein Profi. Aber da lag nun diese schlechte Kopie mit ihrem Namen und dem passablen Ergebnis ihres Kommilitonen, das

Eva unverändert gelassen hatte. Vielleicht würde es so gehen.

»Sie hatten anscheinend Glück, dass die Sachbearbeiter an der Medizinischen Fakultät ihren Packen an Scheinen und Unterlagen genommen und nicht so genau hingeschaut haben. Sie haben einfach alles zusammen abgelegt. Und Sie standen kurz vor Ihrem Examen in Medizin, das sie mit großem Erfolg meisterten.«

Eva nahm einen Löffel von der Meerrettichsahne, aber sie war mittlerweile kalt und schmeckte nur noch fettig und nach Fisch.

»Bei mir hätte das nicht passieren können«, sagte ihr Tischgenosse. »Ich sehe mir die Dinge schon genau an, die bei mir auf dem Schreibtisch landen.«

Du hast in deiner beschaulichen Kleinstadt vielleicht auch nicht so viel auf dem Schreibtisch wie deine Kollegen in Stuttgart, hätte Eva am liebsten gesagt. Aber sie hatte immer noch nicht vor, sich mit diesem Menschen tatsächlich zu unterhalten. Es hatte doch alles keinen Zweck mehr.

»Das haben Sie doch bestimmt gleich gemerkt, oder es ist Ihnen inzwischen aufgefallen, dass Ihre Fälschung dilettantisch schlecht war.«

»Soll ich das mitnehmen?« Plötzlich stand wieder dieser nette dunkelhaarige Kellner neben ihr. »Es ist nicht schön, Ihnen beim Essen zuzusehen«, sagte er leise.

Sie lehnte sich zurück, und er nahm den Teller, auf dem kaum etwas fehlte. Wie unhöflich, dachte sie. Aber jetzt war dieser andere Mann wichtiger. Was hatte Wolny vor? Er hatte ihre Karriere, ihr Leben in seiner Hand. Wollte er sie erpressen? Womit? Oder besser, wofür?

Der smarte Kellner kam mit einem Dessertteller aus der Küche zurück.

»Honigeis mit Honig von unseren Bienen«, sagte er. »Das müssen Sie probieren. Sie könnten aber auch ein Mokka-Halbgefrorenes mit Sahnezimt haben oder ein Holunderblütenparfait.«

»Sie halten auch Bienen hier auf dem Hof?«, fragte Eva.

»Fünf Völker waren es in diesem Jahr«, antwortete der Dunkelhaarige. Er hatte einen fast olivfarbenen Teint. Ob er selbst sich um die Bienen kümmerte und den Honig schleuderte?

Wolny stand auf, zog sich umständlich den Hosenbund mit dem speckigen braunen Ledergürtel hoch und verkündete: »Bin gleich wieder da.«

Sie sahen ihm nach.

»Soll ich ihn in der Toilette einsperren?«, fragte der Kellner. »Zumindest bis Sie das Dessert gegessen haben. Oder auch länger?«

Eva lächelte.

»Wenn er es ist, der Ihnen dermaßen den Appetit verdirbt, dann mache ich ihn fertig.« Jetzt lächelte auch er. »Was wollen Sie denn eigentlich mit dem?«

»Nichts. Aber das geht Sie nichts an«, antwortete Eva.

»Natürlich nicht.« Er räusperte sich. »Aber jetzt kosten Sie doch mal, bitte.«

Sie nahm einen Löffel voll und lächelte. »Köstlich. Von den eigenen Bienen, wirklich?«

Er nickte. »Wir geben uns viel Mühe, unsere Gäste zufriedenzustellen.«

»Das merkt man. Ich komme bestimmt noch einmal wieder, unter anderen Umständen.«

»Das würde uns freuen.«

Clemens Wolny kam geschäftig zurück an den Tisch. Als wäre er jetzt bereit, seine Konditionen für den Deal auf den Tisch zu legen. Der letzte Löffel Eis löste sich auf Evas Zunge auf. Köstlich, süß, Honig von eigenen Bienen.

Eva hatte verstanden, dass sie diesem Kerl praktisch ausgeliefert war. Wenn sie ihn auflaufen ließ oder sich gegen ihn zur Wehr setzte, würde ihr ganzes System in sich zusammenbrechen. Sie saß in der Falle, die er für sie aufgestellt hatte, oder sie sich selbst, wenn man es ehrlich betrachtete. Egal wie groß die Schritte auch waren, um ihrer Vergangenheit zu entkommen, letztlich war sie direkt ins Verderben gelaufen. Sie hatte es nur noch nicht gewusst. Aber jetzt verstand sie, wie es lief. Es gab keinen Ausweg mehr. Das war nun das Ende.

Der Kellner nahm den leeren Dessertteller mit und lächelte zufrieden. »Möchten Sie vielleicht noch einen Espresso, oder doch ein Schnäpschen?«

Sie bestellte einen Espresso. Und dann dachte sie, dass es nur einen einzigen Menschen gab, der von ihrem Unglück, von ihrer Katastrophe wusste. Und dieser einzige Mensch war Clemens Wolny.

# Donnerstag, 9. Juli 2020

Irgendwas bimmelte auf Saschas Handy. Er brauchte nur eine Weile, um herauszufinden, was es war. Eine Nachricht war eingegangen, aber wo? Früher, als es nur Telefon und SMS gab, war es ganz einfach gewesen, das herauszufinden. Später schickte alle Welt Nachrichten über WhatsApp, weil man da die Fotos mit einem Klick mitschicken konnte. Aber das war mittlerweile nur noch der Kanal für die Unvorsichtigen und Ahnungslosen. Nerds und die Glücklichen, die das nicht immer ungetrübte Vergnügen hatten, einen Nerd oder Fachmann im Bekanntenkreis zu haben, und die den US-amerikanischen Datenkraken entkommen wollten, wechselten jetzt alle. Aber Sascha konnte sich nie merken, wer jetzt wohin gewechselt war. Die einen waren nun bei Signal, die anderen bei Telegram, was die einen wiederum ablehnten, weil ihre Erfinder, die Durow-Brüder, aus Russland stammten. Wo hatte es jetzt gebimmelt? Er klickte nacheinander alle Messengerdienste durch. Endlich fand er die Nachricht von Daniela. Natürlich bei Telegram. Hätte er sich eigentlich denken können.

»Ich gehe morgen zu Elinas WG, kommst du mit?«

Was war morgen für ein Tag? Freitag.

»Morgen geht nicht. Muss mit Paulina nach Golling.«

»Was macht ihr?«

»Aqua Salza.«

»Therme? Wieso nicht hier? Zur Rupertus-Therme könnt ihr zu Fuß gehen. Du fährst doch so ungern Auto.«

»Tja, Paulina hat von ihrer Seniorenrunde einen Gutschein für Golling geschenkt bekommen. Halt mal was anderes.«

»Und du fährst mit?«

»Soll ich sie allein hinschicken?«

»Einer von ihren Seniorenkollegen wird doch noch ein Auto besitzen und fahren dürfen?«

»Das wollte sie nicht. Sie braucht eine rüstige Begleitung, sagt sie. Wenn beide nicht so gut zu Fuß sind und einer ausrutscht, kann ihm der andere womöglich nicht helfen. Und wie soll sie dann wieder heimkommen?«

»Verstehe«, gab Daniela sich geschlagen.

»Was versprichst du dir von der WG?«

»Weiß ich noch nicht. Mal schauen.«

Jetzt wurde Sascha die Tipperei zu umständlich, und er griff doch zum Telefonhörer, bildlich gesprochen.

»Darfst du das überhaupt?«, fragte er, nachdem Daniela rangegangen war.

»Darf ich was?«

»In Elinas Sachen wühlen zum Beispiel.«

»Ich wühle doch nicht«, entrüstete Daniela sich. »Ich schaue doch nur. Wofür hältst du mich?«

»Also ehrlich gesagt …«

»Ehrlich gesagt, was?«

»Halte ich dich für neugierig, aber so richtig.«

»Bei Journalisten nennt man das investigativ.«

»Okay. Dann gib Bescheid, wenn du auf irgendeine Spur stößt.«

»Mache ich. Und dir viel Spaß im Seniorenbad.«

»Es soll eine sehr schöne Therme sein.«

»Bestimmt.«

»Magst du mitfahren?«

»Ich? Ich vertrage doch kein Chlorwasser. Da warte ich lieber, bis der Thumsee seine angenehm frischen achtzehn Grad hat, dann bin ich jeden Tag dort. Natürlich mit dem Rad, denn wenn du da einen Parkplatz suchst, dann schwitzt du Blut und Wasser, bevor du in den See springen kannst.«

»Es gibt halt nicht genügend Parkplätze, das ist das ganze Problem«, sagte Sascha.

»Weil jeder Hirsch mit seinem eigenen Pkw dorthin muss und keiner den Bus nimmt.«

»Der alle paar Stunden fährt, und zwar bis maximal achtzehn Uhr.«

»Stimmt nicht ganz«, korrigierte Daniela. »Man muss halt den Fahrplan kennen und sich darauf einstellen. Oder mit dem Rad fahren. $CO_2$-neutral, verstehst du?«

»Ja, ist klar. Du, ich muss jetzt mal hier weitermachen, die Stationsschwester schaut mich schon ganz böse an. Privattelefonate während der Arbeitszeit sieht sie gar nicht gern.«

»Ich hab gedacht, die hast du gleich am Anfang eingeseift.«

»Schon, aber das hält leider auch nicht für ewig. Muss ich mal wieder nachseifen.«

# Freitag, 10. Juli 2020

Die Mädels von Elinas WG residierten im Dachgeschoss einer zumindest von außen schön renovierten Villa in der Luitpoldstraße. Gelb-ockerfarben die Fassade, verwinkelt, mit Erkern und Vorsprüngen, schmiedeeisernen bauchigen Balkonen und grün gestrichenen Fenstern. Aus ungefähr derselben Zeit wie die Villa Palmira, dachte Daniela. Im Vorgarten schraubte sich ein spindelförmig zugeschnittener Buchsbaum in ungewohnte Höhen. Die Haustür war nicht abgesperrt. Daniela studierte die Klingelschilder, schellte und lief durchs Treppenhaus mit gedrechseltem Handlauf und durchgehendem rotem Teppich bis hinauf unters Dach.

Linda, eine von Elinas Mitbewohnerinnen, wartete bereits oben an der Wohnungstür auf sie. Sie schien ziemlich aufgeregt.

»Gibt's was Neues von Elina?«

Daniela trat in den Flur, Holzdielenboden, hohe Räume, es sah nach viel Platz und hoher Miete aus. Mit Nebenkosten schätzte Daniela die Wohnung auf mindestens zwölf- bis vierzehnhundert Euro. Eine WG mit drei arbeitenden Singles konnte sich das leisten. Auch innen eine angenehme, nicht übertriebene Renovierung. Weiß gestrichene Holztüren, polierte Dielenböden, Dachschrägen, alles hell und sauber.

»Von Elina nicht.« Linda schüttelte den Kopf. »Aber ihr Freund war gerade hier.«

»Anatol? Was wollte er denn?« Gut, dass sie ihm nicht begegnet war, dachte Daniela. Seine düstere Ausstrahlung war ihr fast ein bisschen unheimlich.

»Er hat gesagt, Elina hätte sich von ihm Noten geliehen, die er jetzt wieder zurückhaben müsste. Und er hat mich gefragt, ob er in ihr Zimmer gehen kann, um sie zu holen.«

»Und, hast du ihn reingelassen?«

»Was hätte ich denn machen sollen? Ich kenne ihn ja. Er war ein paarmal hier gewesen. Aber meistens haben sie sich bei ihm getroffen. Ich bin an der Tür stehen geblieben, während er in Elinas Zimmer war. Aber dann hat meine Mutter angerufen. Wir haben nur ein paar Minuten geredet, da ist er schon über den Flur wieder zur Wohnungstür gelaufen. Ich hab ihn erst bemerkt, als er die Tür schon in der Hand hatte. Er hat mir noch kurz zugenickt und ist dann raus.«

»Und hatte er die Noten dabei?«

»Er hatte irgendwas in der Hand, ja. Ich hab nicht gesehen, ob es die Noten waren. Aber er hat den Brief mitgenommen.«

»Welchen Brief?«, fragte Daniela.

»Er hat ihn einfach mitgehen lassen.« Linda ärgerte sich, aber Daniela verstand überhaupt nichts mehr.

»Von wem war denn der Brief?«, fragte sie.

»Von irgendeinem Orchester. Er lag heute Mittag im Briefkasten. Ich habe ihn mit raufgenommen und auf unser Telefonkästchen gestellt, damit Elina ihn gleich findet, wenn sie wiederkommt.«

»Wie kommst du auf Orchester?«

»Da war so ein Notenschlüssel drauf und so eine kleine Violine, du weißt schon. Und es stand als Absender irgendein Musik-Orchester sowieso.«

»Ein Brief von hier, von der Philharmonie?«

»Nein, es war eine andere Stadt, aber ich weiß jetzt nicht mehr, welche. Nichts Bekanntes, also nicht Berlin, Hamburg oder München. Was Kleineres.«

»Was könnte das denn gewesen sein? Meinst du, es war ein persönlicher Brief oder eine Werbesendung, so eine Massenpost oder ein Flyer?«

»Es sah schon wie ein persönliches Schreiben aus. Und es wird wohl auch wichtig gewesen sein«, sagte Linda, »sonst hätte der Anatol den Umschlag doch nicht mitgehen lassen.«

»Bist du sicher, dass ihn sonst niemand weggenommen hat?«

»Na klar, ich hab ihn doch kurz vorher selbst da hingestellt. Und sonst war ja niemand hier außer ihm. Bah, ist das unverschämt! Ich schau mal, ob ich seine Telefonnummer irgendwo habe. Dem werd ich was erzählen. Kommt hier rein und klaut Briefe, die ihn nichts angehen.«

»Und jetzt komm ich auch noch an und will wissen, ob du irgendeine Ahnung hast, wo Elina sein könnte. Hat sie mal erwähnt, dass sie wegfahren und jemanden besuchen will oder so?«

»Darüber haben Romy und ich uns auch schon den Kopf zerbrochen, aber wir haben uns beide an nichts erinnert. Wir waren sogar in ihrem Zimmer und haben ein bisschen gestöbert, aber nichts. Also zumindest ist uns nichts aufgefallen.«

»Darf ich auch noch mal ein bisschen stöbern?« Das war das Wort, das Daniela die ganze Zeit gesucht hatte. Nicht schnüffeln oder durchsuchen oder so. Einfach nur stöbern. Das klang doch ganz harmlos. »Du kannst ja mit reinkommen und mitschauen, Linda. Ich mach mir ganz einfach Sorgen um Elina. Sie war schon ganz schön durch den Wind in den letzten Tagen, eigentlich Wochen.«

»Seit die Probleme mit Anatol angefangen haben«, sagte Linda und ging voran in Elinas Zimmer.

Ihre feinen Konzertkleider hingen an einer Kleiderstange auf Rollen an der Stirnseite des Zimmers, die eleganten Pumps und Ballerinas waren sauber geputzt daruntergestellt. Ein laufender Meter Berufskleidung, aber von der edlen, schicken Sorte, und alles in Schwarz. Viel durchbrochene Spitze, Spitzenhemden mit Spaghettiträgern zum Drunterziehen. In einer Schachtel lagen Seiden-BHs, Höschen und Strumpfhosen. Das konnten Musikerinnen doch bestimmt von der Steuer absetzen, dachte Daniela. So wie sie ihre Kamera und den Laptop.

Sie fanden kein Notizbuch und auch kein Adressbuch. Wer hatte so was heute schon noch? Es war ja alles im Handy abgespeichert. Und für Notizen gab es entweder eine Memo-App oder das digitale Diktiergerät, mit dem man Notizen oder Ideen aufsprechen konnte, um sie nicht zu vergessen. Wenigstens machte Daniela es so. Nicht mal einen Papierkalender hatte sie mehr. Ihren führte sie bei Google, andere nutzten den von Outlook. Immer dabei, auf allen Geräten verfügbar, stets aktuell, null Gewicht, einfach wischen statt blättern. Sie wusste nicht, ob Elina es auch so machte oder ob sie ihr Notizbuch, falls sie noch eines führte, einfach mitgenommen hatte. Einzig auf der Schreibunterlage aus Papier, die auf Elinas kleinem Sekretär lag, fiel Daniela eine Notiz auf, die in Großbuchstaben aufgeschrieben war. Wenn sie es recht entzifferte, hieß es KRAV MAGA. Sie zeigte sie Linda und fragte, ob sie damit etwas anfangen konnte. Linda zuckte die Achseln.

»Wenn das eine Kollegin sein soll, dann kenne ich die nicht. Elina hat nie was von einer Maga erzählt.«

»Vielleicht Marga oder Margareta?«

»Nein, auch nicht.«

Als Daniela noch einmal ihren Blick durch das Zimmer mit den schönen großen Fenstern wandern ließ, fiel ihr auf, dass es kein einziges Bild von Anatol in diesem Raum gab. Überhaupt kein einziges Foto. Wahrscheinlich hatte sie die auch alle auf dem Handy. Sie stellte sich vor, was das wohl für Detektive und Polizeiermittler zu bedeuten hatte. Wenn sie die Wohnungen von Opfern oder Verdächtigen untersuchten und gar keine, oder eben immer weniger, Unterlagen und persönliche Dinge fanden, aus denen man Rückschlüsse auf das Leben und Umfeld dieser Person hätte ziehen können. Bei ihren Eltern im Keller gab es noch Schuhkartons mit aufbewahrten Konzerttickets und Eintrittskarten mit den Pyramiden von Gizeh darauf oder der Akropolis. Heute war das Online-Ticket in den Handys oder in der Cloud abgespeichert. Mensch, das war doch wirklich nicht mehr dasselbe. Wie Buch und E-Book, dachte Daniela. Früher hatte man das Bücherregal von Leuten angeschaut, die man neu kennenlernte, und gedacht, dass man daraus etwas schließen konnte. Elfriede Jelinek oder Rosamunde Pilcher, jetzt mal im Extremfall. Dostojewski oder Fitzek. Na ja, es gab auch Leute, die beides herumstehen hatten. Man machte sich halt so seine Gedanken. Den E-Book-Reader anderer Leute schaute man sich ja nicht an. Wie auch? Alles digital, alles praktisch, Platz sparend. Weg mit den Bücherregalen. Zu einem minimalistischen Lebensstil passte das viele Papier, das früher einmal ein Wald gewesen war, auch gar nicht mehr.

Hoffentlich würden Bücher nicht ebenso verschwinden wie Postkarten aus dem Urlaub, Papierfotos und Fotoalben. Die nächsten Generationen von Kindern und Enkelkindern mussten dann in den Clouds und auf den Festplatten ihrer Eltern und Großeltern nach Bildern suchen oder landeten die Erinnerungen gleich am Wertstoffhof beim Elektronikschrott?

Daniela stieg auf dem roten Läufer die Treppe runter, sah in jeder Etage durchs Fenster hinaus auf die Buchsspindel und die ehrwürdigen Nachbarvillen in der grünen Luitpoldstraße. Fast war es wie ein Blick in die gute alte Zeit. Daniela kam sich komisch vor bei dem Gedanken. Und dann fiel ihr Sascha ein, mit seinem Russland-Fimmel, der auch so unzeitgemäß war wie sonst was. Heute führte er also seine Großtante durch die Gollinger Therme. Bestimmt vorsichtig darauf bedacht, dass sie ja nicht ausrutschte. Ein Glück hatte Paulina schon, dass Sascha so ein braver Junge war. Dafür hätte sie ruhig ein bisschen netter zu ihm sein können. Andererseits waren die beiden eben ein eingespieltes Team. Das musste wohl genauso sein. Bestimmt nicht ganz leicht für Mira, die in dem ungewöhnlichen sozialen Gefüge erst noch ihren Platz finden musste.

Und Elina? Warum schickte sie denn nicht wenigstens einmal eine Nachricht, egal auf welchem Kanal. Und wenn es per Brieftaube war oder als Ansichtskarte. Verflixt, das konnte man doch nicht machen, seine Freunde so im Unklaren zu lassen. Sie konnte sich doch denken, dass sie sich sorgten. Und was hatte es mit diesem Brief auf sich, von einem Orchester, persönlich an Elina, den Anatol einfach mitgehen hatte lassen. Wusste er doch, wo seine Ex oder Noch-Freundin sich aufhielt? Daniela beschloss, abends in der Villa Palmira vorbeizuschauen und mit Sascha darüber zu reden. Oder mit Mira. Oder auch mit Paulina, falls sie den Thermenbesuch ohne Blessuren überstanden hatte.

»Da haben wir uns den richtigen Tag für die Therme ausgesucht«, sagte Paulina und sah durch die Fenster hinaus in den Regen.

Der Oldtimer war schon beim dritten Versuch angesprungen, was Sascha als gutes Zeichen wertete. Im Gegensatz zum Anlasser, der immer schon etwas unzuverlässig war, schnurrte der Motor des anthrazitfarbenen Saab 900, Baujahr Neunzigerjahre, ohne Stottern und Macken dahin durch Wind und Regen. Eine kurze Unterbrechung des Sommers war das nur, Sascha hatte die Ray Ban Aviator, grün mit dünnem Goldrand, im Handschuhfach gelassen. Sie gehörte zum Saab wie der Lederkoffer, der immer im Kofferraum lag und noch ein Vorkriegsmodell und Familienerbstück war. Eigentlich wollte er ausschließlich über Landstraßen fahren, damit es mehr wie ein Ausflug war. Aber er entschied sich dann doch für die Autobahn, denn man sah rein gar nichts von der Landschaft. Die Berge verbargen sich hinter einer dichten Wolkenfront und waberndem Nebel. Sprühregen nieselte aufs Autodach. Der Scheibenwischer quietschte leise und markierte rhythmisch den Anschlag. Der Untersberg, der sonst wie ein mächtiger Riegel in der Landschaft stand, war weg. Und wenn es stimmte, was der Söllner Hans immer behauptete, nämlich dass man sich nur dort richtig zu Hause fühlte, wo man den Untersberg sehen konnte, dann war heute ein richtig heimatloser, trister Tag. Auch vom Gaisberg und vom Schafberg, dem Nockstein, überhaupt allen Bergen des Salzkammerguts war rein gar nichts zu sehen.

Während Paulina irgendeinen Schwank aus dem Seniorenprogramm erzählte, von einem Herrn Wassermann und einer Frau Biebl, versuchte Sascha sich auf den Verkehr zu konzentrieren das Quietschen des Scheibenwischers zu ignorieren und nicht schneller als die vorgeschriebenen einhundert zu fahren. Wegen IGL. Immissionsschutz hieß das in Österreich – und war dreimal so teuer wie die normale Geschwindigkeitsüberschreitung. Also Vorsicht.

Die Senioren-Treffen fanden immer am zweiten Dienstag im Monat im Pfarrsaal St. Nikolaus statt. Immer um 14.30 Uhr. Paulina behauptete zwar immer, sie ginge nur hin, »um sich sehen zu lassen«, denn man könne sich doch nicht aus dem ganzen sozialen Leben ausschließen, solange man noch am Leben war, aber Sascha hatte den Eindruck, dass sie doch sehr gern hinging. Auch wenn es auf den ersten Blick nicht so aussah, war es doch eine Art Schaulaufen. Schau an, wie der alte Wiesböck von Monat zu Monat krummer daherkommt. Hast du gesehen, dass die Grüßer Maria schon wieder frisch beim Friseur war vor dem Seniorennachmittag? Auf wen hat sie es eigentlich abgesehen? Und so weiter. Sascha versuchte sich vorzustellen, wie es war, alt zu sein und solche Treffen als wichtige Termine zu begreifen. Aber es gelang ihm nicht. Er schob es auf den Regen und die Geräusche des Scheibenwischers.

Lieber träumte er sich weg in eine nostalgische Saab-Werbung, die er mit seinem Großvater zusammen gesehen hatte. Wahrscheinlich im Park-Kino, denn dort war er als Kind mit seinem Opa oft gewesen. *»Snap your fingers and your dreams come true.«* So hatte der Slogan dieses Films geheißen. Ein großer, hagerer Schwede mit Brille geht morgens im Regen zu seinem Auto. Seine Schuhe sind schon nass, seine Hose, sein Mantel ebenso. Beim Einsteigen tritt er in eine Pfütze, die Zeitung fällt ihm herunter und seine Kappe hinterher. Hinter den Scheibenwischern der missmutige schwedische Antiheld mit hängenden Schultern und Mundwinkeln. Er fährt an einer Plakatwand vorbei: roter Saab 900, Cabrio, eine Blondine auf dem Beifahrersitz. *»Snap your fingers and your dreams come true.«* Er kräuselt verächtlich die Oberlippe, schnippt mit den Fingern. Im nächsten Moment sitzt er mit frischem Haarschnitt, Sonnenbrille und edlem Anzug im Cabrio, sieht hinunter auf die Corniche von Monte Carlo oder Nizza, legt sich in die Kurve, und das Leben ist schön. Vergessen der schwedische Regen, das triste Arbeitsleben, die alte Karre, die er mal gefahren hat. Der nächste Fingerschnipser zaubert ihm eine schwedische Jeannie, nicht gerade Agnetha Fältskog, aber kurvig und blond, auf den Beifahrersitz.

»Du hörst mir ja überhaupt nicht zu, Alexander«, beschwerte sich Paulina. »Wo bist du bloß wieder? Bei deiner Chefin vielleicht oder bei deiner Veganerin?«

Bei Agnetha, hätte er beinahe gesagt, aber das war ihm jetzt zu kompliziert. Er war sich nicht sicher, ob Paulina wusste, was die vier Buchstaben ABBA einmal bedeutet hatten und dass es sich dabei nicht um einen umschließenden Reim oder so ein akademisches Zeugs handelte.

»Sie hätte doch mitfahren können«, sagte Paulina.

»Wer jetzt?«

»Na, deine Mira. Oder hat sie nicht nur was gegen Zoos, weil dort die Tiere eingesperrt werden, sondern auch gegen Thermen, weil dort das Wasser auf achtundzwanzig Grad erhitzt wird und die Leute nicht hingehen, um sich zu waschen, wie früher ins Brausebad, sondern zum Vergnügen?«

»Manchmal bist du schon eine echte Giftspritze, Tante Paulina. Mira ist heute noch einmal bei diesem Start-up in Salzburg, wo sie neulich das Vorstellungsgespräch hatte.«

»Am Flughafen?«, fragte Paulina.

Sascha brauchte ein bisschen, bis der Groschen fiel. »Nein, bei einem jungen Unternehmen mit neuer Geschäftsidee, Computer, Datenverarbeitung und so«, erklärte er.

»Verstehst du irgendwas davon?«, fragte Paulina.

»Ich? Nein, gar nicht. Ich kann einen Computer ein- und ausschalten, aber was da drin vorgeht? Keine Ahnung.«

»Aber die Mira weiß das?«

Sascha nickte. »Sie programmiert sogar selbst.«

»Und was macht jetzt eigentlich so ein Programmierer?«, fragte Paulina ernsthaft.

»Er schreibt Programme«, antwortete Sascha. »Oder eben sie.«

»Aha.« Paulina schnaubte.

»Frag doch Mira, aber bitte dann, wenn ich auch dabei bin«, sagte Sascha. »Ich will es nämlich auch gern wissen.«

Die Nässe hatte wenigstens ein Gutes. Die österreichische Bundespolizei hatte keine Lust, am Walserberg vor ihr Behelfshäuschen zu treten und Ausweise zu kontrollieren. Weshalb sich zwar an der Grenze der Verkehr verlangsamte und auf eine Spur eingebremst, aber wenigstens kein Kilometerstau produziert wurde. Man war ja schon für kleine Geschenke dankbar geworden in den letzten Monaten.

Nach vierzig Minuten Blindflug waren sie in Golling an der Salzach.

»Doch so weit«, staunte Paulina. »Das letzte Mal hatte ich die Fahrt nicht so lang in Erinnerung.«

»Das letzte Mal hattest du vielleicht Aussicht«, sagte Sascha.

In Golling war der Regen wegen der noch näheren Berge wieder stärker. Dazu kamen Windböen von mindestens einem, wenn nicht allen Gebirgszügen rundherum. Sie warteten vor dem Aussteigen einen Moment ab, aber nichts wendete sich zum Besseren. Ein Windstoß fuhr in den Schirm, mit dem Sascha Paulina auf der Beifahrerseite abholte, und drehte ihn um. Blätter fegten über den großen Parkplatz. Während er den Schirm wieder zurechtbog, sah er weiter vorne einen Mann zu seinem Auto gehen, der ihm irgendwie bekannt vorkam. Aus Bad Reichenhall, zumindest vom Sehen. Kein guter Freund, eher jemand aus der Stadt. Vielleicht bildete er sich das aber auch nur ein. Er schaute nach dem Kennzeichen des Kleinwagens, konnte aber nichts erkennen.

Paulina hatte Mühe beim Aussteigen, und er versuchte, sie mit dem freien Arm unter der Achsel zu fassen, während er mit der anderen Hand den Schirm festhielt. Eine Szene für das HB-Männchen. Das ging ja gut los, dachte er. Dann stand Paulina, er gab ihr den Schirm, hängte sich die dicke Reisetasche mit ihren Badesachen um und nahm wieder den Schirm und Paulinas Arm. In winzigen Schritten überquerten sie den Parkplatz, allen größeren Wasserlachen möglichst ausweichend, die den Asphalt in eine Seenplatte verwandelten.

Als er sie dort an der Längsseite der Therme entlanggehen sah, glaubte Sascha zuerst an eine Fata Morgana. Trenchcoat mit hochgeschlagenem Kragen, so etwas wie ein Plastikhut auf dem Kopf, unter dem die dunkelblonden Locken hervorquollen, schlanke Waden und Fesseln in halbhohen Stiefeletten mit Blockabsätzen. Das war sie doch, die Frau Dr. Doppler aus der Klinik in Bad Reichenhall! Sie ging schnell, wahrscheinlich zu ihrem Auto, und sah nicht einmal in ihre Richtung. Er wedelte mit dem Schirm, woraufhin Paulina sich sofort beschwerte, dass ihr das Wasser in den Kragen lief. Er rief einmal »Hallo«, aber sein Gruß ging sofort in Wind und Regen unter. Sie sah sich nicht einmal um, sondern strebte auf kürzestem Weg dem Platz zu, an dem ihr Wagen geparkt war. Ein roter Porsche. Sascha kannte das Auto, es war auffällig genug, trotz des Regens. Frau Dr. Doppler in der Therme Golling, an einem Freitagnachmittag. Allein. Er fand das komisch, irgendwie. Andererseits, wieso sollte sie nicht in eine Therme gehen, Freizeit haben? Und warum sollte sie in ihrer freien Zeit in Bad Reichenhall bleiben, wo man immer und überall Leute traf, die man aus der Klinik kannte, Ex-Patienten, Angehörige von Patienten. Vielleicht wollte sie einfach einmal keinen treffen, den sie kannte, einfach ausspannen, relaxen, etwas mehr Intimität als in der Rupertus Therme.

»Mir läuft das Wasser immer noch in den Kragen, Bub«, sagte Paulina und hatte die erste Stufe des Aufgangs erreicht. »Gut, dass wir jetzt gleich im Haus sind, und das Wasser wenigstens nicht mehr von oben kommt. Und dass ich dann keinen Mantelkragen mehr habe, wo es mir reinlaufen kann.«

Sascha faltete den Knirps zusammen.

»Nicht alles, was praktisch erscheint, ist auch gut.« Paulina deutete auf den Schirm. »Früher haben wir in mancher Hinsicht doch besseres Material gehabt«, sagte sie. »Auch wenn wir keine Programme und Programmierer gehabt haben.«

♛♛♛

Es klatschten noch ein paar letzte schwere Tropfen auf die Windschutzscheibe, dann war es vorbei. Der Rückweg von der Therme Golling nach Hause war weit weniger beschwerlich als der Hinweg, und nicht nur der Regen, auch das viele Grau in der Atmosphäre hatte sich verzogen. Die Sicht war immer noch eingeschränkt, kein strahlendes Bergpanorama, nirgends, in keiner Himmelsrichtung, aber immerhin auch keine quietschenden Scheibenwischer mehr.

Für Paulina schien sich der Besuch gelohnt zu haben. Sie hatte zwar keinen Jungbrunnen in den diversen Badelandschaften mit runden und eckigen Wasserbecken gefunden, aber die ayurvedische Massage mit dem Seidenhandschuh hatte eine positive Wirkung gezeigt. Paulina wirkte frischer, lebendiger, rosiger. Und sie hing nicht mehr wie ein nasser Sack an seinem Arm, sondern wirkte beschwingt. Die Garshan-Massage mit den Seidenhandschuhen hatte ihm die Masseurin eigens als »wunderbare Partnermassage« ans Herz gelegt. Und dabei hatte sie nicht ihn und seine Großtante als Partnerin gemeint, so viel war klar. »Sehr anregend«, hatte sie gesagt. Er hatte sogar auf der Stelle in ein Paar dieser Handschuhe investiert, die er für den halben Preis wahrscheinlich auch bei Müller oder dm bekommen hätte. Doch die Masseurin in ihrem körpernah sitzenden weißen Kittel hatte eine gewisse Anziehungskraft auf ihn ausgeübt, die ihn zum Kauf an Ort und Stelle geradezu gedrängt hatte. Vielleicht auch nur, um ihre süßen Grübchen noch etwas länger aus der Nähe betrachten zu können. Da konnte man ja wieder mal hinfahren, nach Golling, in die Therme.

Mira und Daniela waren schon beim Kochen, als Paulina und Sascha wohlriechend und beschwingt in der Villa Palmira ankamen. Durchs Haus wehte ein sanfter Curry- und Kokosmilchgeruch, milchig-mild und exotisch. Das echte Kontrastprogramm zum Kalbsschnitzel mit Kartoffelsalat, das sie in der Therme gegessen hatten.

Daniela hatte Weißwein mitgebracht, was zum Glück garantierte, dass er auch mit Alkohol war. Mira war im Kochstress, also würde Sascha sie später mit seinem seidigen Mitbringsel überraschen, wenn sie es auch gleich ausprobieren konnten.

Beim Essen fiel Sascha Paulinas Frage auf ihrer Fahrt nach Golling wieder ein.

»Jetzt kannst du Mira die Frage aller Fragen stellen«, wandte er sich an Paulina.

»Wieso?«, fragte Mira. »Was wolltest du denn Wichtiges von mir wissen?«

»Ich?«, fragte Paulina. Sie hatte es vergessen.

»Paulina wollte wissen: Was macht denn eigentlich so ein Programmierer den ganzen Tag?«, fragte Sascha.

»Programmieren«, antwortete Mira.

»Ja, so gut kann ich auch noch Deutsch, dass ich das weiß.« Paulina fühlte sich veräppelt.

»Eigentlich schreibt ein Programmierer so eine Art Einkaufszettel oder Kochrezept für Computer.« Mira schien das ernst zu meinen. »Computer wissen ja grundsätzlich nichts von der Welt. Sie sind ungefähr so ahnungslos wie ein Stück Brot. Sie können aber lesen, was man ihnen aufgeschrieben hat, also über die Tastatur, auf Datenträgern. Heute geht das alles über die Cloud, aber egal. Stell dir das vor wie eine Einkaufsliste oder ein Rezept.«

»Was ich mir jetzt vorstelle, schaut aber bestimmt anders aus als das, was du an deiner Tastatur machst«, meinte Paulina.

»Nein, gar nicht. Ein Programmierer schreibt Schritt für Schritt auf, was der Computer zu tun hat. Also ungefähr so:

10 Take 200 grams of flour – das ist Mehl. Wir sprechen eben Englisch mit den Rechnern.«

Paulina nickte, und Mira fuhr fort.

»20 Put it in a bowl

30 Ad two eggs

40 Ad 250 ml of water

50 Stir well

60 Pour it into a hot pan.

Und so weiter. Nur mit dem Unterschied, dass du dem Computer, nachdem er keine Ahnung von der Welt hat, vorher auch noch sagen musst, dass er die Eier aus dem Kühlschrank holen muss, und davor noch, was ein Kühlschrank ist und so weiter. Ein Haufen Arbeit, das kannst du dir bestimmt vorstellen.«

»Dann bist du ja wie eine Lehrerin in der Schule, die den Kindern das Lesen und Schreiben beibringt.«

»Nur dass die Kinder klüger sind. Also zuerst einmal«, sagte Mira und kratzte die letzten Sojabrocken vom Topfboden.

»Und was machst du dann für Programme?«, fragte Daniela. »Das mit den Pfannkuchen wird ja hoffentlich schon jemand gelöst haben.«

»In dem Start-up in Salzburg, wo ich heute war und gleich mal einen Tag Probe gearbeitet habe, sind wir auf künstliche Intelligenz und *Machine-learning*-Systeme spezialisiert.« Mira wandte sich wieder an Paulina.

»Wenn wir bei dem Beispiel mit dem Rezept bleiben, dann machen wir Programme, die über eine Kamera einem Koch beim Eierkuchenbacken zusehen und erkennen, dass er zuerst das, dann das und dann das macht und zum Schluss ein Eierkuchen rauskommt. Der Computer erkennt also anhand dessen, was er beobachtet, wie man einen Eierkuchen herstellt. Das ist AI, *artificial intelligence,* oder eben künstliche Intelligenz, KI.«

»Mira nennt den Pfannkuchen Eierkuchen«, erklärte Sascha, »weil die Berliner Pfannkuchen zu unseren Krapfen sagen.«

»Das habe ich schon verstanden«, behauptete Paulina.

»Wenn der Computer dann selbst Eierkuchen backt und er gelingt nicht«, fuhr Mira fort, »dann merkt er sich, wie er es gemacht hat, und macht es beim nächsten Mal anders. Irgendwann gelingt dann der verdammte Eierkuchen endlich, und dann weiß die Maschine, wie es geht. Das nennt man *machine learning*.«

»Der erste Pfannkuchen gelingt nie«, kommentierte Paulina. Und damit sie nicht das letzte Wort in der Sache bekam, schickte Sascha noch einen Brocken Volksweisheit hinterher.

»Oder, wie der Russe sagt: Der erste Blin ist immer ein Klumpen.«

»Blin?«, fragte Mira. »Du meinst Blini.«

»Ich meine Blin«, sagte Sascha. »Ein Blin, zwei Blini.«

»Ihr seid alle so furchtbar klug«, frotzelte Daniela und setzte die Espressokanne auf die Platte. »Ich bin ganz beeindruckt.«

»Du warst doch heute in Elinas WG«, fragte Sascha. »Hast du irgendwas rausgefunden?«

Daniela erzählte von dem Brief, den Anatol mitgenommen hatte, von dem sie aber nicht genau wusste, wer der Absender war und was das zu bedeuten hatte.

»Sonst ist mir nichts aufgefallen, außer einer Notiz auf ihrer Schreibunterlage. Ich schätze, das war der Name einer Frau, vielleicht einer Orchesterkollegin, den sie sich notiert hat.«

»Welchen Namen denn?«, fragte Sascha.

»Ach, irgendeine Marga oder Maga Graf oder so ähnlich. Ich hab's mit dem Handy fotografiert.«

»Dann zeig doch mal«, sagte Mira.

»Wieso, sag bloß, der Name sagt dir etwas.«

»Jetzt zeig doch her.«

Daniela suchte das Foto. »Hier.«

»KRAV MAGÁ«, sagte Mira und betonte das zweite A in dem Namen oder was es auch immer bedeutete.

»Schon mal gehört?«, fragte Sascha.

»Ja, schon oft. Ihr etwa nicht?« Mira konnte es gar nicht glauben, aber bei den anderen klingelte nichts.

»Das ist ein Selbstverteidigungstraining«, erklärte Mira. »Kommt ursprünglich aus Israel, vom Militär. Gibt es in Berlin an jeder Ecke. Und vor ein paar Wochen hab ich mich jetzt tatsächlich auch mal zu einem Kurs angemeldet. Ich wollte das schon immer, hab mich aber irgendwie nie getraut.«

»Echt? Das finde ich ja super spannend.« Daniela war begeistert, klar. »Dann zeig doch mal. Geht das hier auch oder brauchst du dafür mehr Platz?«

»Ne, Platz nicht, aber ein Opfer«, sagte Mira.

»Männlich, nehme ich an?« Sascha hatte schon verstanden.

»Okay, dann stell dich mal hier so halb seitlich hinter mich und versuch, mich an der Schulter zu packen und aufdringlich zu werden«, forderte Mira ihn auf.

Er versuchte es. Aber in dem Moment, als er auch nur einen Finger auf ihrer süßen, knochigen Armkugel sitzen hatte, drehte sie den ganzen Oberkörper wie ein Derwisch nach hinten, schrie in voller Lautstärke: »Nein, hau ab, ich will das nicht!«, und gab ihm mit den Fingerspitzen der rechten Hand einen so heftigen Schubs nach hinten, dass er fast das Gleichgewicht verlor.

»Und jetzt versuch mal, mich von hinten zu umarmen.«

Sascha war sich nicht sicher, ob er das wirklich wollte, aber er tat ihr den Gefallen. Sie schnellte wieder um ihre eigene Achse, drückte ihm diesmal die flache Hand ins Gesicht und bog ihm in einem rasend schnellen Ruck den Kopf nach hinten.

»Aua, du tust mir ja weh«, rief er und dachte an seine seidigen Massagehandschuhe und was er damit alles vorgehabt hatte.

»Der Höhepunkt wäre dann der saftige Tritt in die Eier – pardon, Paulina.«

»Keine Ursache. Ich weiß, dass es jetzt nicht mehr um Eierkuchen geht. Also pass gut auf, Alexander. Aber, zurück zum Ausgangspunkt …«

»Noch mal anschreien?«, fragte Sascha.

»Blödsinn. Warum hat die Geigerin Elina diesen Namen auf ihre Schreibunterlage notiert?«

»Weil sie so einen Kurs machen wollte?«, dachte Daniela laut nach.

»Gibt es hier in der Gegend solche Kurse? Ich meine, wenn ihr das alle nicht kanntet?«, fragte Mira.

Daniela zog den Laptop aus der Tasche und suchte.

»Also hier, wer hätte das gedacht: Training in Traunstein, immer mittwochabends, und noch ein Stück weiter weg, eine Seminarwoche am Chiemsee, auf der Fraueninsel, oder als Sommerkurs in Rosenheim bei einem Sportverein. Das hätte ich gar nicht gedacht. Ist bisher total an mir vorbeigegangen. Das könnte ich ja mal selbst testen und dann einen Erfahrungsbericht drüber schreiben.«

»Aber was hat das jetzt mit der Geigerin zu tun?«, fragte Paulina noch einmal.

»Keine Ahnung«, sagte Daniela. »Dafür wissen wir einfach noch zu wenig über sie. Wenn sie sich halt mal melden würde!«

Sascha fiel in dem Augenblick wieder ein, dass er die Doppler in Golling gesehen hatte. Aber er erzählte den anderen nichts davon. Warum auch? Irgendwas war daran komisch. Und vielleicht hatte er sich ja sowieso geirrt. Aber nein, er hatte sich nicht geirrt.

## Montag, 13. Juli 2020

Beinahe hätte Sascha sie wieder vergessen, die Bestätigung für die Uni, dass er die erforderliche Wochenstundenzahl während seiner Famulatur am Krankenhaus erbracht hatte. Die Sekretärin an der Uni hatte ihm schon ein Ultimatum gestellt. Wenn er ihr bis Mitte der Woche das Papier physisch oder digital nicht vorlegen könne, dann würde sie »ungültig« oder »versäumt« bei ihm eintragen und er müsste sich im nächsten Semester noch einmal eine Famulaturstelle suchen. Er schaute in der Vormittagspause bei Wolny im Büro vorbei. Aber der war nicht da, nur Susi, seine Kollegin.

»Kommt der Wolny heute noch?«, fragte Sascha und ärgerte sich, dass er schon wieder nicht den Vornamen verwendet hatte, obwohl er ihn doch jetzt kannte.

Susi zog sich einen Ohrhörer aus dem linken Ohr und schüttelte ihre schwarze Mähne, als sei die ganze Frisur durch den kleinen Knopf im Ohr ruiniert worden.

»Der Clemens? Du, ich hab keine Ahnung. Er ist heute jedenfalls noch nicht aufgetaucht.«

»Vielleicht ist er krank?«

Sie zuckte die Achseln. »Eine Krankmeldung hat er aber auch nicht geschickt.«

Wolnys Schreibtisch war penibel sauber aufgeräumt. Neben Bildschirm, Tastatur und Mousepad mit ergonomischer Maus stand nur noch ein Wochenkalender auf seinem Tisch. Kein Stift, kein Klebezettel, nichts.

»Er wollte mir eine Bestätigung fertig machen, die ich für die Uni brauche.«

»Davon weiß ich nichts. Ich kann auch nicht an seinen Rechner. Da musst du schon warten, bis der Clemens wieder da ist.«

Für Susi war die Sache damit erledigt. Sie schob sich den Knopf wieder ins Ohr und legte die Hände auf die Tastatur.

»Kann es sein, dass er Urlaub hat, oder so?«

»Nein, das wüsste ich. Schau halt später noch einmal vorbei, Sascha, sei so gut. Ich müsste dann nämlich weitermachen.«

Er winkte ihr im Hinausgehen zu.

Zurück auf der Station, stieß er auf dem Gang fast mit Frau Dr. Doppler zusammen.

»Entschuldigung«, murmelte Sascha.

»Ist ja nichts passiert«, antwortete sie. Sie wirkte ein wenig gehetzt, bemühte sich aber doch, ein paar Worte mit ihm zu wechseln. »Wie geht es Ihnen denn auf der Station? Haben Sie das Gefühl, dass Sie etwas lernen?«

»Auf jeden Fall«, sagte Sascha. »Am liebsten würde ich gleich dableiben und hier weiterlernen statt an der Uni.«

»Das glaube ich Ihnen sofort.«

Schwester Conny streckte ihren Kopf aus dem Stationszimmer. »Es gefällt Ihnen, dass Sie hier im weißen Kittel rumlaufen dürfen und von den Patienten als Herr Doktor angesprochen werden. Stimmt's? Von wegen Lernen.«

Bevor Sascha noch etwas antworten konnte, begann das rote Warnlicht über einem Patientenzimmer zu blinken, und die Schwester war schon unterwegs. »Der Herr Heuberger mal wieder. Ich hab schon viele Jammerlappen erlebt, aber der übertrifft alles.« Sie verdrehte die Augen.

»Also dann«, auch Frau Dr. Doppler musste weiter.

»Wollten Sie auch einmal ganz inkognito in die Sauna gehen?«, fragte Sascha ein wenig ungeschickt.

War sie jetzt zusammengezuckt?

»Ich verstehe nicht«, sagte sie. »Wie meinen Sie das?«

»Na, ich weiß doch, dass man hier in der Therme immer wieder Patienten und Kollegen trifft. Manchmal möchte man eben einfach nur entspannen«, laberte er herum.

»Ich fürchte, ich verstehe Sie immer noch nicht.«

»Äh, ich habe Sie am Freitag in Golling in der Therme gesehen, also besser gesagt auf dem Parkplatz, als Sie zu Ihrem Auto gegangen sind.«

»Da müssen Sie mich aber verwechselt haben«, antwortete sie. »Golling? Wo soll das denn sein?«

Sascha war sich ziemlich sicher, dass er sie dort gesehen hatte, niemand anderen. »Ich dachte … ich dachte, das wären Sie gewesen, dunkler Trenchcoat …«

»Vielleicht habe ich ja eine Doppelgängerin.« Sie versuchte zu lächeln. »Na dann. Ich gehe jetzt was essen und ruhe mich ein bisschen aus. Ich habe heute noch zwei Operationen vor mir. Bis dann.«

»Ja, bis dann.«

Konnte das sein, dass er sich so getäuscht hatte? Den ganzen Nachmittag hatte er es bedauert, dass er die Doppler im Bad verpasst hatte. Er kam nur mehr schwer von der Vorstellung los, dass er ihr tatsächlich zufällig in der Sauna hätte begegnen können an dem Tag. Sie auf der mittleren Saunabank ausgestreckt, er eine Etage darüber. Sie in der Eisdusche – Anita Ekberg im Trevi-Brunnen. Verwechslung? Doppelgängerin? Das war doch unmöglich. Oder sie war wirklich inkognito und wollte einfach nicht entdeckt werden.

Als er am Nachmittag noch einmal bei Clemens Wolny im Büro vorbeischaute, saß ein Mann an seinem Schreibtisch, den er im Krankenhaus noch nie gesehen hatte. Und Susi schnäuzte sich laut und lang, ihre Schultern zuckten auf und ab, ihr ganzer Oberkörper hing seltsam nach vorne.

»Susi, was ist denn mit dir los?«, fragte er.

»Der Clemens …«, schluchzte sie, und ihr halbes Gesicht verschwand hinter dem Taschentuch, das sie sich auf die Nase presste.

»Sie sind der Herr Doktor …?«, fragte der fremde Mann an Wolnys Schreibtisch. Dass er Gummihandschuhe trug, fiel Sascha erst jetzt auf.

»Alexander Maiensäss«, antwortete Sascha, ohne den Doktor zu korrigieren.

»Unser Praktikant auf der Gefäßchirurgie«, klärte Susi an seiner Stelle die Sache auf. »Sie haben Clemens gefunden …«, schluchzte sie.

Gefunden? Sascha war wie vor den Kopf geschlagen. Was hieß denn das jetzt? Würde ihm das irgendwer bitte erklären? Es klang schrecklich. Susi sah zu dem Mann mit den Handschuhen, als warte sie auf ein Zeichen von ihm.

»Was heißt gefunden?«, musste er selbst nachfragen.

»Tot«, sagte Susi und wurde so heftig von einem Weinkrampf geschüttelt, dass Sascha zu ihr ging, um sie in den Arm zu nehmen und ihr tröstend über den Rücken zu streichen.

»Kannten Sie Herrn Wolny näher?«, fragte der Handschuhmann und hielt eine Dienstmarke in seine Richtung. »Wallner, Kriminalpolizei Traunstein.«

»Wir sind zusammen in die Schule gegangen. Grundschule«, erwiderte Sascha. Kriminalpolizei. »Was ist denn passiert? Ich meine, wie ist er denn ums Leben gekommen?«

Sascha hörte sich reden, konnte es aber eigentlich nicht glauben, dass das nun wahr sein sollte. Der Wolny! Am Vormittag, als Susi ihm gesagt hatte, dass er nicht zur Arbeit erschienen war, ohne sich krankzumelden, da hatte er noch gedacht: Schon wieder einer, der verschwunden ist. Er hatte an Elina denken müssen und was für merkwürdige Zufälle es doch gab, dass sich ähnliche Dinge fast parallel ereigneten. Aber dann hatte er gedacht, dass das wahrscheinlich wieder nur er so empfand und jeder andere sagen würde, wieso, was hat denn nun das eine mit dem anderen zu tun?

Wallner beobachtete ihn, und Susi beobachtete sie beide.

»Hatte er einen Unfall?«, fragte Sascha.

»Könnte auch sein«, antwortete der Kriminaler.

»In einem Hotel in Salzburg haben sie ihn gefunden«, sagte Susi, nachdem sie sich vergewissert hatte, dass sie ihm das sagen durfte.

In einem Hotel? Wie kann man da verunfallen, fragte Sascha sich. Dann erinnerte er sich wieder an seine Arbeit und dass er auf der Station bestimmt schon vermisst wurde.

»Ich geh dann mal wieder zurück auf Station.«

»Einen Moment noch, Herr Maiensäss. Frau Treitz, würden Sie uns wohl kurz allein lassen?«

Susi nickte und stand auf. Dann würde es jetzt also in der nächsten Viertelstunde das ganze Krankenhaus wissen und dann die halbe Stadt, dachte Sascha.

»Haben Sie irgendwelche Kenntnisse über das Privatleben von Herrn Wolny? Hatte er eine Freundin?«

»Soweit ich weiß, ist, das heißt, war er schwul.«

»Setzen Sie sich doch.«

Sascha nahm auf dem Besucherstuhl Platz.

»Und ist Ihnen bekannt, ob er einen Partner hatte?«

»Ich glaube schon. Ich habe ihn vor Kurzem mit einem Mann gesehen, der wahrscheinlich sein Freund war.« Sascha dachte an die Szene im Kammerer Bräu und den Zoff, den die zwei miteinander gehabt hatten.

»Den Namen von dem Herrn wissen Sie nicht?«

»Die Daniela Keck kannte den. Also mit ihr war ich im Kammei, als wir die beiden gesehen haben. Sie hat seinen Namen genannt, aber ich kann mich grade nicht daran erinnern.«

»War das eine, sagen wir, romantische Beziehung zwischen den beiden?«

»Tja, romantisch. Ich weiß nicht. An dem Abend hatten sie jedenfalls Knatsch miteinander.«

»Knatsch?«

»Sie haben sich gestritten.«

»Und dann?«

»Dann ist sein Freund aufgesprungen, hat sein Bierglas umgestoßen und ist weggelaufen.«

»Wann war das?«

»Letzte Woche irgendwann. Den Tag weiß ich jetzt nicht mehr.«

»Können Sie Ihre Freundin anrufen und nach dem Namen von dem Herrn fragen? Sie sagen doch, sie kannte ihn.«

Sascha zog sein Handy heraus und rief Daniela an.

»Daniela, du, servus, ich hätte nur schnell eine Frage. Wie heißt noch mal der Freund vom Clemens Wolny?«

Daniela fragte natürlich sofort, wieso er das jetzt wissen wollte, aber er vertröstete sie auf später. Spätestens am Feierabend würde er ihr alles erklären. Daniela fand das unfair.

»Wenn du Infos von mir haben willst, dann sag erst, was los ist.«

»Ja, also«, druckste Sascha herum, »der Wolny, also der Clemens, ist heute nicht zur Arbeit erschienen, und deshalb macht man sich hier in der Klinik Sorgen.«

»Wieso Sorgen, dann ist er halt krank, wenn er keinen Urlaub hat.«

»Nein, also, man weiß grad nicht, wo er ist«, log er, weil er jetzt in Anwesenheit des Kriminalers nichts falsch machen wollte.

»Was? Schon wieder einer, der verschwindet? Erst die Elina, dann der Clemens. Sag mal, geht's noch?«

»Daniela, bitte, jetzt sag mir doch einfach, wie der Freund vom Clemens heißt, damit wir den fragen können.«

»Kressien heißt der, Rick«, rückte sie endlich raus.

»Und weißt du zufällig, wo der wohnt?«

»Nein, weiß ich zufällig nicht. Du erinnerst dich, dass er leider schwul ist.«

»Und seinen Laden, hat er den noch?«

»Ich weiß nicht, was aus dem geworden ist, ob er den jetzt eröffnet hat oder ob er pleitegegangen ist. Das hab ich dir doch letzte Woche schon alles erzählt.«

»Wo war der Laden noch mal?«

»In der Turnergasse glaub ich, aber frag mich was Leichteres.«

»Super, Daniela. Ich erklär dir alles später, wirklich. Und danke.«

Er wusste genau, wie es jetzt in ihr arbeitete, aber das musste sie aushalten, dass jemand anderer gerade über mehr Informationen zu einer Sache verfügte, die in Bad Reichenhall passierte, als sie. Der Kriminaler hatte sich alles notiert, und Sascha machte sich auf den Rückweg zur Station, als ihm Susi mit rotem Gesicht und verheulten Augen auf dem Gang entgegenkam. Sascha befürchtete schon, er müsste sie noch einmal trösten, aber sie war jetzt etwas gefasster. Vermutlich hatte sie sich auch schon mit ihrer besten Freundin auf der Gyn-Station ausgetauscht, womit das Infokarussell in der Klinik nun am Rotieren wäre. Aber dann blieb sie einfach vor ihm stehen und fing ungefragt an zu reden.

»Ich bin aus dem Clemens nie so richtig schlau geworden.« Susi wischte sich mit dem Handrücken über die Nase. »Erst hab ich gedacht, er ist so ein ganz Braver, Verklemmter. Dann ist mir aufgefallen, dass er mir immer so komisch hinterhergeschaut hat. So von unten nach oben. Und wenn ich eine enge Bluse oder ein Shirt mit tieferem Ausschnitt anhatte, dann hat er da schon auch gern hingeschaut. Später hat mir jemand erzählt, dass er schwul ist. Nicht dass ich was gegen Schwule hätte, aber diese Glotzerei von ihm, die hätte ich wirklich anders interpretiert. Weißt du, was ich meine?«

Sascha nickte. »So ungefähr.«

Dann lief sie wie eine Schlafwandlerin zurück an ihren Arbeitsplatz.

»Geh doch heim, Susi. Nimm dir den Nachmittag frei. Du musst ja total fertig sein«, rief Sascha ihr hinterher.

»Das geht nicht. Ich muss doch jetzt dem Herrn Kommissar helfen, den Fall aufzuklären«, antwortete sie.

Und ja nichts verpassen, dachte Sascha.

Der arme Wolny. In einem Hotel in Salzburg. Was um Himmels willen konnte da passiert sein? Wenn geschossen worden wäre oder es eine Messerstecherei gegeben hätte, einen Raubüberfall, dann wäre das längst durch die Medien gegeistert, und die Lokalpresse hätte sich darauf gestürzt. So viel war ja nicht los in der Gegend.

»Wo kommen Sie denn jetzt her?«, herrschte Schwester Conny ihn an, als er zurück auf die Station kam. »Ich warte hier schon ewig auf Sie, und die Arbeit wird nicht weniger.«

»Ich wollte nur kurz beim Herrn Wolny in der Verwaltung vorbeischauen.« Er schluckte.

»Ja und?«, herrschte sie ihn an.

»Der Clemens, also der Herr Wolny, ist tot.«

»Was? Aber ich habe doch am Freitag noch mit ihm gesprochen. Der war doch nicht krank. Woran, ich meine, woran ist der denn gestorben? Ist das überhaupt sicher? Wer behauptet denn das?« Sie war völlig aus der Spur gekommen. Was ihr nicht plausibel schien, das durfte auch gar nicht sein.

»An seinem Schreibtisch sitzt ein Mann mit weißen Latexhandschuhen, und das ist ein Kriminalkommissar«, sagte Sascha.

»Kommissar?«, flüsterte sie erschrocken und begriff endlich, in welche Richtung sich das Ganze entwickelte. Dann rief sie: »Frau Doktor!«, und eilte zur Tür, an deren Schwelle die Doppler gerade dabei war, in die Knie zu gehen. Aber ihre Knie fielen nicht nach vorne, sondern sackten seitlich weg, was eine Landung vorwärts, mit dem Gesicht voraus, erwarten ließ. Oder rückwärts, mit dem Hinterkopf voraus. Zu zweit fingen sie sie gerade noch auf und bugsierten sie auf einen Stuhl. Schwester

Conny tätschelte ihr die Wangen und rief immer wieder: »Frau Doktor, Frau Doktor!«

Als sie die Augen wieder aufschlug, reichte Sascha ihr ein Glas Wasser.

»Was ist denn passiert?«, fragte sie.

Daniela rief jetzt schon zum dritten Mal bei Sascha an, erreichte aber immer nur die Mailbox. Irgendwas musste passiert sein. Sie hatte einen Riecher für außergewöhnliche Ereignisse. Irgendwas war da im Busch, aber wenn sie ihn nicht erreichte, würde sie wohl oder übel abwarten müssen, bis er sich selbst meldete. Und wenn er auch nach Arbeitsschluss nicht anrief, würde sie später eben noch in der Villa vorbeiflitzen.

Davor wollte sie aber noch diesem Anatol ihre Aufwartung machen. Einfach den an Elina adressierten Umschlag mitzunehmen, das war nicht in Ordnung. Da wollte sie ihm auf den Zahn fühlen und versuchen, ihm den Brief aus den Rippen zu leiern oder zumindest erfahren, was in dem Brief stand. Denn vielleicht gab es einen entscheidenden Hinweis darauf, wo Elina war und was sie vorhatte. Beides hätte Daniela zu gern gewusst. Und wenn schon nicht als Erste, dann zumindest als Zweite.

Als sie ihr Mountainbike in der Heilingbrunnerstraße vor Anatols Haus abstellte und das extrastarke Mega-Zahlenschloss durch die Speichen pfriemelte, hörte sie Stimmen. Es klang nach zwei Männern, die sich heftig stritten. War da ein Fenster sperrangelweit auf? Sie sah nach oben. Nichts. Die Haustür war nicht verschlossen.

Als sie von unten ins Treppenhaus hinaufhorchte, wurden die Stimmen noch lauter. Sie schlich sich ein Stockwerk höher und von dort noch ein halbes weiter hinauf. Von hier konnte sie die beiden Kontrahenten gut verstehen. Und sie war sicher, dass Anatol einer von ihnen war. Aber dieses Mal machte er keinen mürrisch-depressiven Eindruck, sondern er war »voll aggro«, wie ihre dreizehnjährige Nichte, die in Hanau wohnte, immer sagte. Als sie um die Ecke lugte, erkannte sie auch den anderen Mann. Es war der Orchesterkollege von Anatol, erste Geige, und sein Gegenspieler bei Elina.

Die beiden standen in der Wohnungstür, und Anatol wollte seinen Kontrahenten ganz offensichtlich nicht hereinlassen. Was praktisch war, denn so konnte Daniela und jeder, der wollte, den Zwist live miterleben.

»Gekündigt hat sie«, schrie die Nummer eins. »Hast du das gewusst?« Aber er wartete gar keine Antwort ab. »Warum hast du es ihr nicht ausgeredet?«

Die Antwort war zu leise. Daniela verstand kein Wort.

»Ich habe es vom Orchestervorstand erfahren. Und du, hast du es gewusst?« Jetzt wurde der Angreifer womöglich handgreiflich, denn es rumpelte über ihr, als hätte er Anatol geschubst. Hoffentlich nicht in die Wohnung rein, sondern nur gegen den Türstock.

»Ich hab von nichts gewusst«, wurde jetzt auch Anatol lauter. »Sie hat das alles allein entschieden, ohne mich zu fragen. Sie hat sich in Freiburg bei einem kleineren Orchester beworben und ist genommen worden.«

»Woher weißt du das? Hat sie es dir erzählt? Freiburg?«

Keine Antwort.

Bestimmt hat sie es ihm nicht erzählt. Doch Daniela hatte eine Vermutung, woher er es wusste: der Brief, den er an sich genommen hatte.

»Du bist schuld mit deiner übertriebenen Eifersucht.«

»Übertrieben? Du hast sie doch nach Strich und Faden angebaggert«, konterte Anatol.

»Weißt du, wo sie ist?«, schrie der andere wieder. »Sie soll das rückgängig machen und die Kündigung zurückziehen. Sie ist eine tolle Musikerin und passt perfekt zu uns ins Orchester.«

»Zu dir, meinst du wohl«, schnaubte Anatol.

»Nein, ich meine zum Orchester. In dem du nur die zweite Geige spielst. Wie in eurer famosen Beziehung anscheinend auch. Du bist doch der Grund, weshalb sie jetzt weg will.«

»Oder du, du aufgeblasener Schnösel. Wahrscheinlich sind ihr deine blöden Sprüche und die noch dämlicheren Witze, die du am laufenden Meter vom Stapel lässt, so auf die Nerven gegangen, dass sie lieber woanders neu anfängt.«

»Freiburg, ich bitte dich!«

»Warum nicht Freiburg, wenn sie das so will?«

»Du bist und bleibst ein Schwachmat, Anatol. Kannst du nicht einmal um etwas oder jemanden kämpfen, der dir wichtig ist? Mit dir hat sie eine echte Niete gezogen, das hat sie aber erst gemerkt, als sie dich näher kennengelernt hat.«

Dann wurde wieder geschubst und gerangelt da oben, während Daniela überlegte, wie sie jetzt am besten eingreifen könnte. Nicht dass es zu Körperverletzungen käme. Die beiden mussten unbedingt auf ihre Hände und Finger aufpassen. Jeder Einzelne war bestimmt ein

Vermögen wert. Jetzt schlug oben die Tür zu. Waren sie jetzt in Anatols Wohnung? Nein, denn gegen die wurde jetzt von außen mit Fäusten gehämmert.

»Auf die Finger aufpassen!«, rief sie ins Treppenhaus hinauf. Dann stürmte sie die Treppe hinunter und fummelte ihr Radschloss auf.

»Sie schon wieder!«, schnaubte der Aggressor, als er aus dem Haus kam und sie erkannte.

»Dasselbe wollte ich auch gerade sagen«, antwortete Daniela und hielt dabei das Radschloss wie einen Schlagring in der Faust. Aber der Rivale zog von dannen, und sie stieg auf ihr Fahrrad und zwang sich zu treten. Ihre Beine wackelten noch. Was Aggressionen so mit einem anstellten, auch wenn sie sich gar nicht gegen einen selbst richteten und man nur Zeuge war. Sie hatte immer noch zu viel Adrenalin im Blut.

Deshalb beschloss sie jetzt gleich die Dreier-WG in der Villa Palmira zu beehren und so lange zu warten, bis Sascha nach Hause kam. Sie musste unbedingt heute noch erfahren, was da in der Klinik los gewesen war. Und sie wollte mit den anderen besprechen, was das mit Elinas Kündigung nun bedeutete. Wenn sie wirklich von Elina war, dann war das doch ein gutes Zeichen. Zumindest ein Lebenszeichen.

»Reine Routine«, wiederholte sie auf ihrem Weg in die Verwaltung wie ein Mantra. Reine Routine. »Wir werden jetzt alle der Reihe nach befragt«, hatte Schwester Conny gesagt, nachdem sie den Anruf entgegengenommen hatte. Alle der Reihe nach, reine Routine.

»Frau Doktor, worum ging es denn bei den verschiedenen Malen, die Sie in letzter Zeit mit Herrn Wolny hier im Büro zu tun hatten?«

Sie fand es übertrieben, dass ihr Gegenüber in Einweghandschuhen am Schreibtisch saß. Die gehörten in einen OP, aber doch nicht hierher. Das war schließlich kein Tatort.

Er schien ihre Blicke zu bemerken. »Meine Aufmachung kommt Ihnen vielleicht komisch vor, aber solange die Spurensicherung noch nicht hier war …«

»Warum denn Spurensicherung?«, fragte sie. »Ich meine, ist es hier …?«

»Nein, nicht hier. Aber vielleicht hat jemand hier etwas gesucht und dabei Spuren hinterlassen.«

Eva saß ihm gegenüber, die Beine übereinandergeschlagen. Sie versuchte durch ihn hindurchzusehen und konzentrierte sich ganz auf ihren Atem.

»Frau Dr. Doppler, können Sie mir sagen, warum Herr Wolny Ihren Namen mehrfach in seinem Kalender notiert hatte?«

»Hatte er das?«, fragte Eva.

»Ja, unter Terminen, Nachfragen, Wiedervorlage. Was gab es denn da zwischen Ihnen beiden?«

»Nichts von Bedeutung«, antwortete sie. »Rein bürokratische Angelegenheiten.«

»Und worum ging es da?«

Sie machte eine Geste, die die Belanglosigkeit der Sache unterstreichen sollte.

»Um ein Dokument, das ich nur als Kopie vorlegen konnte, weil das Original verloren gegangen ist«, sagte sie.

»Ein wichtiges Dokument?«, fragte er.

»Nein, also nicht mein Abiturzeugnis oder meine Abschlussurkunde von der Uni, wenn Sie das meinen«, sagte sie leichthin. »Oder meine Facharztnachweise.« Sie lachte.

Aber er musterte sie weiter. »Was dann?«

»Es ging um den Schein zu einer Prüfung Mitte des Studiums.«

»Also nichts Wichtiges?«

»Nein, eigentlich nicht.« Sie zählte beim Ein- und Ausatmen innerlich mit. Eins, zwei, drei, ein – eins, zwei, drei, aus.

»Aber warum war er dann so hartnäckig?«, insistierte der Kommissar.

»Wer sagt denn, dass er hartnäckig war?«

»Seine Kollegin zum Beispiel.«

Bestimmt diese Susi irgendwas, mit der Eva kaum ein Wort gewechselt hatte, seit sie hier in Bad Reichenhall war. »Sie muss sich täuschen.«

Sie zählte wieder ihre Atemzüge, während der Mann sie weiterhin genau beobachtete.

»Wurde denn die Sache zwischen Ihnen dann geklärt?«

»Natürlich«, behauptete sie.

»Und wie?«

»Er hat bei der ausstellenden Uni nachgefragt, und die hat ihm die Korrektheit der Kopie bestätigt.«

»Also alles bereinigt?«

»Ja, sicher.« Klang das übertrieben? Machte ihn diese Antwort misstrauisch oder war die Sache damit für sie erledigt? »Wie ist er denn eigentlich, ich meine, gestorben?«

»Das kann ich zum jetzigen Zeitpunkt noch nicht mit Sicherheit sagen.«

»Ich bin Ärztin und unterliege der Schweigepflicht.«

»Tut mir leid, die Ermittlungen laufen noch.«

»Gut, dann werde ich mal zurück auf meine Station gehen und mich um meine Patienten kümmern.« Eva wartete seine Zustimmung ab. Aber die kam nicht.

»Hat er Sie bedrängt wegen dieser … Lappalie?«

Eva bemerkte einen hässlichen Flecken auf ihrem rechten Schuh. Es waren die neuen blauen Wildlederslipper. Sie riss sich zusammen. Stand auf.

»Sagen wir, er nahm es eben sehr genau. Das ist wahrscheinlich seine Aufgabe als Angestellter in der Personalverwaltung. Ich meine, war. Guten Tag, Herr …«

»Wallner. Kriminalhauptkommissar.«

»Also dann, Herr Kommissar.«

»Auf Wiedersehen, Frau Dr. Doppler.«

Beim Zurückgehen dachte sie, ob diese Susi ihm wohl erzählt hatte, dass sie in letzter Zeit häufig den Hintereingang benutzte? Der dunkle Fleck auf ihrem rechten Schuh schien größer und größer zu werden. Was war das? Das war doch völlig unmöglich.

♛♛♛

Die Doppler kam ganz blass aus dem Verwaltungstrakt zurück. Sie sah weder links noch rechts, als sie in den Besprechungsraum abbog, ganz so, als wälzte sie im Kopf ein Problem, das ihre ganze Aufmerksamkeit beanspruchte. Sascha beobachtete sie, wie sie direkt auf das Waschbecken zusteuerte, ihren rechten Schuh auszog und über das Waschbecken hielt, um das Wildleder mit einem nassen Zipfel des Geschirrtuchs zu bearbeiten. Das Bild, Frau Dr. Doppler von hinten, Arztkittel, die Frisur etwas derangiert, ein Schuh am linken Fuß, der rechte barfuß, hatte etwas Desolates und Mitleiderregendes. Aber sie war so in sich gekehrt, dass Sascha es nicht fertigbrachte, zu ihr reinzugehen, sondern einfach an der offenen Tür vorbeiging, ohne sich bemerkbar zu machen.

Nach Feierabend lief er noch einmal am Büro der Verwaltung vorbei, um zu sehen, ob dieser Kommissar immer noch da war. Er war fort, und Susi machte auch gerade Schluss und räumte ihren Schreibtisch auf, bevor die Putzkräfte kamen.

»Geht's dir besser, Susi?«, fragte Sascha.

Sie zuckte die Achseln und schniefte.

»Wie lange war denn der Kommissar noch da?«

»Ach, der ist vor zwei Stunden gegangen.«

»Und?«

»Was und?«

»Hat er irgendwas rausgefunden?«

»Das weiß ich doch nicht, Sascha. Bin ich vielleicht seine Sekretärin?«

»Gar nichts?« Sascha war enttäuscht. Sie musste doch irgendwas mitgekriegt haben.

»Die meiste Zeit hat er am Computer gesessen. Und falls er da etwas herausgefunden hat, hat er es jedenfalls nicht mit mir besprochen.«

»Hast du noch Lust auf einen Kaffee?«

Susi sah ihn erstaunt an. »Nein danke, mir kracht schon der Magen von dem ganzen Kaffee heute.«

»Dann vielleicht was anderes, Kühles?«

»Sei mir nicht bös, Sascha, aber ich mag jetzt nur noch heim unter die Dusche und dann aufs Sofa und eine Runde Netflix. Mit mir ist heute sonst nichts mehr anzufangen.«

Sie liefen zusammen die schattige Riedelstraße hinunter, aber Sascha gab die Hoffnung noch nicht auf, doch noch ein bisschen mehr von Susi zu erfahren.

»Ich bin doch immer rausgeschickt worden, wenn er mit jemandem gesprochen hat«, sagte Susi.

»Wer jetzt, der Clemens?«

»Nicht der Clemens, der Kommissar natürlich.«

»Auch als die Frau Dr. Doppler bei ihm war?«

»Sowieso«, sagte Susi. »Aber ich glaube ja, dass der Clemens wegen irgendeiner Sache hinter der Doppler her war.«

»Echt? Was soll denn das gewesen sein? Ich meine, dass er so hinter ihr her war, ist ja eher komisch, wenn er auf Männer steht. Gestanden hat.«

»So wie der manchmal auf meinen Busen gestarrt hat, wenn da mal irgendwas zu sehen war, bin ich mir gar nicht so sicher, ob das bei ihm ganz eindeutig gewesen ist. Die Doppler hat ihm schon auch gefallen, irgendwie. Ich meine, die gefällt ja sowieso jedem.«

»Und du meinst, deshalb war er hinter ihr her, weil er vielleicht doch eher bi war?«

»Vordergründig ist es schon um irgendein Dokument gegangen, das für Clemens nicht in Ordnung war.«

Sie bogen in die Kurfürstenstraße ein. Die Komplettsanierung der Eckvilla war fast abgeschlossen. Sascha konnte nicht anders, als den Bau zu bewundern und im Kopf die Summe zu überschlagen, die diese Renovierung wohl verschlungen haben musste. Die Außenanlagen waren noch ein Desaster, alles Kies und nackte Erde, aber das würde auch noch schön gemacht werden. Quadratmeterpreis der Wohnungen: völlig unerschwinglich. Er fragte sich immer, wer eigentlich so viel Geld hatte, fünf-, sechstausend Euro für einen Quadratmeter Wohnfläche zu bezahlen. Selbst die Villa Palmira wäre heute unbezahlbar, und dabei war die nicht ansatzweise renoviert. Aus guten Gründen. Aber es war die Lage, die zählte, und das Grundstück.

»Meinst du, die Doppler hat davon was mitgekriegt?«, knüpfte er wieder an ihr Gespräch an.

»Das kannst du glauben«, antwortete Susi. »Er hat sich da aufgespielt wie ein Richter, und sie hat, glaube ich, echt Angst vor ihm gehabt.«

»Angst? Die Doppler? Das ist doch Blödsinn.«

»Ja, wenn ich's dir sage. Die ist ihm doch aus dem Weg gegangen, wo es nur ging. Ist immer möglichst unauffällig an unserer Tür vorbeigeschlichen, damit er nicht auf sie aufmerksam geworden und auf den Gang rausgelaufen ist.«

Sascha konnte sich das nicht vorstellen. Die Chirurgin!

»Sie hat in letzter Zeit auch hauptsächlich den Hintereingang benutzt.«

»Und du glaubst, das war wegen ihm?«

Susi nickte. »Ich glaub schon. Es war jedenfalls alles sehr seltsam. Er hat sogar an einer Uni angerufen, wo die Doppler studiert hat.«

»Wirklich? Warum denn?«

Susi wusste es nicht. »›Ach, das ist aber interessant‹, hat er gesagt am Telefon. ›Vielen Dank, Sie haben mir sehr geholfen.‹«

»Und du weißt nicht, worum es da gegangen ist? Kannst du nicht in die Personalakten reinschauen?«

»Ich schon, aber du nicht, Sascha. Das geht dich nichts an, da mache ich mich strafbar«, sagte sie sehr bestimmt. »Aber interessant wär's schon.«

»Dann schau doch da mal rein, und ich sitze nur daneben, sehe aber nicht hin. Ich bin nur für den Fall da, dass du mich brauchst.«

Susi ließ ihn abblitzen, aber er nahm sich vor, es am nächsten Tag noch einmal zu versuchen.

♛♛♛

Die Dreier-WG war unvollständig, als Daniela in der Villa Palmira ankam, aber das hatte sie bereits geahnt. Sascha, den sie gefühlt dreiundzwanzig Mal angerufen hatte, war noch unterwegs und hatte sein Handy stumm oder gleich auf »nicht stören« eingestellt. Sie berichtete Paulina und Mira, dass Elina ihre Stelle im Orchester gekündigt hatte.

»Das arme Kind«, sagte Paulina. »So eine gute, sichere Stelle in einem so angesehenen Orchester aufzugeben! Aber wenigstens heißt das, sie tut was, also lebt sie auch. Warum sie sich allerdings so versteckt und niemandem sagt, wo sie ist, das verstehe ich immer noch nicht.«

»Manche Beziehungen sind so toxisch, dass man nichts anderes tun kann, als da rauszugehen und erst mal abzutauchen. Und das ist nicht einfach«, meinte Mira.

»Wisst ihr eigentlich, was heute in der Klinik los war? Sascha hat mich angerufen und wollte wissen, wie der Freund von Clemens Wolny heißt, aber er hat mir nicht gesagt, warum.«

»Der kleine Wolny, der mit euch in die Schule gegangen ist?«, fragte Paulina.

»Der kleine Clemens, der jetzt auch schon so groß ist wie wir.« Daniela grinste. »Er arbeitet in der Klinik, also in der Verwaltung.«

»Am Gymnasium war der aber nicht mehr bei euch«, erinnerte Paulina sich.

»Genau.« Dann klingelte Danielas Telefon.

»Wenn das Alexander ist, dann sag ihm, er soll sich beeilen, weil das Essen gleich fertig ist. Es gibt Krautwickel mit … mit was noch mal, Mira?«

»Mit Sonnenblumen-Hack.«

»Krautwickel mit Sonnenblumen-Hack. Mira sagt, das kann man essen.«

Daniela zog sich in die Diele zurück zum Telefonieren.

»Das war eine der Mitbewohnerinnen von Elina«, erzählte sie, als sie zurückkam. »Elina hat eine WhatsApp geschrieben, dass sie zur Ruhe kommen muss. Aber es geht ihr gut. Sie sitzt in einer sicheren Burg, ganz von Wasser umgeben, hat sie geschrieben.«

»Ja, und sonst?«, fragte Paulina. »Wie lange sie dableiben will, hat sie nicht geschrieben?«

»Sichere Burg klingt doch gut«, meinte Mira. »Auf jeden Fall nicht nach Suizidgefahr oder Verbrechen. Aber was meint sie mit ›von Wasser umgeben‹? Einen Burggraben oder so etwas Mittelalterliches?«

»Oder eine Insel«, sagte Paulina. »Da kann man gut zur Ruhe kommen.«

»Mallorca?«, fragte Mira.

»Quatsch, doch nicht so weit weg!«, entrüstete sich Daniela. »Aber wo nehmen wir jetzt in unserer Nähe eine Insel her?«

»Im Chiemsee«, sagte Paulina. »Da gibt es sogar drei davon, wenn man den winzigen Schalch dazuzählt, sogar vier. Aber ich glaube, unsere Krautwickel sind durch, oder, Mira? Es riecht schon gut, und ich bin so gespannt auf das Sonnenblumenfleisch.«

»Sollen wir nicht noch auf Sascha warten?« Mira öffnete das Backrohr und schrie auf.

»Was ist denn los? Hast du dich verbrannt?« Daniela war schon aufgesprungen, aber mit Mira war anscheinend alles in Ordnung. Zumindest konnte Daniela kein rotes Gesicht oder versengte Haare erkennen. Warum schlug die aber jetzt mit der flachen Hand auf die Arbeitsplatte?

»Ich hab's!«, rief Mira und schlug noch mal auf die Tischplatte. »Ihr erinnert euch? Krav Magá? Kurse in Traunstein und am Chiemsee!«

»Fraueninsel! Sie macht auf der Fraueninsel einen Selbstverteidigungskurs«, vermutete Paulina.

Dorthin hatte Elina sich also vielleicht zurückgezogen. Hinter Klostermauern, abgeschottet, raus aus dem ganzen Theater mit ihrem Freund und dem anderen Gockel.

»Jetzt können wir bloß hoffen, dass ihr Noch- oder Ex-Partner nicht auch diese Notiz auf ihrem Schreibtisch gesehen hat und eins und eins zusammenzählt. Er war doch in ihrer Wohnung, hast du erzählt.« Mira sah Daniela an.

»Richtig«, antwortete sie. »Und außerdem weiß er jetzt auch, dass sie sich woandershin beworben und gekündigt hat. Nicht dass der durchdreht.«

»Dann würde ich Folgendes vorschlagen«, bestimmte Paulina. »Erstens, dass wir jetzt essen. Mir ist nämlich schon ganz schlecht vor Hunger.«

»Und zweitens?«, fragte Mira und holte die Auflaufform aus dem Ofen.

»Zweitens, dass wir morgen Vormittag einen Ausflug zum Chiemsee machen.«

»Wie weit ist das noch mal?«, fragte Mira.

»In einer Stunde sind wir in Gstad und in zehn Minuten mit dem Schiff auf der Insel.«

♛♛♛

Irgendwie hatte Sascha das Gespräch mit Susi so aufgepeitscht, dass er, nachdem er sie noch fast bis nach Hause begleitet hatte, nicht den Weg zur Villa einschlug, sondern zur Fußgängerzone weiterlief. Er merkte es erst, als er schon auf die Ludwigstraße eingebogen war. Turnergasse hatte Daniela gesagt. Das musste doch gleich die erste Querstraße sein. Jetzt müsste man nur noch wissen, ob rechts oder links rein. Er versuchte es nach rechts, und stand vor Ricks Laden, der einfach nur »Rick's« hieß. Sascha blieb stehen und trat sogar einen Schritt zurück, aber der Mann, der im Schaufenster stand, um die Auslage zu dekorieren, hatte ihn schon bemerkt und sah ihm direkt in die Augen, aus kurzer Entfernung, nur von der Scheibe getrennt. Er strich sich die Haare aus dem Gesicht, und bei der Geste, wie er sich mit den Fingern durchs Haar fuhr, machte es bei Sascha auf einmal »klick«. Es war wie ein Déjà-vu. Die Szene in Golling stand ihm vor Augen, wo ein Mann über den Parkplatz gelaufen war, mitten durch den Regen, der ihm vage bekannt vorgekommen war. Er dachte, er habe ihn in Reichenhall schon einmal gesehen, ohne näher mit ihm bekannt zu sein. War das Rick gewesen, den er ja nur das eine Mal im Kammei gesehen hatte, als er mit Daniela dort war und sie ihn auf Clemens' Freund aufmerksam gemacht hatte? Der Typ in Golling auf demselben Parkplatz, auf dem er wenig später auch die Doppler gesehen hatte? Konnte das sein oder fantasierte er sich irgendwas zusammen? Die Doppler hatte ja abgestritten, dass sie dort gewesen war. Eine Verwechslung, hatte sie gesagt. Dieser Rick – noch eine Verwechslung?

Er konnte ja in den Laden reingehen und mit dem Besitzer reden. So tun, als wollte er was kaufen. Ein Poloshirt vielleicht. Ob er schon von Wolnys Tod wusste? Himmel, jetzt stand er da und wusste nicht, was tun. Weggehen wäre jetzt nicht nur feige, sondern auch ziemlich blöd gewesen. Also rein in Ricks Laden.

Er ließ sich ein paar Shirts zeigen, sah die verschiedenen Kleiderständer durch. Alles sehr geschmackvoll, nicht ganz billig, aber ein schöner, durchaus edler Stil, *casual* mit einer eleganten, leicht schrillen Note kombiniert. Er selbst trug ein ziemlich auffälliges Shirt, flaschengrün und gelb kariert, dazu eine enge weiße Jeans und Mokassins aus cognacfarbenem Wildleder, die sehr teuer aussahen. Sie kamen schnell miteinander ins Gespräch, duzten sich ganz selbstverständlich, und Sascha erzählte, dass er in der Klinik arbeitete.

»Gefäßchirurgie«, sagte er. »Bei Frau Dr. Doppler. Sie ist zwar noch relativ jung, aber eine Koryphäe. Kennst du die auch?«

Ricks Antwort klang etwas vage. Er hätte schon von ihr gehört, sagte er. »War sie nicht erst vor Kurzem in der Zeitung?«

»Ja stimmt«, antwortete Sascha. »Ich sehe sie jeden Tag in der Klinik, und am Freitag nehm ich mir extra frei und fahr mit meiner Tante in die Therme, nach Golling …« War der top gestylte Rick jetzt zusammengezuckt? »Und wen treffe ich dort? Die Doppler! Leider nur auf dem Parkplatz. Ich hätt sie ja schon sehr gern im Badeanzug oder in der Sauna gesehen.« Wie würde er jetzt reagieren, falls er tatsächlich derjenige war, den Sascha dort gesehen hatte?

»Kennst du die Therme? Ich meine, warst du auch schon mal da?«, legte Sascha nach.

»Noch nicht«, antwortete Rick. »Aber ich habe gehört, es lohnt sich. Stimmt das?«

Wenn er irritiert gewesen war, dann hatte er sich jetzt wieder voll im Griff.

»Ach, eigentlich finde ich die Rupertus-Therme genauso schön. Oder noch schöner.«

Sascha probierte ein paar Polos an und entschied sich für ein weinrotes von der Marke, die mit Hu- anfängt und mit -oss aufhört.

»Beste Qualität, dafür eben etwas teurer«, sagte Rick. »Aber auf jeden Fall eine gute Wahl. Dunkle Beere, steht dir ganz toll.«

»Ich bin ja heute noch ganz durcheinander«, sagte Sascha und ließ sich noch eine Jeans in seiner Größe zeigen. »Ein Mitarbeiter bei uns in der Klinik ist verstorben. Vielleicht hast du ihn ja auch gekannt? Er war etwa in unserem Alter.«

Rick legte die Jeans, die er aus dem Stapel gezogen hatte, auf die Ablage.

»Natürlich habe ich Clemens Wolny gekannt. Die Kripo hat schon bei mir angerufen.« Er strich mit den Händen über die Jeans, faltete einen Pullover neu zusammen.

»Bei dir? Warum denn?«

»Weil wir miteinander befreundet waren. Wir haben uns aber schon vor einiger Zeit nach einem Streit getrennt. Aber Reichenhall ist ja ein Dorf. Hier kennt jeder jeden, und alle meinen, die Angelegenheiten von anderen

Leuten ginge sie auch was an. Soll ich dir noch ein anderes Modell raussuchen, vielleicht auch von Boss oder wird das zu teuer?«

»Nein, nein, probieren möchte ich sie auf jeden Fall. Aber nicht zu hell und nicht zu *wasted*.«

Rick ging in die Hocke, um nach der richtigen Größe zu suchen. »Und dann haben diese Leute nichts Besseres zu tun, als ihre Beobachtungen brühwarm der Polizei zu erzählen. ›Ich hab die zwei im Kammerer Bräu gesehen und gehört, wie sie sich gestritten haben.‹«

Jetzt war es Sascha, der zusammenzuckte. Gut, dass Rick nicht wusste, dass er der Denunziant gewesen war. Andererseits war es doch seine Pflicht gewesen, dem Ermittler die Wahrheit zu sagen. Es ging ja schließlich um die Aufklärung eines Verbrechens.

»Und da wird dann alles aufgebauscht und dramatisiert«, fuhr Rick fort, »weil ein schwules Paar an sich ja schon etwas ist, wo man genauer hinhört und ein Auge draufhat.«

»Ach so, dann bist du *der* Freund von Clemens. Mein herzliches Beileid«, sagte Sascha. »Und da arbeitest du trotzdem heute und hast den Laden geöffnet?«

»Ich habe jetzt zweieinhalb Monate Zwangsschließung hinter mir. Da liegen die Nerven blank, kann ich dir sagen.« Er hatte die passende Jeans gefunden und zeigte ihm den Schnitt. Sie sah sehr gut aus.

»Deshalb hat es ja auch gekracht zwischen Clemens und mir, verstehst du? Er quasi Beamter, feste Stelle, krisensicher, keinerlei Einbußen während der Pandemie. Mir haben diese Politiker, die auch alle gut versorgt sind, verboten zu arbeiten und Geld zu verdienen. Und weil ich noch kein Personal hatte, da ich ja erst im Aufbau war, habe ich auch keine Entschädigung bekommen.« Jetzt redete er sich in Rage. »Die Selbstständigen. Wenn's gut läuft, ist man neidisch auf sie und meint, sie verdienen ihr Geld im Schlaf. Und wenn's schlecht läuft, sagen dieselben Leute: ›Mei, hättest du halt was Gescheites gelernt und dir einen sicheren Arbeitsplatz gesucht, beim Staat oder in einem großen Betrieb. Selbst schuld.‹« Er drückte Sascha noch eine Jeans in die Hand. »Und der Herr Festangestellte hat manchmal in genau dasselbe Horn geblasen. Beim letzten Mal dann bin ich so richtig aufgegangen.«

»Deshalb habt ihr euch getrennt?«, fragte Sascha auf dem Weg in die Kabine.

»Streit gibt es in jeder Beziehung mal, oder? Vielleicht hätten wir uns auch wieder zusammengerauft.«

Er biss sich auf die Lippen und stützte sich mit beiden Armen auf der Verkaufstheke ab. Dann fuhr er sich mit der Hand über die Augen.

O nein, dachte Sascha. Hoffentlich brach er ihm jetzt nicht zusammen. Das hatte er jetzt davon. Und teuer würde sein Besuch im Rick's auch noch werden. Denn die erste Jeans saß wie angegossen. Er drehte sich einmal vor dem Spiegel und sah, wie Rick dabei war, zu Boden zu gehen. Sascha war mit einem Satz bei ihm, um ihn aufzufangen.

♕♕♕

Als Sascha nach Hause kam, war Daniela schon weg, das Essen kalt, und Paulina hatte sich hingelegt. Er hatte sich noch um Rick gekümmert, war mit ihm zum Arzt gegangen, dann zur Apotheke, um die Beruhigungsmittel zu holen, die er ihm verschrieben hatte. Und dann hatte er ihn noch nach Hause gebracht und ihm einen Melissentee gekocht. Er hatte sich den Bauch mit Keksen vollgeschlagen, was anderes hatte er beim Teekochen nicht gefunden.

Mira erzählte ihm von dem für nächsten Vormittag geplanten Ausflug an den Chiemsee.

»Fährst du mit?«

»Ich muss in die Arbeit.«

»Schade«, sagte Mira.

»Was wollt ihr eigentlich da?«

»Wir wollen sehen, ob es Elina gut geht, und uns davon überzeugen, dass sie in Sicherheit ist. Und dass dieser Anatol nicht schon auf ihrer Spur ist. Komm doch mit!«

»Und wie soll ich das machen?«

»Du meldest dich einfach krank.«

»Was, ausgerechnet jetzt? Wo die Sache mit Wolny …« Aber eigentlich dachte er noch mehr an die Sache mit der Doppler. Und dass er morgen mit Susi dahinterkommen wollte, was da vorgefallen war zwischen ihr und ihm. Um was es bei den beiden eigentlich gegangen war. Aber darüber wollte er weder mit Mira noch mit Daniela oder sonst jemandem sprechen. Es war ihm wirklich unangenehm. Die Doppler konnte doch mit alledem eigentlich nichts zu tun haben. Diese wunderbare Ärztin und tolle Frau. Was sollte die mit einem Clemens Wolny für ein Techtelmechtel gehabt haben? Es ging ihm einfach nicht in den Kopf. Seine größte Angst war, die Doppler irgendwie in Verdacht zu bringen, und dann stellte sich alles als ein Hirngespinst oder Missverständnis heraus.

»Daniela ist übrigens sauer auf dich, weil du dein Telefon den ganzen Nachmittag und Abend ausgeschaltet hattest.«

»Mira, mir ist grad alles so dermaßen zu viel, ich muss ins Bett, um morgen wieder fit zu sein.«

»Du willst wirklich zur Arbeit und uns allein fahren lassen? Damenausflug oder so?«

»Pass auf, ich muss morgen früh ins Krankenhaus. Ich hab da was zu klären.« Von Susi sagte er lieber nichts, um die Sache nicht unnötig zu verkomplizieren. »Dann geht's mir plötzlich ganz schlecht, und ich muss heim ins Bett. Auf der Fahrt zum Chiemsee erzähle ich euch dann, was bei uns in der Klinik heute los war. Aber jetzt muss ich noch kurz was essen und mich hinlegen. Ich bin stehend k.o.«

»Wir haben dir zwei vegane Krautwickel übrig gelassen. Soll ich dir die noch mal warm machen?«

»Nein, mach dir bitte keine Mühe. Ich esse einfach irgendwas. Ein Käsebrot, wenn noch Käse da ist.«

»Vegan oder von der Kuh?«

»Was da ist.«

# Dienstag, 14. Juli 2020

Zusammen mit Susi fand Sascha am nächsten Morgen heraus, dass Clemens Wolny sich in der Personalakte von Dr. Doppler eine Notiz gemacht hatte. Bei der Bescheinigung über das abgelegte Physikum stand als Kommentar: »Kein Original«.

»Um das Physikum ging es also.«

»Ist das wichtig?«, fragte Susi.

»Das ist absolut wichtig und bei den Studenten eine ziemlich gefürchtete Prüfung. Da geht es um Chemie und Physik, und zwar auf sehr hohem Niveau. Das längst nicht alle Medizinstudenten haben. Da muss man lernen, bis einem schlecht wird.« Susi machte sich keine Vorstellung, das sah er an ihrem gelangweilten Gesichtsausdruck.

»Welche Uni hat dieses Dokument ausgestellt? Konstanz.« Sascha sah Susi an. »Dann ruf du doch dort an und frag noch mal nach dem Original. Sag, du hast da eine Notiz deines Kollegen, und der hat gekündigt, und jetzt wolltest du noch mal wissen, was es damit auf sich hat und ob die Sache geklärt ist.«

Susi sah ihn mit großen Augen an. »Gekündigt? Bist du verrückt, Sascha? Also lügen tu ich nicht. Das kommt überhaupt nicht infrage.«

»Dann sag, der Kollege hat uns verlassen.«

»Du bist total herzlos, merkst du das eigentlich nicht?« Sie schniefte. »Und wenn die Polizei erfährt, dass wir hier selbst ermitteln? Das trau ich mich nicht.«

»Okay«, sagte Sascha. »Dann mache ich es.«

»Aber nicht von meinem Apparat aus und nicht in meinem Büro!«, kreischte Susi. »Ruf von mir aus von deinem Handy an oder von deiner Station. Aber nicht von dieser Durchwahl. Verstanden?«

Verstehe einer die Frauen. Vorher war sie noch ganz eifrig beim Studieren der Personalakten, jetzt streikte sie, aber komplett.

»Ist ja gut, Susi. So machen wir das.«

»Du machst das. Und ich bin jetzt raus aus der Sache.«

Auf der Station hatte ihn aber gleich Schwester Conny am Wickel und scheuchte ihn in der nächsten Stunde herum wie einen Sklaven. Wenn er mit zum Chiemsee fahren wollte, musste er jetzt auch noch die Nummer mit der Übelkeit vortäuschen und sich krankmelden. Also verschob er den Anruf nach Konstanz noch einmal.

Die Stationsschwester war sauer, als er mit seiner Übelkeit ankam und ankündigte, dass er nach Hause und ins Bett müsste.

Nach einem bitterbösen Blick rang sie sich mit Müh und Not ein »Gute Besserung« ab. Nur um ihm dann hinterherzurufen: »Und wehe Sie schleppen uns hier irgendwelche Viren ein!«

Der Himmel war strahlend blau, die Chiemgauer Berggipfel flimmerten in der Sommerluft, und Miras maisgelbes Haar flatterte im Fahrtwind, weil sie immer wieder beide Fenster öffnete, zum Lüften. Eine Klimaanlage hatte Saschas Oldtimer nicht zu bieten. Seine Ray Ban stand ihr hervorragend. Paulina saß mit ihrem Vintage-Kopftuch mit Rosenmuster kerzengerade am Beifahrersitz und sah wie ein Roboter ausschließlich nach vorne. Ihre Tablette gegen Reiseübelkeit wirkte anscheinend noch nicht. Oder sie hatte wieder gespart und nur eine halbe genommen.

Es war die Gelegenheit, sich gegenseitig auf den neuesten Stand zu bringen.

»Das kann doch gar nicht sein«, sagte Daniela auf Saschas Bericht aus der Klinik. »Clemens war so alt wie wir. Ist dir das klar, Sascha?«

Daniela tat nicht nur so, als sei sie erschüttert über seinen Tod, sie war es wirklich.

»Ja, ja«, seufzte Paulina. »Der Tod zählt nicht die Jahre, sonst müsste der arme Clemens Wolny noch am Leben sein, und ich dürfte nicht hier sitzen und mit euch an den Chiemsee fahren.«

»Aber wie ist denn das passiert?«, fragte Daniela. »Wie kann man denn in einem Hotel zu Tode kommen? War er allein dort?«

»Darüber hat der Kommissar mich leider nicht in Kenntnis gesetzt«, antwortete Sascha.

»Der wäre ja auch bei euch in der Klinik aufgetaucht, wenn sie einen Selbstmord vermuten würden, oder? Aber ich kann mir das nicht vorstellen. Warum würde er dazu in ein Hotel gehen? Ich denke da eher an so was wie Sexspiele im Schrank, Autoerotik, du weißt schon, mit Krawatten und Vorhangkordeln …«

»Ja, ich weiß schon, woran du denkst«, unterbrach Sascha sie. »Aber wir wissen nichts, also brauchen wir auch keine Horrorfantasien dazu zu entwickeln und auszutauschen.«

»Was war das eigentlich für ein Hotel?«

»So ein Luxus-Wellnessding etwas außerhalb von Salzburg. Sehr schönes Hotel.«

Die Vorhangkordeln waren genau so etwas wie der rosa Elefant. Denken Sie jetzt nicht an eine Vorhangkordel und einen nackten Mann in einem Kleiderschrank.

»Ich hab gedacht, meine Übelkeit fängt frühestens dann an, wenn ich die Schiffsplanken betrete«, krächzte Paulina. »Aber da habe ich mich getäuscht.«

Nach ihrer Ankunft in Gstadt marschierten sie vom Parkplatz zum Dampfersteg. Dort stand eine zierliche ältere Dame mit lilaweißem Haar, die Sascha gleich bekannt vorkam. Die Heilpraktikerin, Frau Bach!

»Elvira fährt mit uns auf die Insel«, sagte Paulina.

Sie hatte das also eingefädelt. Und bestimmt nicht wegen der guten Luft. Hieß das, dass sie von Anfang an gewusst hatte, wo sich die Geigerin aufhielt? Wenigstens hatte sie ihren sabbernden Erwin nicht dabei. Den hatte sie im Schatten mit einer Schüssel Wasser angebunden und den Parkwächter angewiesen, jede halbe Stunde nach ihm zu sehen und ihm den Kopf zu tätscheln in ihrer Vertretung.

Als Mira am Schiffsanleger beim Ticketkauf eine Karte des Sees mit seinen drei Inseln sah, fing sie prompt an sich aufzuregen.

»Das ist doch mal wieder typisch, dass die Herreninsel ungefähr zwanzig Mal so groß ist wie die Fraueninsel. Was für ein alter Scheiß! Warum ändern die das nicht endlich mal?«

»Umbenennungsaktion?«, fragte Daniela, bei der es schon im Kopf zu rattern begann. Transparente entrollen,

Namensaktion, 21. Jahrhundert, Leute, es wird Zeit, dass wir mal Namen tauschen!

»Das riesige protzige Schloss hätte doch auf der kleinen Fraueninsel gar keinen Platz gehabt«, sagte Paulina versöhnlich. »Und das ist doch eindeutig ein steifes, pompöses Herrenschloss. Dafür geht es bei den Frauen viel gemütlicher zu.«

»Darum geht es aber nicht, Paulina, sondern ganz einfach um Gerechtigkeit.« Mira war in dem Punkt vollkommen humorlos.

Während die ganze Welt beim Anblick der Chiemsee-Flotte hoffte, den Raddampfer *Ludwig Fessler* zu besteigen, schon des Schaufelrades wegen, wünschten sich Saschas Begleiterinnen lieber von der *Berta,* der *Irmingard,* der *Stefanie* oder der *Edeltraud* auf die Fraueninsel gefahren zu werden. Wenn schon, denn schon. Und wer war schon dieser Ludwig Fessler gewesen? Den kannte doch sowieso kein Mensch mehr.

Über der *Berta* flogen kreischend die Möwen und stürzten sich aus großer Höhe auf die Pommestüten der Kinder auf dem Freideck. Es hatte etwas von Hitchcocks Vögeln.

Von Frau Bach erfuhr Sascha, dass sie Elina selbst zu dieser Auszeit geraten hatte.

»Wenn's zu turbulent wird um einen herum, dann ist es ein gutes Mittel, selbst einfach aus dem Kreis hinauszugehen und sich zu verdünnisieren«, sagte sie. »Und gerade als unsportliche Frau sollte man jede Möglichkeit zur Selbstertüchtigung ergreifen. Besonders die musischen, geistbetonten Frauen sollten das, wobei es heutzutage keiner Dame schadet, wenn sie sich zu verteidigen weiß.«

»Aber warum haben Sie uns denn nicht gesagt, dass Sie wissen, wo sich Elina aufhält, und dass sie dort in Sicherheit ist?«

»Und woher weiß ich das so genau? Ich hoffe es, und ich habe Schwester Bernadette extra noch gesagt, dass sie ein Auge auf die junge Frau haben soll. Aber jetzt will ich mich doch lieber selbst davon überzeugen.«

Sascha stellte sich unter Schwester Bernadette, die vielleicht die Oberin des Klosters war, in dem die Seminare stattfanden, eine Dame von achtundsiebzig Jahren aufwärts vor. Ein Auge konnte sie vielleicht auf Elina haben, aber ob das im Ernstfall reichen würde?

»Außerdem kannte ich Sie ja nicht«, sagte die Bach. »Sie erschienen mir sehr kritisch dem Heilpraktikerwesen gegenüber. Und dass Sie meinen Herbert nicht mochten, habe ich auch auf Anhieb gemerkt.«

Herbert? Ach so, Erwin hieß ja eigentlich Herbert.

»Sie sind so ein strammer Schulmediziner, nicht?«

Die Bach zwinkerte ihm zu, aber Sascha verstand nicht, was es da zu zwinkern gab. Er war angehender Schulmediziner, und das fand er auch gut so. Auch, dass seine Zeit als frei praktizierender Heiler und Möchtegern-Physio spätestens mit Abschluss des Medizinstudiums beendet wäre.

»Ich bin übrigens auch ausgebildete und examinierte Ärztin. Allgemeinmedizinerin«, sagte die Bach.

Plong! Sascha fühlte sich, als habe sie ihm gerade eine Ohrfeige verpasst. Dabei hatte sie Hände wie ein Äffchen.

»Warum schreiben Sie das dann nicht auf ihr Praxisschild?«, fragte er.

»Ach«, sagte sie. »Ich hatte den Klimbim mit der Krankenkasse und den Abrechnungen für jede Minute einfach satt. Und ebenso dieses Durchschleusen der Patienten, weil es für Beratung und Zuhören kein Geld gibt. Deshalb behandle ich nur noch Privatzahler auf eigene Rechnung. Dann kann ich mir auch Zeit nehmen für jeden Einzelnen. Und muss mich nicht dafür rechtfertigen, jemanden mit einer Methode gesund zu machen, selbst wenn es dafür keine Abrechnungsziffer auf der Kassenliste gibt.«

Sascha musste an die ominöse Holzkiste mit dem dicken Pendel denken.

»Manche Sachen mache ich auch nur deshalb, weil der Hokuspokus die Leute immer so schnell beeindruckt.« Sie zwinkerte ihm frech zu.

»Sie meinen so was wie das Pendeln?«

»Zum Beispiel.«

»Hokuspokus?«, fragte Sascha.

»Klarer Fall von Hokuspokus. Aber bei manchen Menschen äußerst wirkungsvoll. Sie öffnen mir ihr Herz und ihre Seele, wenn mein Pendel ihnen irgendeine persönliche Wahrheit bestätigt. Und das ist gut, um einem gesundheitlichen Problem auf den Grund zu gehen und offen miteinander reden zu können. Meine Patienten sind meine Komplizen, keine Nummern auf Krankenkassenkarten. Und wer weiß, vielleicht ist ja am Ende wirklich was dran an der Pendelei.« Sie zwinkerte noch einmal, dann reckte sie ihren Hals und schnupperte.

»Es riecht zwar nicht nach Meer, aber immerhin nach Wasser«, sagte sie. »Wissen Sie, ich will mir einfach nicht mehr vorschreiben lassen, wie viele Minuten oder Sätze ich mit einer Patientin sprechen darf. Oder wie viel Euro ich für eine Spritze kassieren kann, während ich so gut wie nichts bekomme, wenn ich einfach nur zuhöre, um herauszufinden, wo das eigentliche Problem liegt.«

»Kennen Sie eigentlich Frau Dr. Doppler vom Krankenhaus?«, fragte Sascha in einer plötzlichen Eingebung.

»Eva? Na klar. Mein Sohn hat zusammen mit ihr in Konstanz studiert und in der gleichen WG gewohnt damals. Aber dann haben sich ihre Wege getrennt. Eva ist nach Stuttgart gegangen, warum weiß ich nicht mehr, und Edgar, mein Sohn, nach Witten-Herdecke, wo es einen Modellstudiengang Medizin gibt.«

Dann war Frau Bach also doch noch nicht ganz so alt, wie Sascha geschätzt hatte, oder sie war spät Mutter geworden.

»Ich habe Eva erst hier in Bad Reichenhall wieder getroffen, zufällig. Man sagt, sie ist trotzdem eine sehr gute Ärztin geworden.«

»Trotzdem?«, fragte Sascha.

»Das war nur ein Scherz. Es fallen ja viele beim ersten Mal durch. Und so ein Physikum kann man ja auch wiederholen. Sogar zweimal.«

♕♕♕

Jetzt war sie schon die zweite Woche hier, hinter dicken Klostermauern verkrochen. Eine ganz schön lange Auszeit war das bereits geworden. Aber bei der Diagnose »Burn-out« würde wohl eher niemand mit einer schnellen Genesung rechnen. Kalte Zimmer trotz der Wärme draußen, spartanisch eingerichtet, und alle mit einem nüchternen Metallkreuz über der Tür. Gemeinschaftsbad und Toiletten am Gang. Keinerlei Luxus. Und Elina vermisste ihn auch nicht. Wenn der Seminarbetrieb ruhte und das Abendessen eingenommen war, dann breitete sich eine Stille hinter diesen Mauern aus, die sie manchmal bedrückend, dann wieder befreiend empfand. Eine Stille, der sie lauschen konnte wie der Dunkelheit oder den Insekten, die gegen die Scheiben krachten, wenn sie in ihrer Zelle das Licht anmachte, aber die äußeren Flügel der alten Doppelfenster geschlossen hielt. Zu Hause, abgelenkt von tausend Dingen, hätte sie es nicht einmal gehört. Denn dieses Geräusch gab es nur hier, wo Stille herrschte und es kaum Ablenkungen gab.

Elina hatte zu Beginn einen Meditations- und Yogakurs mitgemacht und oft dem ayurvedischen Koch im Seminarhaus zugesehen, wie er nach den Elementen Wasser, Feuer, Luft, Erde und Raum kochte – und nach den drei »Doshas«, die nach dieser Lehre das seelische Gleichgewicht bestimmten. »Vata«, so hatte sie gelernt, bestand aus Luft und Raum und galt als die Lebensenergie. »Kapha« war den Elementen Erde und Wasser zugeordnet und verantwortlich für die Struktur des Körpers, für Wachstum und Gelenkigkeit. »Pitta«, aus Feuer und Wasser zusammengesetzt, war für den Stoffwechsel und die Verdauung zuständig. Sie liebte den warmen Frühstücksbrei, den Nicky jeden Morgen servierte. Es war, wie wenn sie sich als Kind am Geburtstag ihre Leibspeise wünschen durfte. Der Koch bereitete die Mahlzeiten für die Seelen seiner Gäste zu.

»Wer richtig isst, braucht keine Medizin«, sagte Nicky, und seine Speisen waren immer vielfältig, reichhaltig, mit Liebe gemacht und immer warm. »Wenn du isst, dann iss«, war sein zweiter Standardsatz. Es hieß: »Genieße, konzentrier dich. Iss mit Liebe, wenn ich schon mit Liebe für dich gekocht habe.«

Erst am Wochenende fand dann der Selbstverteidigungskurs statt, zu dem die Heilpraktikerin ihr so dringend geraten hatte. Dieselbe, die sie mit ihren Kügelchen durch das Vorspiel beim Orchester gebracht hatte. Elina hätte am liebsten weglaufen wollen, gleich nach der ersten Kursstunde. Jemand anderen anschreien, auch wenn er ein Angreifer war, das würde sie vermutlich nie schaffen. Sie war bestimmt auch so ein ayurvedischer »Vata«-Typ, zusammengesetzt aus Luft und Raum. Nie und nimmer würde sie jemandem wehtun können.

Mit einem lächerlich dünnen Stimmchen fing sie zu Beginn des Kurses an. Alle anderen Frauen, die teilnahmen, waren lauter als sie – und mutiger. Sie aber wäre am liebsten unsichtbar geworden oder von ihrer Anmeldung zurückgetreten. Nie würde sie schreien und schubsen können. Nie. Es war einfach nichts für sie, und das würde sich auch am nächsten Tag nicht ändern, das wusste sie gewiss. Aber nachdem der Trainer sich über sie lustig gemacht hatte, sie ein »schüchternes Hascherl« genannt hatte, ein Wort, das sie nicht kannte, aber sehr wohl verstand, erst da war der Knoten geplatzt. Sie fing an zu schreien und schrie das halbe Kloster zusammen, bis ein Kopf mit weißem Schleier und schwarzem Habit in der Tür erschien. Schwester Bernadette, die gedacht hatte, jemand habe Schmerzen und brauche Hilfe. Und das stimmte ja auch. Aber dieses Mal wollte Elina selbst die sein, die für sich und ihr Wohlergehen sorgte und ihre Probleme bei den Hörnern packte. Denn so, wie es jetzt war, konnte es einfach nicht weitergehen. Sie wollte dieses Schwere, Bleierne, das sich in ihrem Leben breitgemacht hatte, loswerden und endlich wieder glücklich sein.

Die nächste Hürde, nämlich jemanden anzufassen, nicht sanft und zärtlich, sondern grob und wütend, war dann schon etwas leichter zu nehmen, obwohl Elina das nie gedacht hätte. An der letzten Hürde, der, jemanden ernsthaft verletzen zu wollen, war sie heute gescheitert. Zwei Tage hatte sie noch, und wenn sie es morgen immer noch nicht schaffte, dann blieb nur noch einer.

Bis zum Mittagessen war noch Zeit, und Elina wollte hinaus ans Wasser, auf den kleinen privaten Holzsteg hinter dem Kloster, wohin sich kaum Leute verirrten. Sie schlüpfte durch die Gartenpforte, der Kies knirschte unter ihren Sandalen. Der Wind rauschte sanft in der alten Weide am Ufer. Und genau da hinten, auf der Bank unter der Weide, saß jemand. Elina erkannte ihn sofort, und alles in ihr spannte sich an. Er hatte hier auf sie gewartet. Im nächsten Augenblick wandte Anatol sich um und erkannte sie ebenfalls. Er sprang auf und kam auf sie zu.

Aber das wollte sie nicht. Sie wollte ihn hier, auf ihrer Insel, nicht haben. Sie wollte nicht, dass er ihr folgte und ihrem Geheimnis auf die Spur kam, das sie mit so viel Bedacht gehütet hatte. Außer ihr und Frau Bach hatte doch niemand gewusst, wo sie war. Es machte sie wütend, dass er ihr Geheimnis aufgedeckt hatte, dass er ihre Stille und ihren Raum, ihr »Zimmer für sich allein« nicht unberührt lassen konnte, sondern selbstverständlich mitten hineintrampelte. Es machte sie wütend, dass er ihr gefolgt war, selbst hierher, wo sie sich sicher gefühlt hatte, rundherum umgeben von Mauern und Wasser und Menschen, die ihr zugewandt waren und ihr nichts Böses wollten. Er war in ihr Territorium eingedrungen, und jetzt kam er auf sie zu, und seine Absichten schienen nicht friedlich.

»Nein«, schrie sie ihn an. »Bleib stehen. Ich will dich hier nicht haben.« Er blieb stehen. »Ich komme zurück, wann ich will, dann können wir reden, aber nicht hier. Nicht hier!«, brüllte sie noch lauter. Er rührte sich nicht.

War es wirklich so einfach, wie ihr Trainer behauptet hatte? Du schreist, und dein Angreifer versteht, dass er wegbleiben soll, sonst bekommt er eins auf die Nase. Anatol zögerte allerdings nicht lange, sondern machte den nächsten Schritt auf sie zu. Ihm Schläge anzudrohen, traute Elina sich nicht. Das würde sie sowieso nicht schaffen.

Als er näher kam, brachte sie sich in Position, wie sie es gelernt hatte. Ausfallschritt, die Arme angewinkelt, die offenen Handflächen zu ihm zeigend, alles bereit. Das Herz schlug ihr bis zum Hals. Sobald er in Griffweite war, stieß sie ihre rechte Hand gegen seine Brust, wie im Training. Sie hatte es tatsächlich getan, und es hatte ihn für den Augenblick gestoppt.

»Lass mich in Ruhe. Geh wieder weg!«, rief sie laut und deutlich. Aber es würde nicht reichen. Er glaubte nicht, dass sie es ernst meinte. Es überzeugte ihn nicht, und das machte sie noch wütender. »Dann müssen wir eben Schritt drei einleiten«, sagte der Trainer, der in ihren Gedanken plötzlich neben ihr stand. Elina atmete einmal tief ein und stieß den Atem aus. Dann nahm sie mit dem rechten Bein Schwung und wollte es zum Schlag nach vorne schnellen lassen. Der Trainer hatte sich bei dieser Übung ein dickes Plastikkissen schützend vor seine Weichteile gehalten.

»Nein!«, rief jetzt Anatol, der intuitiv begriff, was sie vorhatte, und wich einen Schritt zurück. »Bitte nicht. Elina, ich bin doch nicht dein Feind. Lass uns miteinander reden, bitte! Ich will dir doch nichts tun.« Er ließ die Arme hängen und sah sie an, als würde er gleich in Tränen ausbrechen. »Ich mache mir doch nur Sorgen um dich.«

Elina musste erst einmal von dem ganzen Adrenalin herunterkommen, das durch ihren Körper schoss. Sie atmete noch ein paar Mal tief ein und stoßweise aus.

»Komm mit, aber halte Abstand«, sagte sie schließlich. Er nickte.

Sie hatte sich durchgesetzt, durchzuckte sie ein heißes Triumphgefühl. »Nur reden!«, sagte sie.

Er nickte und blieb zwei Schritte hinter ihr.

Sie ging voraus zum Bootssteg und zeigte ihm den Platz, wo er sich hinsetzen sollte. Und dann setzte sie sich ein Stück entfernt von ihm auf die silbrig grau gewordenen Holzplanken des Stegs, der mit den Füßen im Seeboden stand und von Schwärmen kleiner Fische umringt wurde.

Anatol sagte, dass es ihm leidtäte. Die Bewerbung nach Freiburg, wieso sie von ihm wegwollte. Weg aus Bad Reichenhall.

Woher wusste er das? Hatte er ihr hinterherspioniert? »Ich kann dort nicht bleiben«, antwortete sie. »Ich muss es woanders versuchen, ohne dich.«

»Dann steht dein Entschluss fest, du wirst die Stelle annehmen?«, fragte er.

»Ich habe bereits zugesagt«, erwiderte sie.

So saßen sie eine ganze Weile, und das Wasser gluckerte unter dem Steg. Als ein Schiff am großen Dampfersteg anlegte, kräuselte sich die Wasseroberfläche, und kleine Wellen schoben Kiesel an das Ufer. Wie diese Szene wohl für jemanden aussehen mochte, der den Kopf durch die Gartenpforte streckte oder sie vom Klosterwirt aus beobachtete? Wahrscheinlich sah es nach Klärung und Versöhnung zweier Menschen aus, die sich einmal sehr gerngehabt haben, dachte Elina. Und so fühlte es sich auch an. Es war, als würde eine schwere Last von ihr abfallen.

Dann stand sie auf und ging zum Mittagessen zurück ins Kloster. Er sah ihr nach. Als sie durch die Pforte getreten war, spürte sie keine Angst mehr. Sie schaltete ihr Handy wieder an und sah, wie die Nachrichten nur so hereinflogen. Und es klingelte auch auf der Stelle.

»Hallo?«, meldete sich Elina.

»Ach, da bist du ja wieder!« Es war Daniela, die Journalistin. »Ich wollte dich nur fragen, ob du nicht rüberkommen und ein Radler mit uns im Biergarten trinken willst.«

»Im Biergarten?«, fragte Elina. »Wo denn?«

»Gleich hier auf der Insel, beim Klosterwirt.«

»Beim Klosterwirt? Und wer ist ›wir‹?«

»Das VP-Team.«

»Und VP heißt was?«

»Villa Palmira natürlich.«

»Ihr seid alle da?«

»Jawohl, vollzählig. Und einen Gast, den du kennst, haben wir auch mitgebracht. Vielleicht kannst du ja von dort, wo du bist, zu uns rüberschauen.«

Elina ging ein paar Schritte zurück in den Park, erkannte durch das schmiedeeiserne Tor einen voll besetzten, winkenden Tisch auf der Klosterwirt-Terrasse. Und winkte zurück.

## Mittwoch, 15. Juli 2020

Der Vormittag in der Klinik zog sich und zog sich. Die Visite dauerte heute noch länger als sonst, kein einziger Patient antwortete einfach nur mit »gut« auf die Frage, wie es ihm ging. Frau Dr. Doppler wirkte fahrig, gehetzt und so unkonzentriert, wie es eigentlich nicht ihre Art war. Sonst war sie immer zu hundert Prozent da und wach, nicht so heute. Sascha musterte sie immer wieder verstohlen. Was war da bloß los? Einerseits brannte er darauf, es herauszufinden. Andererseits graute ihm davor, dass hier eine Bombe verbuddelt sein könnte, die in die Luft fliegen würde, wenn er nur an den richtigen Stellen zu kratzen anfing. Er war nicht der Erste, der Nachforschungen anstellte. Clemens Wolny hatte vor ihm damit angefangen. Und jetzt war er tot, und Sascha konnte ihn nicht mehr fragen, ob und was er herausgefunden hatte. Warum hatte die Doppler abgestritten, dass sie in Golling gewesen war? Das war doch dumm von ihr. Wie plump sie einfach gelogen hatte. Hätte sie doch gesagt, dass sie in der Therme gewesen war. Na und? Aber so zwang sie ihn ja fast dazu, weiter nachzuforschen.

Als die Stationsschwester in die Mittagspause ging, rief Sascha vom Telefonanschluss der Station aus an der Uni Konstanz an und gab sich als Mitarbeiter der Personalabteilung aus. Er fragte nach dem Physikum-Nachweis der ehemaligen Medizinstudentin Eva Doppler, und die Mitarbeiterin, mit der er sprach, erinnerte sich, dass sich vor Kurzem schon ein anderer Kollege aus Bad Reichenhall nach ebendiesem Dokument erkundigt hatte.

»Leider gibt es anscheinend kein Original dieser Bescheinigung hier bei uns. Ich habe jedenfalls keines gefunden. Das habe ich Ihrem Kollegen aber auch gesagt und ihn gebeten, dass er uns doch die Kopie schickt, damit wir ihre Echtheit prüfen können.«

»Und hat Herr Wolny Ihnen die Kopie geschickt?«

»Nein. Bei mir ist jedenfalls nichts angekommen.«

Sascha bedankte sich und wollte schon auflegen.

»Ja, Moment, Herr … Wie oft wollen Sie denn jetzt noch bei mir anrufen und sich nach diesem Dokument erkundigen? Wenn Sie mir die Kopie nicht schicken, kann ich da auch nichts nachprüfen. Verstehen Sie mich?«

»Ja, danke, ich verstehe schon. Auf Wiedersehen.«

Er legte auf und überlegte, wie das jetzt alles zusammenhing und warum Clemens die Kopie nicht hingeschickt hatte, wenn doch der Verdacht im Raum stand, dass irgendetwas daran falsch war. Plötzlich stellten sich seine Härchen auf den Unterarmen auf, und er hatte das Gefühl, dass er nicht allein war. Er drehte sich um. An der Tür stand die Doppler, mit beiden Armen in den Türrahmen eingeklemmt, als würde sie sonst umfallen. Wie lang mochte sie da schon stehen? Hatte sie das Telefonat mit angehört? Als er einen Schritt auf sie zumachte, sanken ihre Hände ganz langsam nach unten, und sie wurde schrecklich blass.

Sascha nahm sie am Arm und lotste sie zum nächsten Stuhl.

»Wo können wir reden?«, fragte Sascha. »Ungestört.« Sein Magen knurrte wie wild, aber er sah sein Mittagessen schon wieder in die Küche zurückwandern.

Die Ärztin bemühte sich aufzustehen. Sie hatte schon zu viel Schwäche gezeigt. Sascha berührte sie leicht an der Schulter.

»Frau Dr. Doppler …«, fing er an, aber sie schüttelte seine Hand ab und wollte zur Tür.

»Bitte nicht weglaufen«, sagte Sascha. »Wir müssen jetzt reden.« Sie war schon mit einem Fuß aus der Tür. »Ich habe Sie in Golling gesehen, und das werde ich jetzt auch dem Kommissar erzählen, wenn Sie nicht mit mir sprechen. Ich weiß, dass Sie dort waren, und ich kann nicht verstehen, warum Sie mich angelogen und es abgestritten haben.«

Sie zögerte einen Moment. Dann schlug sie den Vorbereitungsraum zum OP I vor. Heute war im Einser kein regulärer Operationstag, sie würden also ungestört bleiben.

»Es hat alles keinen Zweck mehr«, sagte sie, als Sascha die Tür hinter sich zuzog und das Licht anmachte.

»Nein bitte!«, protestierte Eva Doppler. »Nicht all dieses Licht hier.«

Er schaltete ab, was ging, setzte sich auf einen Rollhocker, während sie sich auf die Liege legte, auf der die Patienten für ihre Operation vorbereitet wurden. Sie starrte an die Decke und schwieg.

»Warum war Clemens Wolny hinter dieser verdammten Urkunde der Uni Konstanz beziehungsweise ihrer Kopie her?«, fragte er.

»Weil er in erster Linie Bürokrat war, mit einem Riecher für Dinge, die vielleicht nicht hundert Prozent korrekt sind. Akten, Papierkram, Abrechnungen. Diese Dinge. Wenn solchen Leuten eine Sache gegen den Strich geht, verfolgen sie sie so lange, bis sie vollständig und restlos aufgedeckt und gelöst ist.«

»Und in zweiter Linie?«, fragte Sascha.

»In zweiter Linie, weil er ein Schwein war«, antwortete sie. »Vielleicht nicht das allergrößte aller Schweine auf dieser Welt, aber doch ein Schwein.«

Durfte man so über einen Toten reden?

»Kann es sein, dass es gar kein Original dieser Bescheinigung gibt, weil … Sie die Prüfung gar nicht abgelegt haben?«

Sie war durchgefallen, das hatte ihm Frau Bach erzählt, zumindest beim ersten Mal. Was, wenn sie dann gar nicht mehr angetreten war oder erneut durchgerasselt war?

Kein Kommentar der Ärztin.

»Aber warum hat Clemens es dann nicht öffentlich gemacht, eine Überprüfung in Konstanz angefordert, die Klinikleitung informiert und so weiter?«

»Das liegt doch auf der Hand«, sagte die Doppler.

»Erpressung?«

»So nennt man das, ja. Er hatte mich doch in der Hand.«

»Außer, Sie hätten offen zugegeben, dass das Dokument gefälscht ist.«

»Und dann? Ich wäre erledigt gewesen. Alles aus und vorbei. Es gäbe keine Dr. Eva Doppler mehr.« Sie schluckte. »Es gibt keine mehr.«

»Wozu hat er Sie erpresst, wollte er Geld?«

»Kein Geld«, antwortete sie.

Es dauerte ein wenig, bis Sascha kapierte, in welche Richtung es dann vielleicht gegangen war. Aber wenn Clemens doch schwul war!

»Clemens wollte tatsächlich was von Ihnen?«

»Ja, tatsächlich, das wollte er. Und er hatte mich vollkommen in der Hand.«

»Aber wieso waren Sie letzten Freitag mit Rick Kressien in der Therme in Golling?«

»Mit wem?«, fragte sie, und plötzlich kam doch wieder etwas Farbe in ihr Gesicht.

»Clemens' Freund. Sein Partner.«

»Sie meinen, er war schwul?«

»Oder eben bi«, sagte Sascha.

»Den anderen Mann, seinen Freund, den kenne ich nicht«, beteuerte sie.

Aber Sascha hatte Rick doch auf demselben Parkplatz gesehen wie die Doppler, wenn auch nicht beide zusammen. Solche Zufälle gab es doch überhaupt nicht.

»Ich habe so viele Pläne gemacht, wie ich ihn um die Ecke bringen könnte«, sagte die Ärztin und klopfte dabei mit der Faust auf die Liege. »Aber ich habe ja den hippokratischen Eid abgelegt, ich würde doch keinen umbringen! Wenn, dann schon eher mich selbst.«

Sascha dachte, dass es jetzt besser war, einfach nur zuzuhören und keine weiteren Fragen mehr zu stellen, bis er endlich verstand, was da wirklich passiert war.

»Er hat mich zu einem Wochenende nach Salzburg eingeladen. Ein Tag in einem schönen Thermalbad, dann zusammen essen gehen, eine Nacht in einem luxuriösen Wellnesshotel verbringen. Ich habe natürlich abgelehnt. Ich mochte ihn von Anfang an nicht. Ich konnte ihn nicht ausstehen. Er war mir zuwider. Doch er gab mir zu verstehen, dass er eventuell bereit wäre, seine Nachforschungen einzustellen und meine Kopie zu akzeptieren, wenn ich einwilligte, dieses Wochenende mit ihm zu verbringen. Ich wusste, dass er vielleicht auch danach keine Ruhe geben würde. Dass er mich bis an mein Lebensende hätte erpressen können. Nach dem Sex dann vielleicht doch

Geld oder irgendetwas anderes? Ich wusste, es war keine gute Idee, auf sein Angebot einzugehen. Aber ich habe auch keine Möglichkeit gesehen, es nicht zu tun.

Ich bin also mit ihm in die Therme gefahren. Der Tag war genauso grauenhaft, wie ich mich fühlte. Der Himmel schwarz, klatschender Regen wie zu Zeiten der Sintflut. Auf der Tauernautobahn habe ich gesehen, wie von den Bergen das Wasser in einem Schwall herabstürzte. Wie wenn man an einem Staudamm alle Schleusen auf einmal öffnet.

Wir in Badehose und Badeanzug, unter den ersten Gästen an diesem Morgen. Auf dem Weg von der Dusche zum Bad rutscht der Kerl am Beckenrand aus. Ein richtig böser Sturz auf den Hinterkopf, ich habe gehört, wie es geknallt hat. Er blieb bewusstlos liegen. Ich habe es gesehen und gedacht, was, so einfach? Ich war hin- und hergerissen, unfähig zu reagieren. Da schlägt er die Augen wieder auf, fasst sich an den Kopf, streckt die Hände aus und sagt: ›Jetzt hilf mir doch hoch! Was starrst du mich denn so an?‹ Ich gebe ihm die Hand, ziehe ihn hoch. Er hatte eine Beule am Hinterkopf, groß wie ein Hühnerei. Die Wunde pulsierte, war aber nicht offen. Das war das Vorspiel, sozusagen.«

Sie schwieg, aber jetzt würde sie die Geschichte fertig erzählen, das spürte Sascha genau.

»Der Zwischengang war dann ein bekanntes Gourmetrestaurant in demselben Ort, Golling. Ich habe vergessen, ob es mir geschmeckt hat und was ich überhaupt bestellt habe. Später gingen wir dann in dieses Luxushotel, wo er eine Suite für uns gebucht hatte. Ich hatte hübsche Dessous und Handschellen aus einem Sexshop mitgebracht. Damit habe ich ihn ans Bett gefesselt. Er fand es ziemlich geil.«

Sascha hielt den Atem an. »Und dann?«, fragte er.

»Und dann habe ich ein Kissen genommen und es ihm aufs Gesicht gedrückt.«

Eva Doppler hatte aufgehört, ihre Liege mit den Fäusten zu bearbeiten. Nun strich sie fast zärtlich mit den Fingern darüber, als sei ihr bewusst geworden, dass sie sich von allem, vom OP, von der Klinik, von ihrem Beruf, von ihrem gewohnten Leben verabschieden musste. Dass es jetzt vorbei war und es nie wieder so sein würde, wie es gewesen war.

Sascha wusste, dass er sie nun nicht allein lassen durfte. Dass er Verantwortung übernommen hatte, für sie, für Clemens Wolny, und dass er die Sache jetzt zusammen mit ihr zu Ende bringen musste. Während er bei Kriminalkommissar Wallner anrief, dessen Karte immer noch in seiner Brieftasche steckte, merkte er, dass die Doppler weinte, lautlos, und immer noch duldsam auf dem Rücken liegend. Wallner war in Reichenhall und würde gleich mit einem Kollegen vorbeikommen.

»Wir sind im Vorbereitungsraum zum OP I.«

»Bleiben Sie bei ihr und passen Sie auf sie auf, ja? Ich verlasse mich auf Sie. Wir sind in zehn Minuten da.«

Als er das Gespräch beendet hatte, bat Eva Doppler ihn, nun doch mehr Licht zu machen. Sie stand auf, ging durch den Raum, öffnete einen der Medizinschränke, zog eine Schublade mit sterilen Kanülen für die Venenzugänge auf, schloss sie wieder.

»Muss für Sie auch schwer sein, Herr Kollege«, sagte sie. »Ein Denkmal stürzt gerade vom Sockel.«

Sascha hatte wieder auf seinem Hocker Platz genommen. Sein Magen sandte qualvolle Geräusche durch den Raum.

»Entschuldigung«, sagte er.

»Alles meine Schuld«, erwiderte sie. »Wie Sie mich bewundert haben, vor allem nachdem ich Ihren Freund, den Bergsteiger, wieder zusammengeflickt habe. Die Nachsorge muss jetzt jemand anderer übernehmen. Und was lernen Sie daraus? Vorbilder sind auch nur Menschen und daher genauso fehlbar wie jeder andere. Sie werden das einmal besser machen als ich, Herr Maiensäss.«

»Sascha«, sagte er.

»Na gut, Sascha. Bleibst du noch eine Weile bei mir, bis das hier erledigt ist?«

Sascha nickte. »Natürlich.«

»Danach musst du aber unbedingt etwas essen. Und lass dir das nicht von der Stationsschwester ausreden. Du darfst ihr nicht so viel Macht über dich geben.«

Wallner kam, und sein uniformierter Kollege organisierte sich einen Stuhl und nahm draußen vor der Tür Platz.

Eva Doppler erzählte dem Kommissar noch einmal, was sie Sascha schon erzählt hatte. Wallner hörte aufmerksam zu.

»Wollten Sie ihn töten?«, fragte er am Ende.

»Ich wollte es und wollte es doch nicht. Ich habe dieses Kissen auf sein Gesicht gelegt und einmal zugedrückt. Und dann habe ich es wieder losgelassen. Mir war klar, dass ich den Finger am Abzug hatte, aber ich konnte einfach nicht durchziehen. Alles wäre für mich gut ausgegangen. Nachdem er erstickt wäre, hätte ich Hilfe gerufen, zum Schein versucht ihn wiederzubeleben und hätte dann irgendwann heulend aufgegeben. Der Polizei hätte ich gesagt, dass es ein Unfall war und er dieses Sexspiel unbedingt wollte und immer näher an den Punkt heranging, von dem es kein Zurück mehr gab. Dass wir beide wilden Sex wollten und nicht daran dachten, wie gefährlich es werden könnte. Aber ich konnte es einfach nicht. Wahrscheinlich wäre dann nicht einmal herausgekommen, dass ich gar keine richtige Ärztin bin. Vielleicht wäre ich fortgezogen, in eine andere Stadt, an ein anderes Krankenhaus, und hätte dort Menschen in größter Not das Leben retten können. Aber ich dachte, ich bin doch Ärztin, ich habe einen Eid abgelegt. Der Mann wollte mich erpressen, ich würde als Betrügerin auffliegen, meine Karriere wäre zu Ende und mein Leben zerstört. Aber ich konnte es trotzdem nicht. Ich habe meine Tasche genommen, habe mich angezogen und bin einfach weggelaufen.«

»Und das Kissen?«, fragte Wallner.

»Wie, das Kissen? Es lag auf seinem Gesicht, als ich das Zimmer verließ. Er hat nicht geschrien, hat sich nicht gewehrt. Vielleicht dachte er wirklich, das gehört zu unserem Spiel. Oder er hatte einen Schock und rührte sich deshalb nicht. Ich wollte sein Gesicht nicht mehr sehen und bin einfach weg.«

»Was dachten Sie, würde mit ihm passieren?«, fragte Wallner.

»Ich dachte, er kann durch Rufen auf sich aufmerksam machen, warten, bis jemand vom Personal oder andere Gäste vorbeikommen und ihn befreien. Die Schlüssel für die Handschellen habe ich am Tisch liegen lassen.«

»Und Sie?«

»Ich bin fort, nach Hause. Ich wollte packen, weglaufen, aber ich konnte gar nichts tun, mich überhaupt nicht bewegen. Ich habe zu Hause gewartet, dass man mich endlich abholt und mitnimmt. Bin herumgesessen und habe Löcher in die Luft gestarrt. Irgendwann bin ich vor Erschöpfung eingeschlafen und erst mitten in der Nacht wieder aufgewacht. Ich habe gedacht, wann kommen sie mich endlich holen? Sie haben ihn doch bestimmt schon gefunden, und er hat ihnen alles erzählt. Auch dass er selbst vor meiner Tür stünde, habe ich mir vorgestellt, wütend, rasend, rachsüchtig.«

»Und als Sie am Montag hörten, dass Herr Wolny tot war?«

»Da ist mir bewusst geworden, dass ich jetzt auch noch eine Mörderin war. Nicht nur eine Betrügerin.« Sie schlug die Hände vors Gesicht. »Ein Mensch ist gestorben, wegen mir.« Sie schluchzte so heftig, dass Sascha einen Arm um sie legen und sie an sich drücken wollte, aber sie wehrte ihn ab.

»Vermutlich ist es nicht ganz so gewesen, wie Sie denken«, sagte Wallner. »Von einem Kissen auf dem Gesicht stirbt man nicht. Da muss schon jemand draufdrücken, und zwar fest und längere Zeit.«

»Vielleicht hatte er einen Infarkt?«

»Das wird die Obduktion zweifelsfrei ergeben. Dabei werden dann auch sogenannte Bagatellverletzungen im Gesicht festgestellt werden, wenn welche vorhanden sind, und Festhalte- oder Abwehrverletzungen. Die sind von größter Bedeutung, wenn man so einen Fall aufzuklären hat.«

Eva Doppler nahm die Hände wieder vom Gesicht und sah ihn aufmerksam an.

»Solange er bei Bewusstsein ist«, sagte Wallner, »wehrt sich ein Mensch dagegen, dass ihn jemand ersticken will. Und zwar heftig.«

# Freitag, 10. Juli 2020

Er war ihm den ganzen Tag dicht auf den Fersen und hätte nicht einmal sagen können, warum er es tat. Es würde so oder so zu nichts führen. Und es war längst zu spät, um noch etwas daran zu ändern, dass sein Freund Clemens keinen Pfifferling mehr auf ihre Beziehung gab. Beim Thema Treue waren sie noch nie auf einer Linie gewesen. Wie es eben so ist, wenn einer stärker liebt als der andere und der seinen Instinkt, zu erobern, Neues auszuprobieren und alle sich bietenden Gelegenheiten mitzunehmen, nicht aufgibt. Schließlich könnte man etwas verpassen, da draußen in der freien Wildbahn. Clemens scherte sich nicht darum, was all das mit ihm machte. Je mehr er sich erniedrigte, je offener er seine Verletztheit zeigte, umso verwundbarer machte er sich gegen die kleineren und größeren Freiheiten, die sein Partner sich erlaubte. Ja, sicher, er war rasend eifersüchtig.

Der Freitag sollte ihr Versöhnungsabend werden. Er wollte ein scharfes, anregendes Thai-Curry zubereiten, wie sie beide es gerne mochten. Er würde die alten Elvis-Schnulzen auflegen, die Clemens so liebte, auch wenn er persönlich überhaupt nichts damit anfangen konnte. Er hatte sich alles so schön ausgemalt, doch dann hatte sein Freund einfach abgesagt. Er hätte schon etwas anderes vor. Und als er nachfragte, was, da hatte er geantwortet, das ginge ihn nichts an. Sie seien ja schließlich nicht verheiratet. Jeder könnte machen, was er wollte, und seine Zeit mit dem Menschen verbringen, mit dem es ihm gerade am meisten Spaß machte.

Da hatte er aufgehorcht. Dieser Mensch, das war für ihn ganz klar ein anderer Mann. Clemens betrog ihn und gab sich nicht die geringste Mühe, es vor ihm geheim zu halten. Aber wo kam dieser Mensch so plötzlich her? Kannte er ihn vielleicht auch? Es ließ ihm keine Ruhe, und es tat so verflucht weh. Er konnte an nichts anderes mehr denken. Und dann machte er etwas, was er nie für möglich gehalten hätte. Anfangs noch ganz ohne Plan – und ohne den blassesten Schimmer, was an diesem Tag noch passieren würde.

Er wachte am Freitagmorgen um Punkt halb sechs auf, als hätte er sich den Wecker gestellt. Der Himmel war grau, und es würde bald anfangen zu regnen. Er zog sich an und fuhr zum Haus seines Freundes. Natürlich blieb er nicht direkt vor seinem Haus stehen, sondern ein Stück weiter die Straße hinunter. Aber da ein normaler Mensch, der keine Ahnung hat, dass er beobachtet wird, sich auch nicht nach möglichen Verfolgern umschaut, blieb er unentdeckt. Nur ein einziges Mal warf Clemens einen Blick in den Rückspiegel, zum Ausparken. Sonst sah er nur nach vorne. Gebannt beobachtete er, was jetzt passieren, wen sein Freund hier treffen würde. An ihn, den Zurückgelassenen, verschwendete Clemens sicher keinen einzigen Gedanken. Er wurde weggewischt, wie der Regen auf der Windschutzscheibe, wie eine Fliege, die man verscheuchte, wenn man sie den Unterarm hinaufkrabbeln spürte.

Er folgte Clemens' silberfarbenem Golf auf die Autobahn, über die Grenze Richtung Salzburg und bog mit einigem Abstand hinter ihm nach Süden ab, auf die Tauernautobahn. Der Scheibenwischer brachte die Regenmenge fast nicht mehr weg, die sich in fingerdicken Strängen über die Scheibe zog. An der Ausfahrt Golling folgte er dem Golf in den Ort hinein. Das Ziel erkannte er erst, als der Golf in den Parkplatz der Therme abbog. Er parkte und rannte mit seiner schwarzen Nike-Sporttasche zum Eingang. Die Parkfläche war um diese Uhrzeit nicht einmal zu einem Viertel belegt. Die Therme musste gerade erst geöffnet haben. Clemens wartete eine Weile vor dem Eingang. Vom Wagen aus beobachtete er den Mann, den er noch immer liebte. Verzweifelt, mit bleischwerem Herzen. Er war sich der Aussichtslosigkeit seiner Lage bewusst, und trotzdem konnte er nicht aufgeben.

Bald würde es seinem Freund ungemütlich werden. Das Regenwasser sprang vom Pflaster zurück, die dünnen Sohlen seiner weißen Sneakers waren bestimmt schon durchnässt. Und tatsächlich flüchtete er sich wenig später in den Eingangsbereich der Therme und verschwand hinter der nach außen dunklen Glasfront.

Er wischte sich mit dem Handrücken über die Augen. Er wollte ihn unbedingt sehen, seinen Rivalen. Diesen Fremden, der ihn bereits besiegt hatte. Doch die einzige Person, die in der nächsten Viertelstunde auf den Parkplatz fuhr und zum Eingang lief, war eine Frau. Eine sehr attraktive Frau, wenn man auf Frauen stand. Dunkelblond, Pferdeschwanz, ein schwarzer Mantel mit hochgestelltem Kragen, wie in diesen französischen Filmen von früher, in denen es auch immer regnete und die Frauen in ihren dunklen Mänteln Zuflucht vor erleuchteten Schaufenstern suchten. Nur sie, kein einziger Mann. Also musste der, auf den Clemens gewartet hatte, schon vor ihm angekommen sein.

Er wartete eine weitere Viertelstunde ab, einige Leute trudelten ein, aber er konnte niemanden ausmachen, der als Verabredung für ihn infrage gekommen wäre. Dann waren sie also beide schon in der Therme, und dort würden sie auch einige Zeit bleiben. Er googelte die Therme, sah sich die Saunalandschaft auf der Website an, stellte sich die beiden darin vor, lasziv, geil, Clemens, der so gern fummelte. Dann riss er sich von diesen Bildern wieder los. Er suchte die nächste Tankstelle, holte sich Kaffee, Gebäck, ein paar Schokoriegel. Wer weiß, wie lange er heute unterwegs sein würde. Dann blieb sein Laden eben für einen Tag geschlossen. Es kamen sowieso kaum Kunden in seine Seitengasse. Die Leute legten immer weniger Wert auf persönliche Beratung, so wie sie auch immer weniger Wert auf Stil legten. Die meisten wussten überhaupt nicht mehr, was das war. Convenience-Food, Kaufhausmode, Schuhe von Deichmann. Wegwerfgesellschaft. Alle gleich, und alle gleich geschmacklos. Was wollte man machen?

Als er von der Tankstelle zurückkam, nervös, weil er seinen Posten verlassen hatte, stand der silberfarbene Golf immer noch auf demselben Platz. Er wartete, schaltete das Radio an. Immer dieselben Nachrichten, jede Viertelstunde wortwörtlich wiederholt von denselben Sprechern, die auch schon lange nichts mehr können mussten. Der eine konnte kein richtiges R sprechen und sagte immer »Wregiewrung«. Die nächste sprach so schnell und betonte so falsch, dass man den Sinn ihrer Sätze allenfalls erahnen konnte. Wer wollte da eigentlich noch zuhören und das aushalten? Bayern 2 mit dem Verbrauchermagazin, blabla, Bayern 1 mit Achtzigerjahre-Musik. Grauenhaft. Ö1, eine Oper. Er machte leiser. Die Musik lief im

Hintergrund, so wie der Regen auf seiner Scheibe, auf seinem Autodach, über die Seitenfenster. Verdi wahrscheinlich, aber er war sich nicht sicher.

Der Regen fiel immer noch in dicken Platschern auf die Eingangsstufen zum Schwimmbad. Oper war okay, dachte er. Oper passte zu seiner Stimmung, genau wie das Wetter: dramatisch, aufbrausend, gequält, prickelnd, erregend, fesselnd, tragisch. Er biss in den ersten Schokoriegel. Eine Schwäche von ihm, der er in dieser Situation jedoch hemmungslos nachgab. Irgendwoher musste ja etwas Trost kommen.

Exakt drei Stunden und sieben Minuten nachdem sein Freund das Gebäude betreten hatte, kam er wieder heraus. Beschwingt, wie es den Anschein hatte. Der Regen hatte ein wenig nachgelassen, man sah den Himmel wieder, aber er war immer noch grauschwarz. Nur ganz hinten, im Osten, Richtung Dachstein, war ein einzelner blauer Fleck zu sehen. Nicht richtig blau, aber doch eher blau als grau. Und weitere vier Minuten später, Clemens war noch nicht einmal bei seinem Auto, trat wieder dieselbe attraktive dunkelblonde Frau aus der Tür, die er am Morgen schon gesehen hatte. Sie ging zu einem Wagen, der aus der Entfernung aussah wie ein roter Porsche. Er glaubte immer noch an einen Zufall, eine verwunderliche Koinzidenz. Erst als ihm klar wurde, dass Clemens in seinem Golf an der Ausfahrt wartete und erst weiterfuhr, als der Porsche zu ihm aufschloss, da machte es endlich klick.

Sein Freund fuhr zweigleisig! Switchte von ihm zu dieser Frau, die aussah wie ein französischer Filmstar! Geschmack hatte sie immerhin. Aber Clemens! Eleganz war noch nie etwas gewesen, worauf er besonderen Wert gelegt hätte. Wie oft hatte er versucht, seinem Freund diese grässlichen karierten Hemden auszureden, die er in der Arbeit immer trug und meist auch in der Freizeit. So konnte man doch nicht herumlaufen. Aber das war ihm egal. Und jetzt die da? Freilich wusste er, dass es in Clemens' Vergangenheit auch ab und zu eine Frau gegeben hatte, wenn auch immer nur kurz. Der Reiz war meist schnell wieder verflogen.

Er beeilte sich, hinter dem Porsche herzufahren, wieder mit etwas Abstand. Und diese Frau, was reizte die an einem Mann wie Clemens? Tja, was reizte *ihn* an einem Mann wie Clemens? Irgendetwas hatte er eben, etwas körperlich Anziehendes, Sex-Appeal, hätte man früher gesagt. Sie fuhren in die Ortsmitte und parkten vor einem ziemlich edlen und hochpreisig wirkenden Speiselokal, wohin Clemens seine Begleitung jetzt offenbar zum Essen ausführte. Er hatte zu ihren Ehren sogar ein einfarbiges schwarzes Hemd angezogen, wie er aus seiner Parklücke erkennen konnte. Die Farbe machte ihn zwar etwas blass, aber sie kaschierte auch seinen Bauchansatz. Er stand nur etwa fünfzig Meter weiter die Straße runter und hatte jetzt überhaupt keine Bedenken mehr, dass er entdeckt werden könnte. Sein Freund hatte sich nicht einmal umgesehen, bevor er mit seiner Begleitung in dem Lokal verschwunden war. Warum sollte er auch? Während sie in diesem noblen Fresstempel speisten, schlenderte er durch die Dorfstraße, holte sich erst einen Döner, so scharf und mit so vielen Zwiebeln, dass ihm die Tränen in die Augen traten. Danach noch ein Eis, das viel zu kalt und außerdem zu süß war und das er nicht zu Ende aß.

Er hatte aufgehört sich zu fragen, warum er hier seine Zeit verschwendete, was er eigentlich mit dieser Aktion bezweckte und worauf das Ganze hinauslaufen würde. Suchte er die Konfrontation? War er jetzt zum Voyeur geworden, der die beiden bis ins Schlafzimmer verfolgen würde? Der eifersüchtige, gekränkte Liebhaber, der auf Rache sann? Eine Frau! Dieser Typ war doch ein Monster. Wahrscheinlich war es genau dieses Unmäßige an Clemens, das ihn so anziehend machte. Man merkte es beim Essen, beim Sex und vielen anderen Dingen. Clemens Wolny war einer, der einfach alles wollte und es sich meistens auch holte.

Seltsamerweise wurde ihm die Zeit nicht lang. Er schaute sich die Auslagen der Geschäfte an, las alle Aushänge in den Schaukästen, studierte das Kulturprogramm in der Burg, einem grauen Steinkasten mitten im Ort, der dort lag wie ein gestrandeter Riesenfisch aus der Salzach. Dann hörte er sich wieder durch alle Radioprogramme, klickte sich musikalisch von den Achtziger- und Neunzigerjahren in die Zweitausender, hörte einmal mehr Nachrichten in Endlosschleife und landete doch wieder bei der Oper, die er als einzige Musik angemessen und erträglich fand.

Er sah sich die Speisekarte des Restaurants im Internet an und studierte die Weinkarte. Von seinem Freund wusste er, dass er alles, was aus dem Meer kam, hasste und dass er gern scharf aß. Von der französischen Schauspielerin wusste er nichts, aber er dachte sich trotzdem etwas für sie aus. Etwas mit Jakobsmuscheln, auf die sie bestimmt stand, wenn sie sich mit einem wie Clemens auf ein Abenteuer einließ. Jeder wusste schließlich, dass Meeresfrüchte, besonders Muscheln, aphrodisierende Wirkung hatten. Sie musste es gerade verdammt nötig haben. Etwas anderes konnte er sich nicht vorstellen.

Sein Freund stürzte sich in geradezu horrende Unkosten mit seiner Einladung. Zumindest heute ließ der alte Geizkragen sich nicht lumpen.

Die Straße war fast schon wieder trocken, als die beiden aus dem Gourmetschuppen herauskamen. Der Porsche fuhr langsam voraus, bis ihn am Ortsende der silberne Golf überholte und wieder die Führung übernahm. Er konnte sich schon vorstellen, wohin die Reise jetzt gehen würde. Schickes Hotel in Salzburg, Mozartklänge zum Cocktail oder Schampus aufs Zimmer. Rundbadewanne, Whirlpool oder lieber gleich im Kingsize-Bett übereinander herfallen und den Cocktail erst danach schlürfen, vor der zweiten Runde.

Sein Herz klopfte, als hätte *er* dieses Rendezvous, nicht sein Freund und diese Blondine. Nicht mit ihr, nein. So ein Frauenkörper mit Rundungen überall, diesen Ritzen und Spalten, das war nichts, was ihn in Wallung brachte. Und trotzdem war er aufgeregt.

Ah, jetzt kam ein schnuckeliges, diskretes, trotzdem schickes Vier-Sterne-superior-Wellnesshotel in Sicht, wo man so einen göttlichen Tag perfekt ausklingen lassen konnte. Er blieb auf der Straße stehen, nachdem die beiden Wagen in den Innenhof mit dem hauseigenen Parkplatz verschwunden waren. Was würde er jetzt anfangen mit seiner Zeit? Er konnte keine Opern mehr hören, keine Nachrichten, keine Hitparade. Freddie Mercury half in solchen Situationen meistens, aber er war viel zu unruhig, um jetzt einfach wieder in seinem Auto sitzen zu bleiben und dort vor sich hin zu schmoren, während drinnen in der Hotelsuite die Post abging. Um das Gebäude herumschleichen war wahrscheinlich keine gute Idee, nicht einmal in der Dämmerung, denn da waren überall Sensoren angebracht, zur Beleuchtung, und womöglich auch Kameras, die er nur noch nicht entdeckt hatte.

Nach einer guten halben Stunde, als er sich einen Fingernagel ganz abgebissen hatte, überlegte er, ob er es wagen könnte, die Lobby zu betreten und nach einem freien Zimmer zu fragen.

Sie waren alle belegt oder reserviert, sagte ihm die junge Frau an der Rezeption, aber einen Kaffee konnte sie ihm machen. Die Bar war noch nicht geöffnet. Er bedankte sich, bezahlte den Kaffee, der in Österreich immer um Längen besser schmeckte als in Deutschland, und gab ein schickes Trinkgeld. Er setzte sich in einen der hellblauen Loungesessel, alles schnieke Designermöbel, bisschen Scandi-Style, bisschen Rolf Benz oder wie die entsprechende österreichische Firma für edle Polstermöbel hieß. Er versuchte zu trinken, ohne das Bäumchen auf seinem Milchschaum zu beschädigen, stellte die Meinltasse ab, auf der ein Mohr mit arabischem Fez abgebildet war. Durfte man das in Österreich noch, war das nicht rassistisch? Irgendwann würden sie den Mohren so umwandeln, dass er aussah wie Michael Jackson. Ob es dann besser war?

Plötzlich hörte er eilige Schritte hinter sich, keine Stöckelschuhe, eher Stiefel mit Blockabsatz, womm, womm, wurden sie in das Eichenparkett der Lobby gewuchtet. Die Madame aus dem François-Truffaut-Film! Sie war allein und sie hatte es offenbar eilig. Mantel über dem Arm hängend, Bluse verrutscht, die Frisur nicht ganz das, was ihr Friseur vorgesehen hatte. Kein Wort, kein Gruß Richtung Portière. Vielleicht war sie gar nicht da? Er sah sich um, der Empfang war unbesetzt.

Er sprang auf und lief die Treppe hinauf, weil er vermutete, dass sie dort heruntergekommen war. Es hatte sich so angehört. Er bekam gerade noch mit, wie draußen eine Autotür zufiel und ein Porschemotor röhrte.

Oben im ersten Stock schien alles ruhig. Tja, wie sollte er jetzt das richtige Zimmer finden, falls Clemens nicht sowieso gleich hinter ihr herrannte? Er lief durch den Gang, auf einem Teppichboden, der seine Schritte verschluckte. Als er nach rechts abbog, in den nächsten Gang, hörte er jemanden rufen. »Hallo? Hallo, ist da wer?«

Er bildete sich ein, dass es Clemens' Stimme war. Er erreichte die Tür, hinter der er die Hallo-Rufe vermutete. Aber warum kam sein Freund eigentlich nicht heraus? Dachte er, seine Gespielin hätte sich irgendwo im Schrank versteckt? Und warum rief er dann so laut, dass man es draußen am Gang noch hörte? Die Tür war nur angelehnt. Madame hatte sie anscheinend nicht ganz hinter sich zugezogen. Er stieß sie mit einem Fingerstups auf.

»Hallo«, hörte er seinen Freund, seinen Ex, erneut rufen. Er blieb im Vorraum stehen, von dem das Badezimmer abging, und hielt den Atem an. Dann wagte er einen Blick in das Zwanzig-Quadratmeter-Zimmer mit seinem megagroßen Doppelbett. Und dort lag er, nackt bis auf ein schwarzes Tangahöschen, das seine besten Teile kaum zu bedecken vermochte. Er hatte die Beine rasiert und bestimmt auch den Intimbereich, aber nicht den Bauch, auf dem diese schwarzen Haare wie ein Strudel um den tiefen Nabel herum wuchsen, und genau diese Haare machten ihn immer schon komplett verrückt. Er drückte die Tür hinter sich zu.

»Hallo?«, rief er noch einmal. »Eva? Bist du das?«

Madame hieß also Eva, wie die allererste Frau.

»Nicht Eva, sondern Adam ist's«, sagte er albern und kam sich vor wie Puck in Shakespeares Sommernachtstraum und betrat das Zimmer.

»Du?«, fragte Clemens.

»Ich«, sagte Rick. Und jetzt sah er, dass sein Freund die Arme merkwürdig nach hinten gestreckt hatte. Sie waren mit Handschellen ans Bett gekettet.

»Störe ich?«, fragte Rick.

Clemens grunzte. Wenn er sich freute, ihn zu sehen, ließ er sich jedenfalls nichts anmerken.

»Was machst du denn hier?«, raunzte er ihn an. »Wie kommst du überhaupt hierher?«

»Ich kann ja wieder gehen.«

»Mach mich los, du Idiot«, bellte er ihn an. »Der Schlüssel muss da irgendwo liegen.«

Rick sah den Schlüssel auf dem Schreibtisch liegen, aber er blieb breitbeinig am Fußende des Bettes stehen und sah auf seinen Freund, seinen Ex, hinunter.

»Was wolltest du von der Frau? Sprich!« Es war lächerlich, so gestelzt daherzureden, aber seine Emotionen spielten komplett verrückt. Alles begann leicht zu schwanken, wie auf einem Schiff. »Ich dachte, wir sind ein Paar, wir zwei gehören zusammen.« Jetzt nur nicht weinen, dachte er.

»Ist ja gut, Rick. Jetzt spiel dich mal nicht als Moralapostel auf. Ich habe dir nie ewige Treue versprochen, und dass ich kein Heiliger bin, das wusstest du von Anfang an.«

»Aber musste es mit einer Frau sein?« Es klang jämmerlich. Mann, reiß dich doch zusammen. Diesmal bist du oben, und er liegt unten. Gefesselt. Überleg dir lieber mal was.

»Dann wär dir ein anderer Mann lieber gewesen?« er lachte. Dreckig. Verächtlich. »Du kennst mich doch. Du weißt, wie ich bin. Ich nehme mir, was mir gefällt.«

Ja, so war er: gierig, unersättlich, rücksichtslos gegen andere. Ein Egomane, wie er im Lehrbuch stand. Ursache für Tausende von Leserbriefen an die Doktor Sommers dieser Welt. Mein Freund ist ein selbstverliebter Narzisst, ein Egozentriker, ein Ausbeuter, immun gegen die Gefühle anderer Menschen. Was soll ich tun? Bitte, geben Sie mir einen Rat, sonst kann ich für nichts mehr garantieren.

Was für eine schmutzige Lache sein Freund auspacken konnte. Selbst in dieser Lage.

»Und jetzt mach mich schon los, du Weichei, du romantisches. So spielt nun mal das Leben. Musst dir halt deine Freunde sorgfältiger aussuchen, damit du nicht an einen echten Kerl wie mich gerätst. Du Memme.«

O Gott, wie sicher er sich fühlte. Er war ihm ausgeliefert, doch er beschimpfte ihn weiter und weiter. Clemens verachtete ihn. Was hatte er ihn nicht alles schon genannt? Versager, Waschlappen, Trantüte, Spaßverderber. Andere sind auch besser aus der Krise rausgekommen als du. Man ist schon auch selbst schuld, wenn man sich so reintauchen lässt in die Scheiße. So hatte ihr letzter Streit im Kammerer Bräu geendet. Clemens, der nicht die leiseste Ahnung davon hatte, wie es draußen in der freien Marktwirtschaft zuging, hatte ihn so lange beschimpft, bis er auch aufgegangen war.

»Du kannst leicht reden als Angestellter«, hatte er zurückgekeift. »Dir passiert ja nichts in dieser Scheißkrise, noch dazu, wo dein Arbeitgeber ein Krankenhaus ist, dem man jetzt das Geld von vorne und von hinten reinschiebt. Pandemie, und wir Selbstständigen können ruhig untergehen. Als Geschäftsleute, die Hosen verkaufen, sind wir ja nicht systemrelevant. Wir können ruhig Pleite machen. Uns braucht ja keiner wirklich. Kann man alles bei Amazon und Zalando bestellen. Frei Haus, Umtausch bis zu vier Wochen möglich. Gratis. Gibt es halt noch mehr Tattoo- und Nagelstudios in den Innenstädten, die nach einem halben oder Dreivierteljahr dann auch wieder zumachen. Und natürlich Sanitätsgeschäfte für die alten Leute *in town* und für die vielen Patienten, die zur Reha hier sind. Die Stadt stirbt doch aus, siehst du das nicht?«, hatte er auf der Terrasse im Kammei geschrien. »Aber nein, du siehst es sogar, du sagst: ›Ist mir doch egal. Hauptsache, ich habe meine sichere Stelle.‹ Du meinst, du kannst dich über alle anderen erheben, die es nicht so gut erwischt haben.«

Die Galle kam ihm hoch, wenn er an diesen Abend dachte und an seine unterwürfige Einladung zum Versöhnungsessen. Ja, war er denn vollkommen blind und taub gewesen? Hatte er den Schuss nicht gehört? Der Kerl machte sich über ihn lustig, er verarschte ihn nach Strich und Faden. Und er kroch ihm immer noch in den Arsch, wenn er ihn nur ließ.

»Weißt du was, ich hätte gute Lust, dich da einfach hängen zu lassen. Ein bisschen Demut würde dir überhaupt nicht schaden.«

Clemens lachte. »Na gut«, sagte er und grinste. »Dann warte ich eben, bis das Zimmermädchen zum Bettenmachen kommt. Vielleicht hat die ja Lust auf eine schnelle Nummer.«

In dem Moment wurde irgendein Schalter in ihm umgelegt. Als er auf Clemens' behaarten Bauch sah, konnte er plötzlich nicht mehr verstehen, wie er da je etwas anderes als eine fette Wampe hatte sehen können.

»Du selbstgefälliges Arschloch«, schrie Rick. »Wie habe ich mich überhaupt je in dich verlieben können? Du widerst mich an, du Sau.«

»Jetzt pass mal auf, Rickyboy. Du machst mich jetzt sofort hier los, sonst ...«

»Sonst was?« Rick setzte sich rittlings auf diesen Körper, den er so begehrt hatte. Das Maß war voll, nicht ein Millimeter Platz war noch übrig in diesem Fass, Rick spürte genau den Augenblick, in dem es anfing überzulaufen.

Clemens grinste immer noch. Er dachte wohl, das sei der Auftakt zu einem neuen Spiel. Da nahm Rick das Sofakissen, das auf dem Bett lag und drückte es ihm aufs Gesicht, damit er dieses Grinsen nicht länger sehen musste. Irgendwann musste Schluss sein mit all den Verletzungen und Demütigungen. Der Gefesselte wand sich unter ihm und schlug mit den Beinen, aber er drückte nur noch fester zu. Er durfte nur nicht wieder weich werden, nicht wieder nachgeben und sich verhöhnen lassen. Er gab nicht nach und drückte fester, bis der Widerstand brach.

# Mittwoch, 15. Juli 2020

Als hätte sie es gerochen, dass er sich dieses Mal gegen sie durchsetzen würde und nicht noch einmal wie ein Kind Bauchschmerzen vortäuschen würde, gab die Stationsschwester Sascha von sich aus für den Rest des Tages frei.

»Erholen Sie sich gut!«, sagte sie. »Was für eine schreckliche Nachricht! Wir wissen alle noch gar nicht, wie das werden soll ohne die Frau Doktor. Nein so was! Das hätte doch niemand gedacht. Sie war die Beste, die wir je auf Station hatten. Die Allerbeste.«

Dass Eva eine richtig gute Ärztin war, würde ihr nichts nützen. Den Doktortitel würde sie ablegen müssen, den Beruf aufgeben, und dann noch die Sache mit Clemens Wolny. Würde sie da je wieder herauskommen? Was für ein grauenhafter Schlamassel. Aber er musste jetzt abschalten, sein Kopf fühlte sich an, als würde er gleich platzen, und ihm war schon seit Stunden schlecht vor Hunger. Nicht mal ein Espresso erschien ihm verlockend, so auf nüchternen Magen. In Italien war eine ganze Nation gegen Espresso auf nüchternen Magen unempfindlich. Aber hier, im Meran nördlich der Alpen, war der menschliche Magen irgendwie anders drauf als im Süden. Das wäre auch einmal ein interessantes Thema, dachte Sascha, die Essgewohnheiten in den verschiedenen Ländern und ihre Auswirkungen auf Stimmung und Gesundheit miteinander zu vergleichen. Wahrscheinlich hatte das schon jemand untersucht. Und der wusste dann auch, warum die Italiener ihre nicht gerade kleinen Spaghettiportionen noch vor der Hauptspeise einzunehmen pflegten und trotzdem nicht dick wurden. Das musste mit dem anderen Stoffwechsel zusammenhängen. Fragen über Fragen, das menschliche Leben war einfach zu kurz, um sie alle zu beantworten. Er konnte ja nicht einmal die Fragen sortieren und aufklären, die ihm direkt vor die Füße fielen.

»Denn alles Fleisch es ist wie Gras,
und alle Herrlichkeit des Menschen
wie des Grases Blumen.«

Auf dem Weg nach Hause summte er die Melodie aus dem Requiem von Brahms vor sich hin, fand sie aber nicht besonders tröstlich. Er wusste gerade gar nichts mit sich anzufangen, so enttäuscht war er.

Eigentlich war Sascha gar nicht darauf aus, mit jemandem zu reden, doch als er nach Hause kam, sah er, dass sich im Garten der Villa Palmira ein illustres Kaffeekränzchen eingefunden hatte. Sie besaßen jetzt ein großzügiges Sonnensegel, das Mira angeschafft und mit Sascha zusammen installiert hatte. Es veränderte sich etwas. Wahrscheinlich würde ihr Drang zur Modernisierung, zu mehr Behaglichkeit, oder einfach ihr Wunsch, selbst Akzente zu setzen und es sich schön zu machen, auch auf das Innere der Villa übergreifen. Ihm konnte das nur recht sein. Mira und Paulina würden sich schon zusammenraufen, auch wenn in der Küche mitunter der Kampf der Giganten tobte.

Dass Elina zu Gast war, erkannte man am Geigenkoffer, der einen eigenen Stuhl bekommen hatte. Sie winkte Sascha überschwänglich. Neben ihr saß Daniela und prostete mit einem Prosecco in seine Richtung. Tante M trug eine blau-grüne Rautenbluse, an der sie leicht zu identifizieren war. Harlekin, dachte Sascha, aber es passte zu ihr. Er winkte zurück, sagte, er müsse dringend etwas essen und sich dann kurz hinlegen.

»Im Kühlschrank steht noch etwas von der indischen Linsensuppe«, rief Mira.

»Und in der blauen Tupperschüssel gäbe es noch zwei fast vegetarische Würstchen«, ließ Paulina ihn wissen.

Er aß die Würstchen, mit viel Senf und einer Scheibe Brot. Den doppelten Espresso aus Miras grün-weiß-roten Bialetti nahm er sich mit in die Bibliothek. Dort wartete schon seit letzter Woche ein Packen Briefe, den Katharina aus Sankt Petersburg geschickt hatte. Die Briefe seiner Urgroßmutter Anna und ihrem Romanow-Kurschatten. Er würde sie auch jetzt nicht lesen, weil sein Hirn nach den zurückliegenden Ereignissen für Neues gar nicht mehr aufnahmefähig war. Aber er wollte sie wenigstens einmal in die Hand nehmen, daran riechen und vielleicht in einen der Briefe hineinlesen, falls er Annas Handschrift auf Anhieb entziffern konnte.

Sascha stutzte, als er die Namen las, mit denen Anna in ihren Briefen den Geliebten angesprochen hatte. Nie nannte sie ihn Alexander, sondern entweder Sascha, was ihm spontan zu Herzen ging, sah es doch so aus, als sei er selbst der Adressat der Liebesbriefe. Manchmal nannte sie ihn auch Sanja, Sanjek, Saschenka und einmal Saschka. Hatte seine Uromi Russisch gekonnt oder eine Lehrerin in Bad Reichenhall gefunden, die ihr all diese Kurzformen und Kosenamen beigebracht hatte? Oder hatte sie das selbst aus den Romanen von Dostojewski und

Tolstoi gelernt, die auch noch hier in den Bücherregalen herumstanden.

Mira streckte ihren Kopf zur Tür herein.

»Ach hier bist du«, stellte sie fest. »Wie geht's?«

»Schlecht«, antwortete Sascha und legte die Briefe zurück auf den Stapel.

»Wegen der Sache mit Clemens Wolny?«

»Mit Clemens und Eva.«

»Eva?«

»Dr. Eva Doppler.«

»Was hat die denn damit zu tun?«, fragte Mira.

»Das willst du gar nicht wissen. Kümmere dich um die Gäste, Schatz, ich erzähl's dir später, am Abend. Ich muss mich erst noch kurz sammeln.«

»Okay«, murmelte sie und gab ihm einen Kuss. Dann war sie wieder weg.

Es waren auch einige Briefe von Annas Geliebtem dabei, die auf dem Umschlag einen Stempel trugen: »unbekannt verzogen«. Briefe aus Sankt Petersburg, die nach Bad Reichenhall geschickt worden waren, aber Anna wahrscheinlich nie erreicht hatten. Wahrscheinlich hatte Annas Familie sie abgefangen, aus Angst um ihren Ruf. Anna hatte damals schon ihr Kind und war mit dem Apotheker Maiensäss verheiratet. Sie sollte sich den russischen Großfürsten gefälligst aus dem Kopf schlagen. Oder es war die Post, die keine Briefe mehr aus Feindesländern zugestellt hatte.

Ihre Briefe, die geschriebenen, die angekommenen und die nicht weitergereichten, erzählten die Geschichte ihrer Liebe. Natürlich war sie tragisch. Anna berichtete ihrem Saschenka von dem Kind, das kein Geringerer war als Saschas Opa. Sie schrieb, sie gebe den Glauben einfach nicht auf, dass ihr Geliebter noch lebte und dass ihre Briefe ihn erreichten. Im Laufe der Zeit wurden die Briefe immer kürzer, knapper, und irgendwann hörten sie ganz auf. Da war der kleine Alexander, von seiner Mutter heimlich Sascha genannt, fünf Jahre alt. Sie gab auf, weil sie nie eine Antwort vom Vater ihres Kindes erhielt und nicht mehr an seine Liebe glaubte oder daran, dass er überhaupt noch am Leben war.

Aber er antwortete auf ihre Briefe, drei, vier Mal. Erst dann begriff er, dass alle seine Briefe zurückgeschickt wurden und Anna wohl nie erreichen würden.

Als Sascha wieder aufwachte, war der Kaffee in seiner Tasse kalt geworden. Er sah sich in der Bibliothek um, sah seinen Großvater auf dem grünen Lederstuhl sitzen und die alten Kurgastlisten studieren, die alten Fotos von den Gästen im Kurpark vor dem hölzernen Gradierwerk betrachten. Und er sah sich selbst am Boden mit seiner Holzeisenbahn spielen und immer wieder aufstehen und seinem Opa über die Schulter schauen. »Wer sind diese Leute auf den Bildern, Opa?«, hörte er sich fragen und sah das Lächeln seines Großvaters und wie er mit dem Finger auf einzelne Personen zeigte und zu erzählen begann.

Katharina aus Sankt Petersburg hatte ihm die Briefe geschickt. Er würde versuchen, ein Konzert für ihr Balalaika-Ensemble in Bad Reichenhall zu organisieren. Vielleicht Ende Oktober, das müsste doch passen. Und wenn es dieses Jahr nicht passte, wegen weiß der Teufel was für Seuchen und Seuchenvarianten, dann eben im nächsten

Jahr. Das Band nach Sankt Petersburg, es war jedenfalls wieder geknüpft, und er würde es nicht mehr reißen lassen.

Es klopfte, und Miras Kopf erschien wieder in der Tür.

»Elina möchte sich verabschieden«, sagte sie. »Sie muss noch packen und, na ja, du weißt ja, dass sie es nie so lange aushält unter Leuten.«

Die beiden alten Damen hatten Elina noch so lange bearbeitet, bis sie ihre Geige auspackte und ihnen ein letztes Stück zum Abschied vorspielte. Als Elina fragte, ob sie etwas Besonderes hören wollten, wünschte Paulina sich einen Walzer. Sascha kannte sich nicht allzu gut mit klassischer Musik aus, aber er erkannte gleich, dass das, was Elina daraufhin spielte, zwar ein Walzer war, aber keiner von der schönen blauen Donau, sondern eher von der Moskwa oder der Newa, von Krieg und Frieden oder Anna Karenina.

»Das war Walzer Nummer 2 von Dmitri Schostakowitsch aus Sankt Petersburg«, erklärte Elina.

»Bist du mit dem auch verwandt?«, fragte Daniela frech.

»Nicht, dass ich wüsste«, antwortete Sascha. »Vielleicht kann Katharinas Balalaika-Ensemble etwas von ihm spielen, wenn sie hier auftreten.«

»Und natürlich die Filmmusik von *Doktor Schiwago*«, sagte Paulina, und Mathilde stimmte sofort die Titelmelodie an. Da packte Elina ihre Geige noch einmal aus und blieb doch noch ein Weilchen länger.

Mira kümmerte sich um die indische Linsensuppe, nur die Würstchen waren alle.